Copyright ©2018 Douglas MCT
Todos os direitos dessa edição reservados à AVEC Editora.

Nenhuma parte desta publicação poderá ser reproduzida, seja por meios mecânicos, eletrônicos ou em cópia reprográfica, sem a autorização prévia da editora.

Editor: Artur Vecchi
Projeto Gráfico e Diagramação: Vitor Coelho
Ilustração de capa: Michel Mims
Revisão: Gabriela Coiradas

Dados Internacionais de catalogação na Publicação (CIP) (Câmara Brasileira do Livro, SP, Brasil)

M 478
 MCT, Douglas
  Betina Vlad e o castelo da noite eterna / Douglas MCT. – Porto Alegre : AVEC, 2018. -- (Betina Vlad e os sobrenaturais; v. I)

  ISBN 978-85-5447-014-2
   I. Literatura infantojuvenil
   I. Título   II. Série

CDD 028.5

Índice para catálogo sistemático:
I. Literatura infantojuvenil   028.5

Ficha catalográfica elaborada por Ana Lucia Merege – 467/CRB7

1ª edição, 2018
Impresso no Brasil/ Printed in Brazil

AVEC Editora
Caixa Postal 7501
CEP 90430-970 – Porto Alegre – RS
contato@aveceditora.com.br
www.aveceditora.com.br
Twitter: @avec_editora

Betina Vlad &
O Castelo da Noite Eterna

Douglas MCT

SUMÁRIO

Prefácio..07

PARTE 1

Prólogo...13
01 | O dia em que eu virei fumaça..15
    Primeiro registro de e-mail...25
    Segundo registro de e-mail...27
02 | Entrevistei uma mulher de turbante.................................30
    Terceiro registro de e-mail...37
    Quarto registro de e-mail...39
03 | Um morcego chama pelo meu nome.................................40
    Quinto registro de e-mail...47
04 | Dá tudo errado..48
    Primeiro registro de SMS...57
05 | Nada é o que parece em Cruz Credo.................................58
    Sexto registro de e-mail...65
    Segundo registro de SMS...66
06 | Meu pai é um famoso personagem da literatura e do cinema............67
07 | Uma torre dá um rasante...72
    Sétimo registro de e-mail...81

PARTE 2

    Primeiro registro de carta...85
    Primeiro registro de recortes de jornal................................87
    Oitavo registro de e-mail..89
08 | Viro a Cinderela gótica por um dia..................................90
09 | O Castelo da Noite Eterna...101
10 | Minha entrevista com o vampiro....................................117

  Nono registro de e-mail..131

  Décimo registro de e-mail..133

11 | O Salão do Pesadelo...134

12 | Assisto ao pôr do sol atrás das grades...........................144

13 | Eu faço uma vítima..152

14 | Tomo fitoterápicos de sangue..162

  Décimo primeiro registro de e-mail..............................171

15 | Eu faço miau...172

16 | Nós bisbilhotamos os adultos..179

17 | Minha escolha perigosa...197

PARTE 3

18 | Meu encontro com uma coruja de luto.........................205

  Décimo segundo registro de e-mail................................211

  Décimo terceira registro de e-mail.................................212

19 | Tyrone participa de um UFC monstro..........................213

20 | O Jogo das Três Charadas...220

21 | Betinas de vários tamanhos e modelos..........................225

22 | Comemos yakisoba...234

23 | Descubro que o buraco é mais embaixo........................244

  Décimo quarto registro de e-mail...................................249

24 | Montamos um grupo de RPG.......................................250

  Décimo quinto registro de e-mail...................................264

25 | Eu encontro a minha família...265

26 | Dou meu beijo de adeus..277

  Décimo sexto registro de e-mail.....................................289

Agradecimentos..291

Extras...293

PREFÁCIO

Vivemos em tempos de monstros.

Sejam os de nosso imaginário, sejam os de carne e osso e terno e gravata ou os que aprendemos a temer ao perceber que eles tentam extinguir nossa luz. Não importa a conotação que você tira da palavra, vivemos em tempos de monstros.

Também aprendemos a nos religar com eles. As crianças, hoje em dia, tem neles seus maiores heróis: de Ben 10 a The Last Guardian, de Pokémon a Como Treinar Seu Dragão, os monstros são os que estão ali para nos salvar. E isso também acontece com os adultos que não os esqueceram ao mergulhar em uma vida cheia de números, cargos e códigos de barras: recentemente, Guillermo Del Toro levou (entre os prêmios das outras categorias) o Globo de Ouro e o Oscar de Melhor Filme por A Forma da Água. Mas foi no discurso do primeiro prêmio em que ele disse algo que me marcou:

"Desde minha infância eu sempre fui fiel aos monstros. Eu fui salvo e absolvido por eles; porque os monstros, creio, são os santos padroeiros de nossa abençoada imperfeição".

Eu me arrepiei com isso. E por muitas outras coisas, pois hoje, quando resolvemos contar uma história sobre essas criaturas, parece que emitimos um sinal para o resto dos contadores de histórias SISUDOS E ADULTOS de que "não queremos envelhecer". De que nossa arte é menor que a deles: gente tão madura que resolveu esquecer os sarcófagos, balas de prata e estacas de madeira para se concentrar em dores existenciais, bloqueios de criatividade, amor não--correspondido.

Se eles soubessem que todas essas coisas também são encontradas sob a carcaça dos monstros...

Eu optei por trabalhar com a fantasia. É a minha maneira de passar algo para a frente, de alcançar outras camadas de pessoas – e, sinceramente? A camada que me importa. Não tenho tanto interesse nas pessoas cheias de certezas sobre a vida, eu estou aqui pela dúvida e pelas perguntas nunca respondidas. A ficção científica, o terror e a fantasia também. Há sempre algo do lado de lá da cortina do insólito, e é isso o que buscamos. E, claro, queremos fazer isso nos divertindo no processo!

Não posso dizer exatamente o porquê do Douglas escrever fantasia e terror — mesmo o conhecendo há quase dez anos, essa é uma motivação muito ampla e que não exige uma única resposta. Mas eu sei do que o Douglas tem medo (não como uma pessoa que procura a falha de outra, mas como um amigo que sabe do que o outro precisa) e quando eu o vejo decidido a escrever para um público mais jovem do que os de sua obra anterior, Necrópolis, eu vejo a verdadeira motivação de revivermos nossos monstros da infância e que nos fizeram chegar até aqui nem tão sãos, mas definitivamente salvos e absolvidos.

Ao mesmo tempo em que Betina Vlad ganha vida nessas páginas, temos um grande revival de monstros acontecendo por aí: os monstros da Universal em novas releituras, Godzilla, a sequência de Círculo de Fogo... No Brasil, o escritor Jim Anotsu, que é da mesma geração minha e do Douglas, também toma a decisão de reviver monstros para um público mais jovem, com seus Escoteiros e Monstros. De minha parte, eu comemoro a decisão de escritores experientes voltarem seus esforços para a formação de novos leitores: não há nada mais verdadeiro do que a gratidão de uma menina empolgada com seu livro, ou de um garoto que o envia um e-mail perguntando "quando que vem o próximo?!". No final, é isso o que conta.

Reforçando a ideia que iniciou esse prefácio: essa é uma época muito prolífica para monstros, e nada melhor do que colocar os nossos à nossa frente. Já fugimos demais deles por corredores e matas, e agora talvez seja a hora de os termos como escudeiros, amigos e confidentes. Assim ganhamos uma vantagem e uma chance contra os verdadeiros inimigos do mundo real: os que querem te puxar para o chão, podar a sua criatividade e dizer o que você deve gostar ou desgostar.

Vida eterna aos nossos monstros, que vão perdurar muito mais do que nós, criadores mortais.

Vida eterna (e nada tediosa) à Betina Vlad!

Felipe Castilho

é autor da série O Legado Folclórico, que reimagina os monstros e mitos de nosso folclore em uma fantasia urbana e moderna. Também escreveu Ordem Vermelha – Filhos da Degradação e as HQs Savana de Pedra – finalista do Prêmio Jabuti – e Desafiadores do Destino, que também será publicada pela AVEC. Sempre amou múmias, lobisomens, predadores e aliens, mas seus monstros mais temidos sempre foram o T-1000 e a Declaração de Imposto de Renda.

Para Vanessa,
Pelos conselhos musicais, pelas dicas de moda e pelo tempo em que ficou

Todos os documentos deste livro foram reunidos e revisados por Madame Mashaba ao longo dos anos, de forma a constituírem uma ordem compreensível dos fatos que se seguiram a partir dos primeiros eventos.

Entre os documentos que constam na obra existem diários pessoais, e-mails, cartas, recortes de jornal e boletins policiais. A maneira como tais arquivos foram ordenados ficará evidente em sua leitura.

PARTE 1

PRÓLOGO

EU CORRIA COMO SE TIVESSE A LEGIÃO DO INFERNO EM MEUS CALCANHARES. A floresta se fechava diante de mim, com os galhos indicando a direção para fora daquele túnel verde, escuro e terrível. O ar quente invadia minhas narinas, o sabor de sangue na saliva me deixava com fome e sem palavras. Quando saí de volta para o campo aberto, me deparei com os dois ao lado da fogueira. Um me encarava em desafio e o outro, com medo.

Não demorou para que a população viesse da floresta. Garfos, pás e machados levantados para o alto pedindo a minha cabeça. "Morte ao monstro", clamavam. Estavam ali, entre eles, a garota que um dia me amou; meu melhor amigo; os colegas de tantas aventuras; a idosa que narrava histórias de terror; o rapaz dos peixes. Todos eles presentes, me julgando, me odiando só porque eu era diferente, só porque eu não tinha como voltar atrás. Não era uma escolha, era uma condição. Um estado real do que eu representava enquanto indivíduo.

Um homem me atirou um seixo, mas não acertou. Logo os demais tiveram a mesma ideia e uma chuva de pedras voou sobre mim, abrindo novas feridas. A mulher perto da fogueira gritou, suplicando misericórdia. Não para ela, mas para mim. O homem ao seu lado abriu sua garganta com uma faca e deixou ela ali caída, morrendo aos poucos, um pedaço do cabelo chamuscando no fogo, como se nada fosse.

"Não", eu disse, o coração esmagado por dentro.

Foi então que perdi o controle, ou cedi à fúria, porque avancei sobre o homem e arranquei sua cabeça, jogando o corpo nas chamas enquanto desfigurava seu rosto com prazer. Quando ele encontrasse com Caronte, não teria mais os olhos para pagar a travessia.

A população avançou. Era exatamente o que eu esperava. Como uma dança macabra, desfilei pelo campo abrindo talos, decepando, rasgando, mordendo e atravessando, com um cuidado e precisão especiais em cada um deles, até que não sobrasse um único humano vivo naquele local. Quando dei por mim, havia uma roda de corpos aos meus pés, desenhando uma espiral de membros espalhados quase que artisticamente no meio de toda aquela chacina. Os pinheiros tingidos de sangue, o sol fervilhando sobre as peles decrépitas daquele cenário sem vida.

Mesmo com toda a sinceridade das cenas, dos cheiros, toques e sabores, aquilo tinha sido apenas um pesadelo. Tinha, não tinha?

01
O DIA EM QUE EU VIREI FUMAÇA

O MUNDO LÁ FORA SEMPRE PARECE MAIS VIVO DEPOIS QUE PASSAMOS UM TEMPO NA ESCURIDÃO, não é?

Sair de casa nunca foi uma tarefa fácil. O sol é insuportavelmente quente e as pessoas não param de olhar. O cabelo curtinho daquele jeito, branco como o de uma velha e com uma mecha preta despontando do lado esquerdo, é quase um insulto para a população. Ninguém sabe, nem perguntou, mas são cores de nascença. O meu porte cadavérico, sem muitos peitos e a pele perpetuamente pálida, independentemente do verão, também fazem parte do pacote.

A jaqueta de moletom preta sobre a regata também preta, como se eu estivesse de luto para sempre, com o capuz eternamente cobrindo a cabeça, mesmo sem frio ou chuva para justificar, e a calça jeans escura e surrada, arrastando o coturno de mil cadarços, adivinha só, preto. E o que dizer do delineador exagerado nos olhos então? É o que eu chamo de "estilo". Mas nada disso colabora para uma boa impressão social. Eu sei, mas não me importa. Adolescentes são rebeldes e monstruosos, afinal.

Águas Rasas é uma cidade pequena e bonita até, não mais do que trinta mil habitantes, erguida de maneira harmônica em uma paisagem plana e cheia de verde pelos colonos italianos no século passado, localizada ao norte do estado de São Paulo, quase divisa com Minas Gerais. Os comércios de malhas e de esportes de aventura eram fortes, atraindo pessoas de todo o país. Um lugar sem espaço para preconceito ou tradicionalismos impetuosos e é repleta de atividades culturais e incentivo ao atletismo.

Mas essa é a cidade vizinha.

Eu moro a treze quilômetros de lá, em um cenário quase medieval, se é que eu posso dizer isso, por falta de expressão melhor. Cidades do interior não são clichês, mas Cruz Credo carrega uma fama pejorativa. Quente de uma maneira indescritível, não deve ter mais do que seis mil habitantes bastante detestáveis, com uma ou outra exceção, é bem verdade. E todos eles praticamente se conhecem, pense no inferno que é isso.

Com muito verde, muita fofoca e pessoas que se preocupam mais com a vida dos outros que com a delas mesmas, Cruz Credo possui lendas terríveis de caça às bruxas em pleno século XX e de divisões de classes até os dias de hoje. *Status* e figurino padrão são importantes também, ainda que não obrigatórios. As ruas e casas foram construídas de maneira desordenada e todas as vias nos levam até a praça da matriz, onde existe uma igreja mais antiga que a cidade e que poucos cristãos lembram de visitar. O sino sempre toca às seis.

Entre as ruelas labirínticas que cercavam a praça da matriz, em um bairro burguês como outro qualquer, existia uma casa de tijolo à vista com uma varanda enorme, toda colorida e florida, que ficava linda com luzes de Natal e coisa e tal. A família Machado era meio que a minha família também, pois tinham sido próximos da minha mãe quando ela ainda era viva.

A minha casa mesmo é o Lar das Meninas, nome bonitinho que a cidade deu para o orfanato daqui. Mas é no lar dos Machado onde eu como e passo a metade do meu dia (e às vezes até a noite, quando durmo por lá) quando não estou na escola, na biblioteca ou embaixo da coberta.

Eu lembro de estar parada diante da porta, sem conseguir entrar. Não que eu não quisesse, ou que não pudesse (afinal, eu tinha passe livre ali), é que eu simplesmente não conseguia mesmo. Quase como uma trava mental, como se meu cérebro ordenasse aos meus pés que não se movessem dali para dentro, por qualquer razão que fosse, mas nenhuma que fizesse algum sentido para mim. Não foi a primeira nem a última vez que isso me aconteceu e era um porre. Um psicólogo resolveria a questão? Talvez, quem sabe.

A Dona Edna conservava aquele sorriso amarelo típico da mediocracia do interior, ou de quem bebe café com açúcar, sabe? Era uma mulher baixa como uma criança, velha de uma maneira que eu não conseguiria calcular e com centenários pés de galinha saindo pelas beiradas daqueles pequenos olhos cruéis, com rugas que contavam as próprias histórias e um cheiro fortíssimo de naftalina misturado com perfume barato, que sempre me dava náuseas.

Toda vez que ela usava aquele vestido amarelo e o chapelão da mesma cor, eu não conseguia evitar de imaginá-la como uma manga depois de chupada até o caroço. Que pensamento divertido! Soltei um risinho, mas eu não sou tão boa assim em me expressar, por isso pode ter parecido com qualquer coisa, inclusive mal-estar. A Dona Edna não percebeu e então, notando que eu não ia sair do lugar de jeito nenhum, para o meu alívio, disse com sua voz de passarinho:

— Entre, por favor.

Oh! A palavra mágica. "Entre", isso ajuda muito nessas horas. É o equivalente ao "Abre-te, Sésamo" paro os meus pés, que voltavam a me obedecer, indo para onde eu quisesse que fossem.

Por dentro, a casa não era muito diferente de fora. Tijolos à vista, quadros simétricos na linha do teto com pinturas sagradas, papéis de parede em losangos, flores colocadas em vasos estrategicamente posicionados para não serem atropelados por qualquer desastrada como eu, além de toda uma decoração religiosa, com imagens santas que eu não sabia decifrar, um crucifixo por cômodo (diferente em cor e tamanho), um rosário preso no ímã da geladeira, outro pendurado no canteiro da janela da sala e coisa e tal.

Fui até a cozinha e peguei a primeira maçã que vi na fruteira. Fui repreendida amorosamente por Dona Edna e me lembrei de que precisava lavar a fruta antes de comer. Dei de ombros, a lavei, enquanto cantava *Bad Blood* da Taylor Swift e fingia saber rebolar, mas acredite, não era uma cena sensual nem agradável de se ver. Se Lucila me visse naquela hora, teria me sacaneado ou me chamado de "traidora do movimento", afinal, quem tem quase todos os CDs dos Ramones e do Misfits não poderia de forma alguma apreciar, cantar ou, pasmem, rebolar a música de uma cantora *pop*, né?

— Querida — Dona Edna estridulou. — Está atrasada para a escola. Vamos! Vamos!

— Já tô indo, senhora!

Terminei em três mordidas bastante rápidas e eficazes, peguei o lanche de pão integral que encontrei na mesa, a bolsa jogada num canto da cadeira e guardei o *squeeze* com suco de uva ali também. Eu não tinha problema algum para sair dos lugares como tinha para entrar, então fui logo me esgueirando pela porta, quando...

— Aonde foi tão cedo? — Ela perguntou, sentada no sofá vermelho ou bordô, que dava todo aquele choque visual contrastando com o seu amarelo.

— Ah... Dar aquela minha voltinha matinal, sabe? — Menti descaradamente. — Aproveitar o verão. De vez em quando é bom perder uns quilinhos, né?

— Jesus Cristo! Se você perder mais algumas gramas, eu terei de jogar seus ossos para o Cunha!

Aquela mulher era realmente exagerada. Eu não era bulímica e nem tão magra assim. Pesava mais ou menos 45 quilos, o que é bem de acordo para os meus quase um metro e sessenta. Aliás, "Cunha" era o nome do nada adorável são bernardo da família Machado. E eu nunca tinha ouvido falar que cães daquela raça poderiam ser, como posso dizer, *malignos*. Existia algo de muito ruim naquele bicho, na maneira como ele me olhava a distância, lá de dentro da casinha dele no quintal dos fundos, e em como adorava comer todas as minhas calcinhas do varal de chão. Não faz muito tempo, uns meses atrás, ele quase me mordeu no braço, a coleira o conteve. O Senhor Machado me disse que era apenas instinto e que Cunha não ia de fato me morder. Aham, sei.

Antes que ela continuasse com o discurso, corri para fora. Era a bronca ou o sol, nada de bom, mas melhor do que a primeira.

Se a Dona Edna soubesse dos meus hábitos noturnos, ela me denunciaria para o Lar das Meninas e eu seria trancada para sempre, imagino. Basicamente, quando escurece, eu monto uma barraquinha embaixo da coberta e baixo filmes B ou de horror, dos anos 30 aos 50. Passo a madrugada assistindo, sabe? Há dois anos, eu e Lucila fomos para uma mostra de cinema em Águas Rasas que fez um resgate desses filmes da Hammer e da Universal, mas não teve muito público e logo encerraram. A minha própria melhor amiga não aguentou vinte minutos de um dos filmes e já estava cochilando ou mexendo no celular. Uma pena mesmo.

Acontece que quando descobri aquelas maravilhas, eu simplesmente enlouqueci!

Eu nunca dormi muito e sempre fui notívaga. Ia deitar por volta da meia-noite e mais ou menos às três já estava em pé, sem sono nem nada. E o que dizer daqueles clássicos maravilhosos? A Noiva de Frankenstein, O Lobisomem, À Caça do Monstro, A Tumba da Múmia, Às Voltas com Fantasmas, A Filha de Drácula e outros tantos, que eu não conseguia cansar de ver e rever.

O bom disso tudo é que, desde então, descobri um lado meu que eu não sabia que existia até o momento. Tomei gosto pela coisa e hoje sou fã de obras de horror, tenho vários gibis dos Contos da Cripta, livros do gênero encontrados em sebos e DVDs de terror doados por quem quis se desfazer de alguma antiga coleção. As outras meninas do orfanato me olham com medo e julgamento, e o Lar das Meninas me proibiu de manter os pôsteres de Elsa Lanchester, Bela Lugosi ou Boris Karloff (ao lado de um do quarteto Ramone, todo blasé, e do Glenn Danzig, de quando ele não parecia uma vovó) que estavam colados aos montes nas paredes do meu quarto. Sendo assim, guardo todos os meus monstros de estimação num velho baú. Paciência, né?

A escola não é exatamente longe da casa dos Machado, afinal toda Cruz Credo circunda a igreja na praça da matriz, mas fica localizada do outro lado do círculo. Se eu corresse, ainda daria para alcançar Lucila, pensei. Não precisei, logo a vi uns passos à frente, encostada num poste, flertando com o rapaz clichê de cachos loiros, olhos azuis congelantes e corpo de estátua grega, que usava regata, shortinho e chuteira. Ela logo me viu, abriu um sorriso e levantou a mão, gritando tão alto que daria para ouvi-la de Águas Rasas.

— Branquela!

— Ei! — respondi sem-graça, sem conseguir encará-la pra valer.

O galã me ignorou secamente, como eu esperava e torcia que fizesse, a cumprimentou no rosto e sumiu na esquina seguinte, seguido dos olhares brilhantes da minha única amiga naquele lugar.

— Desculpa ter espantando ele. Não fiz por querer.

— Relaxa. Ele tem medo de você, assim como todos os garotos daqui. — Lucila desabou em rir. Confesso que eu gostava do humor dela, era quase igual ao meu.

— E aí... Já tá rolando alguma coisa?

— Ainda não. Mas o sábado é daqui quatro dias e de sábado não passa.

— Que bom. Você é uma guerreira, Lu.

— Por quê?

— O cara foi transferido pra cá faz uma semana, você já se apaixonou e já vão ficar juntos. É de uma velocidade impressionante!

— Que nada. Você que é lerda demais, branquela — Ela me puxou dali, afinal ainda estávamos atrasadas para a primeira aula. — Não sei como consegue ficar paquerando tanto tempo alguém.

— Eu vivo com o pé no freio mesmo.

— Pô, mas nove meses? Lembro do Lucas, foi esse tempo, não foi? Flertando aqui e ali, e no final das contas não deu em nada. O moleque cansou de te esperar, aí você ficou toda tristona, achando que ele era "acelerado" demais. NOVE MESES! Daria pra eu ter nascido de novo nesse tempo todo.

— Temos que ir com calma para não nos arrependermos depois. Lembra de você e o Caio? Ficaram seis meses juntos e terminaram em seis minutos. Não me julgue.

— Você é igual refrigerante, branquela. Agita, agita, até que perde o gás! — Gargalhou escandalosamente. Até eu segurei o riso. — Verdade. Éramos *crianças*. Quando a gente tem 15 anos, não sabemos o que estamos fazendo mesmo.

— Aham. Tínhamos 15 até um tempo atrás. Agora, com 16, somos superadultas, né?

— Sim!

Lucila riu mais e começou a girar no próprio eixo, com a mochila presa contra o corpo. Ela sim tinha peitos enormes, daqueles que nenhum botão aguenta muito tempo e que pulam para fora. Coxas grossas, um certo bronzeado de quem não sai da piscina, os cabelos castanhos e volumosos que respondiam ao vento e nenhuma tatuagem, *piercing* ou alargador. Usava sainhas curtas e camisetas apertadas, que ajudavam a desenhar melhor sua silhueta e roubava todos os olhares. Era bonita de um jeito natural, nada surpreendente. E claro que eu invejava uma coisa aqui e ali, apesar de gostar bastante de como eu era também.

Ela era alguns meses mais velha, nascida no meio de agosto, enquanto eu tinha acabado de completar 16 anos, exatamente ontem, em 30 de outubro. Nunca gostei muito de festas e celebrações, mesmo assim a Dona Edna insistia em fazer um bolo e acender uma vela, algo discreto, apenas para a família Machado, o que dava para relevar. Já o orfanato, felizmente, não se lembrava do aniversário de suas órfãs. De presente mesmo, ganhei somente este diário supercharmoso e único, que a Lucila me deu.

Minha amiga tinha ido a uma feira de artesanato em Águas Claras no último final de semana e encontrou lá o mimo ideal para mim: um diário de capa preta, que lembra couro de verdade (mas não é), com caveiras brancas costuradas sobre ela e papel reciclado por dentro, com aquela textura gostosa. Realmente lindo. Eu ia esperar até o começo de 2018 para começar a usá-lo de maneira mais... *cronológica*, digamos assim, mas a Lucila insistiu muito para que eu começasse agora. Por isso, neste 31 de outubro, um dia depois de ganhá-lo, estreei meu diário sobre a minha terrível-vida-sem-graça.

Mais ou menos, né?

O primeiro detalhe estranho no dia de hoje foi aquela mulher me encarando de repente, na esquina distante do cruzamento das avenidas, na calçada bem abaixo do semáforo. Ela segurava um guarda-chuva aberto acima da cabeça, talvez para se proteger do sol infernal, e usava um turbante superestiloso. O restante não enxerguei bem pela distância, mas me pareceu que a mulher poderia ser médica ou enfermeira, porque estava toda vestida de branco. E mesmo que eu não pudesse vê-la com tantos detalhes, a sensação de estar sendo observada era bem forte. Ela nem fez questão de disfarçar e continuou me olhando, mesmo depois de eu encará-la.

Isso tudo pareceu durar bastante tempo, apesar de ter sido apenas alguns segundos. Realmente, ser diferente em uma sociedade cristã de uma cidade pequena pode atrair holofotes indesejados. Não foi a primeira vez que alguém me encarou daquela forma, mas foi a primeira vez que eu estranhei isso. Depois, como naquelas cenas de filme de suspense, um carro passou ocupando a minha vista, e no instante seguinte a mulher tinha desaparecido e coisa e tal. Abstraí e segui em frente. Até perguntei para Lucila, mas ela não tinha visto nada, estava com a cabeça nas nuvens pelo rapaz atlético do minuto passado.

Chegamos na escola quando o portão principal estava quase fechando, corremos para a sala, mas o professor Arnaldo era um homem gordo, cansado e sua vista não era mais como antes. Ou ele ignorou o nosso atraso ou se cansou de reclamar, porque não ouvi nenhum protesto quando entramos por último em sua aula. Eu não tinha exatamente problema com a escola, só com os alunos mesmo. Geralmente eu sou ignorada, às vezes aparece alguém para debochar do meu visual ou jogar alguma bolinha de papel, mas nada realmente terrível. Eu também não sou santa e revido qualquer brincadeira de mau gosto feita comigo, não guardo rancor.

Teve uma vez que um menino tentou me abraçar por trás e até hoje não sei o motivo, se ele queria me dar um pilão ou realizar algum abuso, mas não esperei para saber e mordi o antebraço dele de uma maneira que deixou aquela parte de pele em um tom roxo-esverdeado para sempre. Passei uma tarde na diretoria, argumentando autodefesa e coisa e tal, e fui liberada. "Não sabe brincar, não desce pro *play*", dizem alguns, e eu respondo que quando quiser brincar, eu mesma irei até o parquinho, senão, é só me deixar em paz que sai todo mundo ileso. Isso funciona na maior parte das vezes.

A escola Coronel Ovídio Torquato é uma das mais antigas e tradicionais de Cruz Credo. Os professores são razoáveis e as aulas são suportáveis, as minhas prediletas são História e Redação, em que posso brincar de ser escritora às vezes. Nem sempre dá certo, porque as notas vêm abaixo da média, mas o importante é me divertir com o que tenho na mão e sair viva depois do último sinal.

Uma das melhores partes era o intervalo, não por causa da pausa ou da comida horrível que eles forneciam (provavelmente gato picado com molho de cachorro e purê de pardal), mas pela horinha que eu conseguia passar em paz na biblioteca, local estranho e inabitado pelos demais alunos desinteressados por cultura, fora um ou outro que precisava desesperadamente fazer algum trabalho com Lobato ou Álvares de Azevedo.

Por isso, aquele era meu refúgio merecido. A senhora bibliotecária estava quase sempre com o rosto enfiado em algum livro e eu conseguia reler Drácula de Bram Stoker, A Mão do Macaco de W.W. Jacobs ou qualquer conto do Edgar Allan Poe, meu ídolo. Muitas pessoas gostariam de ir para o País das Maravilhas, Oz ou a Terra do Nunca, e eu sou completamente capaz de compreender isso. Imersa nas histórias, sempre me imaginei nos Cárpatos, na Transilvânia, acompanhando a corrida daqueles três estimados cavaleiros ingleses caçando o terrível Conde Drácula, ou cruzando o Atlântico até o Polo Norte junto da criatura de Frankenstein, por que não? Eu sei, não são lugares imaginários de fato, mas insólitos à sua maneira fantástica e de um jeito que eu gostava bastante e coisa e tal.

Aí chegamos à segunda coisa estranha daquele dia atípico: eu estava sentada em uma mesa no fundão da biblioteca e de frente para uma das janelas que dava para o pátio. Boa iluminação, silêncio total e tranquilidade para leitura.

Uma sombra se projetou sobre mim e cobriu a página 95 do livro. Demorei para identificar a figura, mas reconheci o mesmo garoto que flertava com Lucila. Parado como estava, ele encobriu a claridade que vinha da janela, me encarando com um tipo de ódio que eu só via em Cunha, o cão, e mordendo os lábios de um jeito realmente vulgar.

— Pode sair da frente da luz, por favor?

— Betina Barbosa, correto?

— É o que consta no meu RG, sim.

— Lendo livros clássicos de terror. Talvez para pesquisa, suponho. — Ele levou a mão ao queixo, pensativo, como se aquela fosse a conclusão de sua vida. Seus músculos falsos de academia brilhavam de suor na luminosidade que vinha por trás, da janela. — Usando roupas escuras. A palidez da pele. Totalmente reclusa dos outros alun...

— Pois é, querido. Essa sou eu. Você não tem obrigação de gostar.

— Tudo faz sentido. Minha intuição estava correta. — Ele finalmente saiu de frente da janela e veio para o lado da mesa, mais próximo a mim. Na parte de fora, no pátio, nenhum aluno ou funcionário da escola pareceu notar qualquer coisa. A bibliotecária estava longe demais e eu estava oculta pelas estantes daquele setor.

Então me levantei, achei que fosse a melhor maneira de espantá-lo dali.

— O que você quer, hein, cara? — Bati com o livro sobre o peito de rocha dele.

— Você.

— Fala sério!

— Eu me aproximei de Lucila nesses últimos dias, mas meu foco era você.

— Olha, meninão, você não faz o meu tipo!

O rapaz me pegou pelos ombros e me encostou contra a parede oposta à janela com força. Não parecia que queria me beijar. Ele estava muito sério para isso, ou então não tinha jeito com garotas.

— Ei! — Eu estava indignada.

— É você. Só pode!

Tentei sair empurrando-o para frente, ele recuou alguns passos, mas logo depois me forçou de volta contra a parede. Bati as costas e a nuca com força. Eu não teria como sair dali, a não ser que gritasse. Mas para gritar, eu precisaria ter ficado com medo. Acontece que eu fiquei brava, bem brava mesmo.

Foi aí que aconteceu a terceira coisa estranha do dia.

Não lembro detalhadamente como os eventos a seguir ocorreram, eu estava meio nauseada, meu corpo enfraqueceu, o mundo deu uma girada, e lá estava o rapaz firme contra mim. Nos primeiros segundos, achei que eu tivesse me desfazendo, pouco a pouco. Sim, desfazendo, como se fosse areia, um grão por vez e coisa e tal, sabe? Mas não era areia, era mais como se fosse... uma fumaça.

Pequenos grãos de fumaça escorrendo dos meus braços, depois da minha cabeça, do tornozelo e então do restante do corpo. Senti como se eu tivesse me distorcendo, meu corpo meio elástico... Olha, é difícil descrever as coisas quando você parece ter saído do escapamento estourado de um caminhão. Eu enxergava o rapaz de maneira cinzenta e turva, como se ele estivesse na mesma espiral que eu, mesmo sabendo que ele não estava. Eu era a espiral de vapor, precisava compreender isso para não vomitar naquela hora.

Dessa maneira, o empurrei com força, como se eu fosse uma lufada de vento. Não com minhas mãos, mas com a minha vontade. Pois é. Ele atravessou a biblioteca pelo ar e bateu contra a parede do corredor. *CRAK*. Eu parecia estar voando naquele mundo cinza e inquieto, até pousar de alguma maneira próxima ao cara. Minha náusea parou subitamente e as coisas começaram a ganhar forma e cores novamente. Eu me refiz ali, também no corredor, com ele desmaiado aos meus pés. Nenhuma testemunha. Fiquei meio tonta e devo ter desmaiado também.

Aquilo com certeza ia acabar na diretoria.

Diário de Betina, 31/10/17

NOVA MENSAGEM   X

para: contatovh1890@omosteiro.org

de: diretor@omosteiro.org

data: 31 de out. (há 6 horas)

assunto: Ocorrência 13666 URGENTE

Caro VH,

Como está? Espero que bem. Enviei-lhe um Henri Jayer Richebourg há dois meses, como demonstração de estima pela conclusão do caso 13652 em Lahore, o qual você executou novamente com excelência e precisão. Praticamente um trabalho de arte admirável.

Os paquistaneses enviaram um memorando para O Mosteiro como gratidão e agora também, por conta disso, contamos com mais três fortes investidores em nosso grupo, dois do ramo agropecuário e o outro da telecomunicação.

Dois meses também é o período que não nos retorna, querido VH.

O que houve com o seu smartphone? Não atende mais as nossas ligações. Compreendo o quanto fica ocupado durante os compromissos dos quais o incumbimos e que isso lhe dá pouco tempo para a internet, cartas ou telefonemas. Também sei o quanto é quieto e formal, um rapaz de poucas palavras, mas até onde o conheço, sei que não é mal-educado, apesar do pouco humor que possui.

Agora, veja bem, temos uma ocorrência que requer urgência. O neófito falhou em missão que, honestamente, era bem simples de se resolver, na minha opinião. Os outros três agentes de nossa elite estão em outras missões pelo globo, o que os incapacita de atuar neste caso em especial. De qualquer maneira, o neófito teve lá seus méritos ao identificar uma nociva no interior do estado de São Paulo, no Brasil, setor 2. Alguns de nossos informantes, que agora vêm reunindo maiores detalhes do caso, desconfiam da real identidade do alvo e sugerem que ela possa ser filha do Herege.

Enfim, eu o respeito e tenho forte estima por sua pessoa, VH, mas não posso admitir que nos ignore dessa maneira. Mesmo que não tenha apreço por eventos de premiação (dos quais eu até compreendo que fuja), quando surge uma ocorrência URGENTE, precisamos de agentes como você para executar a tarefa em campo e necessitamos ser atendidos na mesma hora. Por isso este e-mail, como último recurso para solicitarmos os seus trabalhos. Por favor, me retorne o quanto antes.

Maiores detalhes da nociva e a exata localização da cidade seguem no anexo compactado, que também requer a sua senha para acessar, se é que você ainda se lembra dela, dado o seu sumiço repentino, o qual espero não interpretar como uma afronta ao bom serviço que seguimos realizando para a humanidade.

Não me desaponte, rapaz, ou então o seu contrato poderá ser cancelado.

Atenciosamente,

O Diretor.

Anexos: nocivainfo.rar   Baixar ou Baixar Todos

Clique aqui para Responder ou Encaminhar

| NOVA MENSAGEM | X |

| para: cd@castelo.mail |
| de: madamev@castelo.mail |
| data: 31 de out. (há 9 horas) |
| assunto: Viagem de Negócios |

Meu queridíssimo Morcego,

Saí de Santos às 8h35 da noite, no 29 de outubro, alcançando a capital na manhã seguinte; deveria ter chegado às 6h46, mas o ônibus atrasou em algumas horas devido a um acidente na Rodovia dos Imigrantes. São Paulo parece mais suja e caótica do que a última vez que estive por aqui.

Receei me afastar muito da Estação Tietê, uma vez que havíamos chegado com atraso e partiríamos o mais próximo possível do horário correto. A impressão que tive foi a de que estávamos saindo do Paraíso e entrando no Inferno: mendigos em cada esquina em situação deplorável, ignorados por homens de terno, e inúmeras mulheres com pequenas crianças no colo pedindo por comida, sem que ninguém as notasse.

Saímos em boa hora e chegamos ao rodoterminal de Bragança Paulista ainda pela manhã, no horário das 11h25. Não fiz muito pela cidade além de ganhar tempo caminhando por ela, já que eu não me antecipei e todas as passagens para o interior no horário da tarde já haviam sido compradas, provavelmente por conta do feriado prolongado de 02 de novembro, o Dia de Finados. À noite, felizmente, consegui embarcar em um ônibus praticamente vazio. Cruz Credo fica a apenas quarenta quilômetros, uma cidade pequena e imprestável que já conhecemos e que ainda me parece um terreno medieval e não no bom sentido.

Passei a noite no Hotel Morada do Sol, na área rural e um pouco distante da cidade. No jantar, ou melhor, na ceia (porque tudo por aqui é uma fartura), comi uma galinha temperada com uma espécie de pimenta vermelha que estava muito boa, mas me deu muita sede (lembrete: levar a receita para Mina). Perguntei ao garçom e ele disse que se chamava Bode Amarela (ou Capsicum chinense), de ardência 8, e que, por se tratar de um prato nacional, eu poderia encontrá-lo em qualquer lugar no Brasil. Batatas assadas e douradas, com arroz papa e feijão carioca complementaram o prato inesquecível, apetitoso e pesado. Um guaraná local, que mais lembrava o sabor da tubaína, me foi servido logo em seguida.

Não dormi bem, embora a cama fosse confortável, pois tive todo tipo de sonho estranho, em conversas etéreas com os mensageiros, querendo me alertar sobre a possível sobrenatural desabrochada nos últimos dias e dos riscos que ela corria, informações estas que já obtínhamos; também tive uma visão profética, da menina sendo degolada por um sanguinário inquisidor no dia seguinte, o que me deixou um pouco abalada, confesso. Ou talvez a noite ruim tenha sido causada pela Bode Amarela, pois precisei beber toda a água da minha garrafa e continuei com sede.

Adormeci quase de manhã e fui acordada por uma mulher com pouco mais idade do que eu, que flutuava acima da cama, chorando tristemente, pobrezinha. Ela disse para que eu tomasse cuidado, pois pessoas como eu, em um lugar como aquele, de tristes e pecaminosas histórias, poderiam acabar na cruz ou queimadas. Eu a lembrei de que não vivíamos mais no começo do século passado, apesar da repetição intrínseca dela para que eu acreditasse nisso, então a libertei para a paz definitiva.

No desjejum, comi uma espécie de mingau de milho, café especial de plantio local e pão sovado, com uma textura bem marcante (lembrete: pedir também a receita disso) e que fica maravilhoso com manteiga, ainda mais quando ela derrete sobre o miolo aquecido. Curioso que, apesar de ter características brasileiras, esse pão é de origem francesa. Ouvir os pássaros e o primeiro galo pela manhã, foi honestamente agradável.

Precisei comer depressa, pois o ônibus circular saía pouco antes das seis, ou melhor, deveria ter saído, porque depois de correr para chegar até o ponto às cinco e meia, precisei esperar sentada em meu banco por mais de meia hora até a partida. Parece-me que quanto mais no interior nos aprofundamos, menos pontuais são os ônibus. Descobri em seguida, no entanto, que esse tipo de atraso era comum porque o motorista deveria esperar pelos demais passageiros, que seguiam sem pressa para a cidade. Outra descoberta foi a de que já era dia 31 de outubro. Ou seja, exaurida pelas visitas noturnas e pela longa viagem, dormi durante todo o dia 30, sem perceber.

Por sorte, o trajeto até Cruz Credo fora curto, menos de vinte minutos até a antiga estação. Eu cheguei ao centro um pouco antes das oito, quando então a vi.

A nova sobrenatural é linda e astuta, como imaginávamos, porém cautelosa. Ela não parecia doente, pelo menos não daquela distância, e ainda não havia despertado. Infelizmente, ela esteve em minha vista por pouco tempo, pois logo se foi (sim, nos falamos, mas depois volto a isso). A segui de longe e notei que caminhava até a escola, onde residia uma presença opressora, por isso não me demorei para entrar no local, me apresentando como uma das tutoras dela, do Lar das Meninas.

Fui recepcionada pelo servente, um homem bom e simples, que pediu que eu esperasse até que fosse chamá-la. Em seguida, em vez da menina, veio a diretora até mim, uma mulher alta de rosto cruel, me encarando dos pés à cabeça, disfarçando um desdém e dizendo, com certa grosseria, "que nenhuma tutora do orfanato era praticante do umbandismo, nem sequer da minha raça" e que se eu não partisse de lá, ela chamaria a polícia, talvez imaginando que eu fosse sequestrar sua tão estimada aluna. É provável, acredito eu, que ela conheça cada uma das tutoras caucasianas da instituição, a ponto de saber que eu não sou uma delas. Era uma explicação bastante razoável.

Eu estava prestes a deixar a escola, sem maiores opções, quando vi de esguelha aquele que seria o inquisidor. O identifiquei na quadra ao lado da sala onde eu estava. O terrível sanguinário era até que bastante jovem para seu cargo e estava praticando algum esporte, acredito que o futebol, com outros de sua idade. Quando ele levantou a mão para protestar algo no jogo, reconheci a marca do Mosteiro próxima à axila e fui até a direção dele, mas antes que pudesse fazer qualquer coisa, fui impelida pelo mesmo bom servente de antes, que me retirou gentilmente, mas com considerável força, da escola. Os portões principais foram fechados para mim e não pude fazer mais nada a respeito.

Não lamento, contudo, pois permaneci do lado de fora por tempo suficiente para sentir que tudo havia se resolvido sem a minha ajuda, o que já é um ótimo indício de quem essa nova sobrenatural é. Ao que tudo indica, a menina finalmente despertou, ou algo próximo disso, e abateu seu primeiro inquisidor com sucesso. Não demorou para que uma ambulância chegasse ao local e o retirasse às pressas de lá. Acredito que há pelo menos um olheiro deles infiltrado no Hospital Municipal de Cruz Credo, que também deu as coordenadas aos nossos adversários após o ocorrido. Um dos mensageiros murmurou em meus ouvidos que o jovem opressor se tratava de Arthur Garcia, recém-associado ao Mosteiro e pertencente à filial brasileira. Inexperiente, portanto.

Enquanto ele estava na maca, sendo colocado na ambulância, me aproximei e fixei meus olhos sobre seu corpo, então belisquei com força o lado esquerdo de meu pescoço; no mesmo instante, o rapaz acordou de dor e susto, levando a mão até a parte dolorida dele. Antes que Arthur sumisse por dentro do veículo, nos encaramos por um milésimo de segundo, quando ele identificou minha pessoa e se apavorou quando compreendeu. Em sua mente, eu disse que ele não estaria a salvo. Depois disso o levaram, mas eu ainda podia ouvir os berros do rapaz na minha cabeça.

Foi um prazer.

De sua amiga, Tafari

Clique aqui para Responder ou Encaminhar

ENTREVISTEI UMA MULHER DE TURBANTE

MINHAS ORELHAS ARDERAM NA SALA DA DIRETORA, MAS NENHUMA FUMAÇA SAIU DELAS, então eu devo ter voltado ao normal.

A Senhora Umbelina Jaquetone era a diretora clichê, daquelas que vemos em filmes de verão para adolescentes ou em novelas mexicanas reprisadas para sempre. Apesar de comprida como um pepino, tinha rosto de gorda, com as bochechas como as de um buldogue, olhos minúsculos escondidos atrás dos óculos redondos antirreflexo e uma boca pequena, mas que falava bastante alto. Ela deu todo um discurso de que brigas eram proibidas na escola e de que uma garota jamais deveria lutar.

Ainda foi esclarecido que o rapaz que me atacou não era aluno e que devia ter entrado na escola misturado com os demais, já que tinha idade semelhante à nossa. A diretora também comentou algo sobre uma mulher ter vindo me procurar, fingindo ser tutora do orfanato e querendo me levar, mas que ela a havia espantado, então que era para eu ter cuidado na volta para o Lar das Meninas. Depois, afagou seu coque do cabelo preto preso. E foi só.

Isso aconteceu ontem. No final das contas, eu sempre acabava escapando de uma encrenca maior quando ficava quieta, algo que fui aprendendo nos últimos meses. Naquela terça-feira, nada de mais aconteceu e o dia, que teve três eventos estranhos, acabou da maneira mais comum possível (ou quase). Voltei para o orfanato e me tranquei no quarto, fingindo estudar, enquanto passava algumas horas pensando no que tinha me acontecido. Eu havia mesmo virado um redemoinho fumacento que jogou o rapaz longe? Ou tinha alucinado a situação, dado que eu estava lendo um livro de terror, e fantasiado a representação de tê-lo empurrado como qualquer pessoa normal faria? Não lembro de ter usado minhas mãos em nenhum momento, mas lembro claramente de como o mundo se distorceu na minha frente e eu me senti mais leve, mais turva. Simplesmente diferente.

Depois acabei cochilando e devo ter dormido por quase seis horas, porque quando acordei já era perto da meia-noite. Não sou de dormir assim, afinal eu mal durmo mais do que três ou quatro horas. Foi um sono cansado, mais ou menos igual daquela vez que fui com o grupo da escola para a zona rural, onde aprendemos a plantar árvores e passamos o dia todo embaixo de um sol escaldante fazendo trabalho braçal. Era sim o mesmo tipo de canseira, mas o que eu fiz para ficar assim? Desta vez não teve enxada, nem sol, nem nada do tipo. Deve ter sido o estresse de ser atacada por um mané e coisa e tal.

Então eu fiz o que faço quase toda noite: pulei a janela até o pátio do Lar das Meninas. O meu quarto ficava em uma das extremidades da instituição, com vista para a área de caminhada, no primeiro andar, a uns dois metros do chão. Eu sou bem levinha e devo ter pés de pluma, porque nunca faço barulho quando chego até o solo, nem sinto o impacto. Caminhei pela área murada, deixando minha camisola branca de vovozinha esvoaçando com o vento frio, enquanto ouvia a canção das corujas, dos sapos e dos grilos, que fazem aquela sinfonia para a orquestra da escuridão. Eu gosto, me dá paz de certa forma.

Em algum momento, eu arrepiei. Os pelos da nuca devem ter subido um centímetro, depois todos os outros pelos do corpo também. O frio bateu mais forte, mas era diferente do frio sereno da noite. Fiz qualquer som com a boca e saiu aquele bafo branco. "Betina", disse a voz no ar, quase um murmúrio. Achei que ainda pudesse ser o efeito do sono prolongado e esfreguei os olhos. Quando voltei a abri-los, dois pontinhos vermelhos me encaravam das sombras. Congelei de medo. Pensei no rapaz que me atacou na escola, depois na mulher misteriosa que tinha ido me procurar. Será que alguma gangue estava tentando me sequestrar? Devem ter me confundido com outra menina, porque eu e as tutoras não tínhamos riqueza alguma. "Betina", a voz repetiu. Mesmo sem saber de onde vinha, se era daqueles olhos ou de outro lugar, ela pareceu mais próxima desta vez. Então, no pé do meu ouvido: "Betina".

Soltei um gritinho.

Recobrei-me.

— Oi?

— Betina...

— *Vocêjádisseissooquequer?!*

— Você...

— Você é o terceiro que me quer hoje. Eu não tenho dinheiro, não tenho nada!

— Você tem a mim...

— Por favor.

— Não tenha medo, não lhe farei mal algum... — Sim, a voz falava de maneira reticente o tempo todo.

— Tudo bem. Posso ir embora agora?

— Eu não lhe farei mal, mas *eles* sim...

Os olhos na escuridão piscaram. Eu não tinha parado de olhar para eles um segundo sequer, mas naquele instante eu pulei. Seria um pesadelo? Meu belisco provou que não. Droga.

— Quem é você? O que quer comigo?

— Não posso falar por esses meios, eu...

Então a voz sumiu da mesma maneira que surgiu. Assim, do nada.

Os olhos ainda me encaravam, até que, de repente, algo se moveu na escuridão. Eu continuava congelada de medo, por isso não ia conseguir sair de lá tão cedo. Uma coruja do tamanho de uma criança de três anos saiu das sombras e voou para as silhuetas de árvores distantes. Eu conferi para ver se não tinha urinado nas pernas, tudo estava seco. Ufa!

Lembro de ter voltado correndo para o quarto depois disso, me trancado, fechado a cortina e deitado. Cobri a cabeça com o lençol, deixei a luz do abajur acesa e comecei a assistir programas de *youtubers* no celular, típica coisa que nunca faço, mas precisava distrair a cabeça e me acalmar até pegar no sono. Foi o que aconteceu logo mais.

O restante da sexta-feira foi bem normal, pelo menos até anoitecer. Encontrei com Lucila direto no portão da escola no começo do dia e ela estava escandalosa:

— Não acredito que o Arthur te atacou, branquela!

— Ah, então ele tinha um nome.

— Entendo que fique chateada, eu também ficaria. Me desculpe!

— Por que tá pedindo desculpas, Lu?

— Porque ele... Porque o Arthur é minha culpa!

— Você só paquerou ele. E isso não te faz cúmplice. A culpa é dele, e somente dele, por ter me atacado. Mas agora ele já se foi — Nem mesmo a Senhora Umbelina sabia o que tinha acontecido com o rapaz. O Hospital Municipal a informou que nenhuma pessoa com aquelas descrições havia chegado até a emergência. — Relaxa, eu tô bem.

— Ai, tadinha! Dorme em casa amanhã?

— Eu tô bem.

— Dorme, vai? É feriado!

— Tá.

Eu realmente não estava mais chateada, na verdade mal lembrava do tal Arthur. Eu só pensava na fumaça e na voz na escuridão. Quanta coisa estranha. Eu não estava ficando louca nem usando drogas, então o que poderia ser? Minha imaginação ainda pisava no chão e me fazia crer que poderiam ser bandidos. Mas por que diabos qualquer pessoa se interessaria por mim? A não ser que fosse algum enviado do programa de moda querendo converter meu estilo gótico em algo mais cor-de-rosa, eu não conseguia enxergar sentido em nada daquilo.

Meu dia seguiu tranquilamente, aula normal, metade da tarde na biblioteca da escola normal, tudo normal. O tédio de sempre em Cruz Credo.

Quando voltei ao Lar das Meninas, as irmãs disseram que uma mulher me esperava para uma entrevista de adoção, o que me deixou muito surpresa, preciso confessar.

Vivo desde bebê naquele orfanato e nunca imaginei que pudesse ser adotada, pelo menos não com essa idade, tão velha assim. Eu também nunca fantasiei ter uma família, com madrinhas perguntando quando eu iria casar ou ter filhos, tios do pavê e crianças correndo pela sala puxando meu cabelo. Minha mãe me bastaria, mas ela morreu. Ou então meu pai, a figura desconhecida que a deixou ainda grávida e nunca deu as caras, segundo ouvi pela boca dos outros, aqui na cidade da fofoca.

Adoção? Quem sabe, mas eu realmente não conseguia me empolgar com a ideia.

Sob a supervisão da Irmã Cleide, fiquei em uma saleta com uma mesa e duas cadeiras, mais ou menos parecida com aquelas cenas de interrogatório, sabe?

A mulher que entrou pela porta era linda, devia ter pouco mais de quarenta anos e aquele vestido branco longo combinava muito bem com sua pele negra.

Mas era o turbante que chamava mais a atenção. Comprido, tampava toda a área do cabelo e tinha duas faixas de tecido: uma estampada com várias cores, e outra vermelha entrelaçando a primeira. Muito estiloso.

— Betina, esta é a Madame Tafari Mashaba, interessada em sua adoção.

— Olá — eu disse, fingindo um sorriso amarelo. A mulher apenas me alargou um sorriso invejável, com aqueles dentes brancos impecáveis de comercial de creme dental.

A Madame Mashaba me olhou por um tempo, lá da porta, como se estivesse me medindo. Eu não sabia muito bem o que fazer, portanto não fiz nada e aguardei. Até que finalmente a mulher veio caminhando, com saltos que a deixavam ainda mais alta do que já era. Ela sentou de frente para mim e tocou minha mão com um afago. Até ali, confesso, tudo parecia bastante maternal.

— Oi, Betina — disse Madame Mashaba com aquele seu olhar sábio, que parece já ter visto de tudo nessa vida.

Foi então que eu percebi um detalhe. A mulher tinha as mesmas descrições daquela que havia me procurado na escola, tentando enganar a Diretora Umbelina, fingindo-se passar por uma das irmãs. Devo ter ficado mais pálida do que já sou, porque ela percebeu.

— Eu imagino o que deve estar pensando. — O sorriso nunca desmoronava nela.

— Você lê mentes?

— Quase isso.

Engoli em seco, me deixei suar um pouco, a boca ficou seca de repente. Eu estaria pronta para gritar por ajuda se qualquer coisa saísse errado naquele momento. Não acredito que Irmã Cleide, com seus quase noventa anos, pudesse fazer algo, mas eu poderia tentar.

— Então?

— Sim, fui eu que a procurei ontem na escola. — *Bingo!* — Não se preocupe. Eu só queria conhecê-la e falar contigo antes dessa entrevista oficial. Nada de mais. — Outra leva de sorrisos brilhantes.

— Certo. Então você não veio aqui para me sequestrar?

— Se eu fosse sequestrá-la, não teria entregue todos os documentos que entreguei para a Vara, nem conversado com as irmãs antes e, menos ainda, com você agora.

— É, faz sentido.

— Desculpe o mal-entendido. Eu não deveria ter ido à escola daquela forma, fui apressada.

Naquela altura, fiquei deslumbrada com o batom marrom maravilhoso que ela usava e estava prestes a perguntar onde ela o havia comprado, mas em vez disso questionei:

— Por que quer me adotar?

— Eis a pergunta de ouro. — Ela riu. Irmã Cleide também. Corei.

— O foi que eu disse...?

— Nada, Betina. A verdade é que eu não posso ter filhos e não lido bem com crianças pequenas. Sei que meninas da sua idade dificilmente são adotadas e passam a vida toda em instituições como esta. Eu passei também, sei como é, e não gostaria que alguém como você tivesse o mesmo destino.

— Se for para eu crescer num orfanato e ficar como a senhora, pra mim tá ótimo!

— *Senhora* não, por favor. — Ela deitou a cabeça para o lado, toda meiga. — Me chame de Tafari.

— Tafari.

— Isso. Agora, veja bem, você é a única adolescente aqui no Lar das Meninas e atende perfeitamente aos requisitos que eu vinha buscando. Em outras cidades da região, não encontrei ninguém com mais de dez anos, e eu realmente queria uma mocinha feita, como você, para viver ao meu lado, em meu apartamento lá em Santos, de frente para o mar. Já ouviu falar da Praia do Embaré?

— Nunca fui a praia, senh... Tafari.

Meia verdade. Tinha ido uma vez para Bertioga, nas férias de 2008, com a família Machado, mas choveu tanto naquele final de semana que nunca chegamos a sair do hotel.

— Você vai adorar.

— Olhe pra mim. Acha que sou alguém que gosta de sol?

— Com certeza não. Mas isso eu já sabia. — *Sabia como?*, eu gostaria de perguntar, mas deixei essa passar. — De qualquer forma, eu tenho propriedades em outros lugares pelo Brasil, incluindo São José dos Ausentes, uma cidadezinha pequena próxima a Porto Alegre, bem fria, que pode lhe agradar. Basta escolher e podemos nos mudar para qualquer local.

— Eu gosto daqui.

— Mentira.

— Você lê mentes.

Ela piscou para mim. Era realmente encantadora e algo nela, não sei explicar o que, me inspirava confiança. Não sei se tudo o que a Madame Mashaba dizia era verdade, mas não parecia ser algum tipo de pessoa mal-intencionada. Espero que meu sexto sentido esteja afiado.

— Façamos assim: pense com calma em todas as possibilidades que existem em ser minha filha. E lembre-se também de que você poderá sempre visitar seus amigos e as irmãs aqui em Cruz Credo. Eu viajo bastante, inclusive pelo mundo. Posso te levar para qualquer lugar. — Ela afagou novamente a minha mão. — Pense. Ficarei até segunda por aqui e espero sua resposta até lá, pode ser?

— Pode.

A Madame Mashaba se levantou calmamente e caminhou de volta até a porta, conversando qualquer coisa com a Irmã Cleide. Percebi uma carícia no meu braço, que subiu até o ombro, e por um instante achei que estava em transe, mas não. Olhei para trás e não tinha ninguém, é claro. Notei que ela havia passado a mão no próprio braço, depois no ombro. Não entendi nada. Os últimos dias estavam bem loucos mesmo.

Antes de sair porta afora, ela virou-se e repetiu:

— Pense com carinho.

Passei o restante da noite assistindo a clássicos do horror embaixo da coberta, revendo Bela Lugosi como Drácula pela enésima vez, depois como Ygor em O Filho de Frankenstein e fechando com sua última e incompleta atuação, Plano 9 do Espaço Sideral.

Mas uma ideia não saía da minha cabeça: a de que eu poderia finalmente me libertar de Cruz Credo e conhecer um pouco mais do mundo afora.

Diário de Betina, 01/11/17

NOVA MENSAGEM	X
para: cd@castelo.mail	
de: madamev@castelo.mail	
data: 01 de nov. (há 2 horas)	
assunto: Viagem de Negócios	

Caro Morcego,

Não me retornou o e-mail de ontem. Você não dispõe de tempo para uma resposta dentro de nossa questão urgente?

Acordei relativamente cedo nesta quarta-feira de 01 de novembro e saí do Hotel Morada do Sol mais uma vez em direção ao centro da cidade, tendo problemas novamente com o atraso do ônibus circular, que fez com que eu chegasse à instituição Lar das Meninas após o horário das 9h da manhã, quando não mais se encontrava a nova sobrenatural. Porém, adiantei meu interesse na adoção dela, levei todos os documentos solicitados pela Vara da Infância e da Juventude, estes analisados e aprovados rapidamente. Fiz uso do meu endereço em Santos para que a avaliação fosse mais ágil, considerando que para interessados internacionais o processo é de mais de trinta dias, tempo que não dispomos.

Antes de nossa entrevista, consultei um dos mensageiros, que me alertou quanto a problemas envolvendo os inquisidores nos próximos dias, o que me deixou bastante preocupada. O movimento deles parece ter se intensificado após o evento na escola dela, por isso sigo vigiando-a de perto.

Às 12h, almocei no Restaurante Marchettoni, um dos mais vistosos da cidade, onde fui servida prontamente com o prato do dia, um saboroso canelone de presunto e muçarela, acompanhado de filé de frango grelhado e ovos de codorna, além de um vinho que desconheço o nome (obs.: preciso me inteirar melhor sobre o assunto com Albert das Montanhas Frias). Desta vez, no entanto, fui preparada e, ainda que não tivesse uma comida apimentada para atormentar minha próxima noite de sono, levei um Luftal no bolso para quaisquer emergências que pudessem ocorrer comigo durante a digestão.

Por meio da Irmã Judite, uma das responsáveis no Lar das Meninas, que me ligou no horário das 4h da tarde pelo celular, descobri que nossa sobrenatural irá pernoitar na casa de uma amiga, chamada Lucila Machado, moradora da Rua das

Gardênias, casa de número 1897, aqui mesmo em Cruz Credo. Parece-me, pelo pouco que investiguei, que os pais dela foram antigos patrões da finada Elisabete, o que talvez possa significar algo a mais para ela.

Enfim, finalmente pude conhecer e conversar com nossa nova sobrenatural. Ela é tudo, ou quase tudo, o que imaginei que fosse. Ficou hesitante quanto à decisão de adoção, como esperei que ficasse, mas torço para que até o dia de amanhã, no mais tardar sábado, ela tenha uma resposta. Positiva, claro.

Enquanto isso, aguardo seu retorno para breve, Morcego.

De sua estimada Tafari Mashaba

Clique aqui para Responder ou Encaminhar

NOVA MENSAGEM X

para: madamev@castelo.mail

de: cd@castelo.mail

data: 01 de nov. (há 10 horas)

assunto: Re: Viagem de Negócios

Minha amiga, me desculpe pela demora. Eu realmente estava resolvendo questões pendentes, em paralelo com suas ações, também voltadas para a nossa mais nova sobrenatural.

Infelizmente, minha tentativa de comunicação com ela através da obumbração foi pouco efetiva. Há muitas interferências. Devo tê-la assustado mais do que informado. Vou tentar novamente nesta madrugada, contudo.

Mas ela corre perigo. Eu consegui ver. O círculo está repleto de inquisidores.

Se puder resolver essa questão premente e salvar a vida da garota inocente, eu lhe serei grato desde já. Aguardo notícias suas.

De seu prezado D.

Clique aqui para Responder ou Encaminhar

UM MORCEGO CHAMA PELO MEU NOME

EU SABIA QUE CUNHA, O CÃO, QUERIA ME DEVORAR NO INSTANTE EM QUE ME VIU. Mas ele foi detido pela coleira e pela ordem de seus donos.

Depois de maratonar filmes antigos na madrugada e aproveitar o feriado de Finados para dormir durante o dia (algo que raramente eu fazia), acordei, tomei um banho e coloquei tudo o que precisava na mochila. Por volta das sete da noite, fui até a casa dos Machado. O maldito cachorro deles latiu daquele jeito bem feroz, como se me dissesse: "vou arrancar sua cabeça". Foi por causa desse animal que eu comecei a implicar com os canídeos, ou ter receio deles. Por exemplo, eu quero acreditar que os pugs são fofinhos quando olho para algum, mas só vejo morte e sangue quando eles me encaram com aqueles rostos tortos.

Enfim. Lá estou eu, diante da porta de novo, sem poder entrar, esperando que me autorizem a fazer isso. A agonia da permissão, uma bobagem que um dia eu precisaria superar.

Dona Edna se projetou na porta, dessa vez parecendo um limão. O vestido verde era comprido, largo e estufado, como se tivessem bexigas por debaixo dele; na cabeça, ela usava um tipo de boina gigante, também verde e um colar de pérolas escandaloso. Cada dia uma fruta diferente.

Tive de rir, ela pediu para eu entrar e entrei.

— Lucila está no banho, querida. Quer subir ou esperar aqui conosco?

— Tanto faz, senhora.

— Café?

— Sem açúcar, por favor.

— Acabei de passar, o Morton não pode assistir ao jornal sem um cafezinho.

Quem se chama Morton, gente? Isso não é um nome, é um insulto.

Sentei-me ao lado do senhor e da senhora Machado no sofá da sala, aquele vermelho ou bordô gritante, e entendi que eles provavelmente tinham acabado de retornar de alguma cerimônia. Os dois eram figuras importantes na cidade e realizavam vários eventos beneficentes em Cruz Credo, por isso eles estavam sempre vestidos daquela maneira engraçada. Digo, *elegante*. O Morton — ai céus — era um velho careca gigante de expressões severas, com bigodes enormes, de maneira que você só conseguia enxergar a boca caso ele a abrisse e isso era bem raro, pois sua esposa falava pelos dois.

Ele usava um terno lustroso, sapatos brilhantes e um tipo de rosa vermelha falsa presa na lapela. Bebia o café lentamente, uma mão no pires, outra na xícara, com o mindinho esticado, olhos presos no Jornal Regional e com aquela postura de manequim; parecia nem ter me notado. Enquanto isso, ao seu lado, a Dona Edna não parava de falar, eu nem sei se comigo ou com ele, se com a TV ou sozinha, mas era sobre o mestrado de uma sobrinha distante, do primo que tinha viajado até Dubai, de como a crise financeira estava atrapalhando seus negócios (eles eram meio ricos e tinham malharia e algumas lojas de roupa distribuídas pelas cidades da região) e coisa e tal.

Até que, de repente:

— Você tem os olhos da sua mãe. Parecem duas jabuticabas, quase não brilham.

Sorri. É o que deve ser feito quando não temos resposta para um comentário meio óbvio, não?

— Elisabete era realmente uma moça adorável. Trabalhou como gerente muitos anos naquela minha loja perto do Grande Hotel, no quilômetro 21.

— Aham.

— Teve uma vez que sua mãe viu um homem através da vitrine, que parecia perdido e com fome, tremendo de frio. Ela deixou a loja com uma das funcionárias, atravessou a rodovia e comprou um pastel, depois o entregou a esse mesmo homem, sem saber que na verdade ele era o governador de São Paulo, que tinha vindo visitar Cruz Credo para a inauguração de uma fonte e acabou sendo assaltado na saída do hotel, por isso estava aguardando a vinda de sua comitiva embaixo da garoa. Foi engraçado até, se pararmos para pensar. Elisabete era uma boa moça e não via a maldade no coração das pessoas, nem mesmo distinguia um poderoso político de um sem-teto qualquer. Para ela, pessoas são pessoas, sem desnível.

A mulher já tinha contado essa história umas mil vezes, mas o que eu podia fazer? Falar da minha mãe era meio que o meu fraco, já que eu nunca a conheci, pois ela faleceu quando eu era recém-nascida. Por isso, de certa forma, era reconfortante ouvir essas histórias, mesmo que repetidas vezes. Uma maneira de me aproximar de minha mãe, de saber das coisas que ela viveu. Só a conhecia por fotos, realmente uma mulher linda.

Ela me teve ainda jovem, aos 30 anos. Tinha longos cabelos negros ondulados, olhos enormes e escuros como azeviche, e um pouco mais de bronze na pele do que eu. Foi funcionária da família Machado por dez anos, uma pessoa sem inimigos nem dívidas, mas que, mesmo assim, foi levada cedo demais. Eu não exatamente sentia falta dela, afinal não a conheci, mas sentia falta de ter uma mãe, algo que ninguém nunca conseguiu representar para mim. Elisabete Barbosa era a mãe perfeita e ideal na minha imaginação, pelo que venho construindo nesses dezesseis anos, somente usando as histórias que ouvia e as fotos que via. Funcionava para mim.

Mas eu precisava respondê-la sobre a história da maneira mais cordial possível. Tentei:

— Pessoas são pessoas, né? Sem essa de "desnível".

Ela soltou um risinho estridente e falso de uma maneira teatral, levando os dedos ossudos e compridos como uma varinha de bruxa até a boca fina e ressecada, como se refletisse sobre a minha resposta.

— Não é bem assim, querida. Um pobre não é como um rico. Geralmente são analfabetos e não existe a menor chance deles frequentarem os mesmos lugares que nós, que somos pessoas de bem. A maior parte é bandido. Mas nem todos são assim, é claro. Por isso, não fique encarando eles na rua. Basta atravessar até o outro lado da calçada e você estará segura.

Argh!

Deu para entender que a Dona Edna representa um tumor em Cruz Credo, certo? Ela era o símbolo principal do que é pejorativo na cidade, onde há vários outros como essa mulher. Claro que tem boas pessoas por aqui, eu só não as conheço.

Antes que a mãe da minha melhor e única amiga continuasse seu discurso — que geralmente descambava para o racista e o homofóbico enfeitados com o embrulho de que minorias se vitimizam ou são doentes, ou qualquer bobagem assim, eu disse:

— A senhora tá com alguma coisa verde no dente.

— O quê?!

Ela se levantou exaltada e correu para o banheiro, para corrigir esse erro inaceitável de falta de higiene bucal. Mas o verde do dente combinava com a roupa dela, afinal. O Senhor Machado nem se deu conta de toda aquela situação e assistia com afinco a um tiroteio, em tempo real, que acontecia no Morro do Alemão no Rio de Janeiro. Acredito que ele estivesse de certa forma excitado com tanta brutalidade, podia ver um brilho nos seus olhos.

Antes que a mulher voltasse, corri escada acima até o quarto de Lucila e a encontrei pelada na frente do espelho, medindo os seios de um jeito bastante ridículo.

— Eles tão maiores do que o normal — disse ela.

— Você deve estar nos seus dias. Acontece — respondi, enquanto deitava na outra cama, que ficava ao lado da dela e era destinada para minhas noitadas lá. Fiquei encarando o teto, com estrelinhas penduradas e que brilhavam no escuro, enquanto tentava esquecer aquele momento na sala.

— Como você tá, branquela? — Lucila vestia agora um pijama minúsculo, azul-bebê, enquanto desfilava pelo quarto atrás de sua escova.

— Tô bem.

— Minha mãe ficou te enchendo com os papos dela de novo, né?

— Ah... Nada demais. Relaxa.

Ela escovava o cabelo enquanto me olhava através do espelho, sentada em sua cadeira almofadada diante da cômoda, nas pontas dos pés. Respirei fundo e comentei sobre a noite anterior.

— Sério? Que coisa mais bizarra, meu! — disse ela, jogando-se sobre sua cama. Só Lucila mesmo para pentear o cabelo para dormir. — Aliás, mandei mensagem pro Arthur, mas ele não me retornou.

— Como assim?

— Como assim o quê?

— Depois de tudo, você ainda tá no pé dele? O cara é um cretino! Pode até mesmo fazer parte dessa gangue que tá me perseguindo.

— Não tem gangue nenhuma atrás de você, sua louca! — Ela virou de bruços sobre o lençol e me encarou diretamente, com aquele sorriso debochado de sempre. — Você vê filmes demais, lê livros demais...

— Ah, não começa, Lu.

— Só tô falando, só tô falando. E olha, eu mandei mensagem pro Arthur para entender o que tinha acontecido. Não duvido do que você me contou, eu só queria ouvir a parte dele, entende?

— Aham.

— Ah, não fica chateada, vai!

— Eu não tô chatead...

Não consegui completar a frase, porque Lucila arrebentou o travesseiro contra o meu rosto e começamos ali uma guerra de travesseiros. E acredite, ela tinha muitos no quarto.

Pouco depois, passamos o final da noite conversando sobre o quão complicada foi a prova de Química e de como o Pedro foi um grande sacana ao não nos passar a cola; também filosofamos bastante (conhecido como "fofoca") sobre como Sabrina e Filó estavam ficando chatas após ganharem o concurso de Garota Sorriso; por fim, assistimos a um trecho de um programa musical com calouros, até ela pegar no sono. Desliguei a TV e aproveitei a escuridão do quarto, iluminado apenas pelos penduricalhos no teto, para *relaxar*, já que não estava com a menor vontade de dormir, para variar. Deixei *Saturday Night* rolando no fone de ouvido enquanto recebia a brisa fresca vinda daquela noite quente e úmida, afastando todos os meus problemas janela afora.

I'm coming clean for Amy
Julie doesn't scream as well

O quarto de Lucila era o dobro do tamanho do meu e com mobília colorida, o que dava todo um ar *fofo* para o local. Repleto de pôsteres espalhados pelas paredes, mas ao contrário do que teria sido o meu, eram de galãs. Havia uma janela enorme e uma porta que dava para a pequena sacada, aberta neste momento, com o vento deixando a cortina flutuar por cima de nossas camas. Dava para ver quase toda silhueta terrível de Cruz Credo dali.

So maybe, maybe
I'll be over
Just as soon as I fill them all in

Eu devo ter dormido, ou então cochilado, porque tudo aquilo pareceu um sonho. O mesmo tipo de frio na espinha que senti no orfanato na madrugada anterior voltou a me envolver, dessa vez mais forte. Não consegui abrir os olhos, mas percebi que a brisa agradável se tornou mais gelada, de um jeito desagradável. Então, aquela voz chegou sussurrando meu nome no ar, sem parar – "Betina", "Betina"–, acompanhada de um som que parecia o farfalhar de algo que entrou voando pelo quarto e do cheiro de escapamento estourado de caminhão, mais ou menos igual ao de quando eu virei fumaça na escola.

Acordei de súbito, a respiração presa no meio de garganta. O relógio no *smartphone* indicava que eram três da madrugada.

And I can remember when I saw her last
We were running all around and having a blast

Acordei Lucila, que só conseguiu abrir um olho.

– Que foi?

– Acho que tinha um morcego no quarto, Lu.

– Volta a dormir, sua louca.

– Não. Acho que era um vampiro. No sonho, sabe? Eu vampira? Talvez, sei lá.

– *Quê?* Repete.

– Vampira. Eu. Vampira.

– Você, uma vampira?

– Foi o que falei.

– Hum. – Uma sombra caiu sobre seu rosto, até que:

– Zzzz.

Ela se virou e no instante seguinte já estava roncando.

Eu fiquei sem graça, não sabia o que pensar.

Primeiro, ouvi uns sussurros.

Depois, percebi de soslaio uma faixa de sombra se mover por debaixo da porta.

Olhei por cima do ombro, mas quando meus olhos chegaram ali, já não havia mais nada.

Eu devo ter sonhado com tudo aquilo mesmo, porque assim que me dei conta, os sons, os cheiros e as sensações passaram. Os filmes antigos deveriam estar afetando minha percepção das coisas, afinal.

As the moon becomes the night time
You go viciously, quietly away

Não demorou para que os pais dela abrissem a porta e entrassem no quarto agitados. Dona Edna pegou a filha nos braços, enquanto entoava alguma oração. O Senhor Machado usava o *smartphone* para ligar para a emergência e coisa e tal. Nada daquilo fazia sentido.

A mulher vestida de limão me perguntou:

— Você está bem, querida?

— Sim. Desculpa, acordei vocês? —Ajeitei-me sobre a cama, envergonhada. — Foi só um sonho.

— Uhum.

— Não se preocupe — grunhiu Morton para Dona Edna. — Os médicos já estão a caminho.

— Médicos? A Lu por acaso tá doente?

I'm sitting in the bedroom

— Oh, não. Ela não, graças ao bom Deus. — Sorriu. — Chamamos um médico para você, querida.

— Oi?

Eu não fazia ideia do que estava rolando por ali.

Now I'm watching, watching you die

Diário de Betina, 02/11/17

NOVA MENSAGEM   X

para: diretor@omosteiro.org

de: contatovh1890@omosteiro.org

data: 02 de nov. (há 11 horas)

assunto: Re: Ocorrência 13666 URGENTE

Diretor,

Peço perdão pelo meu sumiço. Não cabem aqui explicações detalhadas, mas as farei pessoalmente, assim que retornar ao Mosteiro. Adianto apenas que têm relação com investigações referentes ao refúgio do Herege.

Por conta disso, no momento não posso viajar ao Brasil. Por isso, contatei alguns caçadores no país onde foi identificada a nociva, com homens de minha confiança, que irão destruí-la prontamente.

Nos veremos em breve.

Atenciosamente,

VH.

Clique aqui para Responder ou Encaminhar

DÁ TUDO ERRADO

LOGO A NOITE SE ILUMINOU COM SIRENES E SE AFOGOU COM FOFOCAS NA ESCURIDÃO.

Dois homens na casa dos cinquenta anos vieram ver o meu "estado" naquele começo de madrugada. Acredito que eram os médicos particulares que atendiam a família Machado e seu bom plano de saúde.

Primeiro, me amarraram na cama, pedindo que eu me acalmasse. Depois, colocaram um termômetro na minha boca. Todos me olhavam com espanto.

– 43 de febre – afirmou o homem de bigode engraçado, daqueles que fazem curva para cima quando chega na ponta. Mas eu não me sentia tão quente assim.

– Teremos de dar dipirona – disse o outro médico. Um homem baixo e redondo, quase da minha altura, com o rosto de lua, sem cabelo nem barba e parecia que não tinha nenhum outro vestígio de pelo no corpo. – E depois um banho frio.

– Mas que diabos? – protestei, mesmo continuando a ser ignorada.

– Como está a pressão dela, Quintino?

– 7 por 5, Jademir.

– Meu Deus... – Dona Edna teve de sentar na cadeira mais próxima. O Senhor Machado mal se moveu.

Dr. Quintino e Dr. Jademir, de onde os médicos tiram esses nomes, afinal? Mas o que eu posso reclamar, não é? Me chamo Betina. Ninguém se chama Betina no século 21.

Lucila voltou do banheiro bocejando. Parecia que ainda não tinha processado toda aquela confusão desde que a acordaram.

— Gente, pra que tudo isso? — perguntou, enquanto se sentava ao meu lado e acariciava meu rosto.

— Betina está doente.

— Mas vamos resolver.

— Temos de ser rápidos.

— Sim.

Eu mal conseguia me mover, mas pelo menos não me amordaçaram.

— Eu devo estar com raiva ou algo do tipo, por isso me amarraram assim — murmurei para Lucila.

— Calma, branquela, vou te tirar dessa. — Ela me lançou uma piscadela maliciosa.

O Dr. Jademir saiu do quarto e logo voltou com uma maleta comprida. O Sr. Morton estampava um sorriso perturbador no rosto. Dona Edna não parava de fazer o sinal da cruz de onde estava sentada. O Dr. Quintino passou um paninho com álcool em gel acima do meu peito e pediu para eu relaxar.

— Gente, me deem dois minutinhos a sós com a Betina?

— Para que, filha?

— Pelo visto vocês vão passar a madrugada cuidando dela aqui e eu quero dormir. Então, vou pro quarto de hóspedes. Mas antes preciso me trocar. E para me trocar, preciso abrir minha gaveta de roupas íntimas. Não quero ninguém aqui vendo essas coisas.

— Tudo bem, mas não demore. Não temos tempo a perder.

Dona Edna acenou para os homens e todos saíram do quarto meio a contragosto.

— Valeu, Lu!

— Imagina! — Ela riu baixinho, enquanto descia por debaixo da cama e soltava as fitas que me amarravam. — Eles estão tão preocupados com sua saúde que nem perceberam minha desculpa esfarrapada.

— Eu percebi. Você não precisa se trocar para ir até o outro quarto. Já tá usando pijama. Era só ir.

— Sim!

Rimos. Mas, na verdade, eu estava nervosa por dentro. Aquilo tudo era muito esquisito.

DÁ TUDO ERRADO

Ouvi uns murmúrios distantes e caminhei na ponta dos pés até o corredor. Os quatro conversavam em segredo:

— ...ção a rigor, se possível.

— Esse é o diagnóstico final, doutor?

— Sim, senhora. Mas todos já imaginávamos, não é?

— Sim.

— Ela é mesmo uma *nociva*.

— Meu Deus...

— Agora não restam dúvidas sobre a criatura que abrigamos durante todo esse tempo sob o nosso teto. Maldita seja.

— Arthur Garcia tentou evitar que tudo chegasse a esse ponto, mas foi facilmente derrotado. Agora ele está afastado.

— Precisamos resolver isso.

— Morton...?

— Eu autorizo.

— Ok. Vamos eliminá-la.

Opa.

Que conversa estranha foi essa? Não pensei duas vezes, tranquei a porta do quarto e corri aprontar minha mochila. Eu não podia ficar ali depois de ouvir tudo aquilo.

— O que tá rolando, branquela?

— Melhor eu ir embora!

— Por quê?

A maçaneta se mexeu, sem sucesso. Eles começaram a gritar e a bater contra a porta.

— Abra!

— Abra, Betina, precisamos cuidar de você!

— Não. Vocês querem me matar ou algo assim! — gritei.

Um estrondo mais forte. Pareceu um pontapé.

— Você ficou maluca? Estamos tentando salvá-la!

— Isso também não faz sentido pra mim, mas ouvi tudo o que vocês disseram. Vou sair daqui e chamar a polícia! — Eu não devia ter falado isso, porque a batida ficou ainda mais agressiva. Percebi a madeira se rachando.

Foi aí que deu tudo errado.

A porta foi arrombada, provavelmente pelo Senhor Machado, que era quem estava à frente dos demais, os olhos perdidos em ódio supremo. Pensei em como eu poderia pular da sacada sem morrer naquela altura. Seria uma boa hora para virar fumaça.

Foi então que a Dona Edna chegou com a terrível criatura abissal, Cunha, o cão. O são bernardo babava de fúria, provavelmente sedento para me devorar. A mulher o segurava pela coleira, uma corrente grossa que tilintava cada vez que ele latia na minha direção. Paralisei de medo.

— Precisamos destruí-la agora! — gritou o Dr. Quintino, com um enorme pedaço de pau na mão. Era pontiagudo e ameaçador.

— *Destruí-la?* — Lucila ficou indignada. — Vocês estão falando da minha melhor amiga, seus cretinos! Como podem?

— Ela não é mais nada que preste. Matem-na! — Morton ordenou friamente, ao mesmo tempo que me pegava por trás e me prendia em um mata-leão. A confusão foi tanta que não notei quando ele se aproximou pelas beiradas.

Eu ia gritar, socar e fazer um escândalo para pedir socorro para a vizinhança, mas comecei a perder o ar. O Senhor Machado era um homem muito forte e eu não tinha como sair daquela situação. Dona Edna se aproximou com Cunha, o cão, mas os olhares de todos estavam voltados para os dois médicos, que me cercaram.

Morton me jogou contra a parede e, antes que eu pudesse reagir, Dr. Quintino se aproximou mais rápido que o normal e enfiou aquele pedaço de pau no meu peito. A ponta afundou na minha carne como se fosse queijo. Escutei algo quebrando, uma agonia me tomando e depois algo borbulhando. Fiquei tonta, mas não desmaiei. A dor era imensa, mas não gritei.

Então é assim que acaba?

Uma poça vermelha brotou da minha camisola e os respingos voaram sobre o jaleco do médico bigodudo e de lá para o chão. Ele parecia ter certo prazer naquilo.

Lucila berrou, mas foi detida pelo pai. Eu fiquei presa e pendurada ali na parede, como se fosse um retrato mórbido.

— Realmente, a estaca parece ter efeito — concluiu o Dr. Jademir, com uma mão no queixo, interessadíssimo na minha agonia.

— Mas isso ainda não acabou, senhores. — Dona Edna foi enfática, como um passarinho no alto de seu poleiro. — Terminem o serviço.

— Quer ter a honra, senhora? — perguntou o careca, lhe oferecendo uma espada, retirada da maleta.

— Nós não sujamos as mãos. Isso é serviço de vocês, caçadores.

— Que seja. É sempre um prazer.

Dr. Jademir passeou com a língua pelos lábios, saboreando cada momento, enquanto vinha na minha direção. Ele levantou a espada na transversal e mediu meu pescoço.

— Um monstro a menos — disse, então cortou.

Mas nada aconteceu comigo.

Lucila conseguiu se desvencilhar do pai um segundo antes e se atirou na minha frente.

Então sua cabeça caiu e rolou pelo chão.

Onde antes havia a cabeça, agora era um esguicho de sangue.

Meu grito saiu vazio. O corpo dela caiu sobre a cama como um saco de arroz e eles o abandonaram lá. O Dr. Jademir chutou o rosto da minha amiga, que rolou até o outro lado do quarto e todos se voltaram para mim.

— Sinto muito, senhora.

Dona Edna ficou em choque. Desabou em sua poltrona e orou para o teto.

O Senhor Machado ficou mais sombrio do que antes, mas não se deixou abalar diante de todos.

— É culpa sua, maldita! — Ele me disse entredentes.

Lucila estava morta. Eu só conseguia pensar naquilo, mesmo prestes a morrer também.

— Desta vez não vou errar — grunhiu o doutor com a espada ensanguentada nas mãos e um sorriso maquiavélico por debaixo de todo aquele bigode *hipster*.

— Vocês são os únicos monstros por aqui! — Eu falei o mais alto que pude. — A polícia! Como vão explicar isso para a polícia?

— Nós estamos em todos os lugares. Nas escolas, nos hospitais, na delegacia...

Os soluços de Dona Edna ficaram mais altos. A mulher, inconsolável daquele jeito, por um instante não pareceu a crápula que era. Eu quase fiquei com pena dela. Quase.

O Senhor Machado revirou os olhos e fungou como um touro impaciente. E disse a ela:

— Concentre-se na missão, mulher. Vai chorar a perda da filha depois que a nociva estiver morta.

A velha o encarou com espanto, a princípio. Então limpou as lágrimas e se levantou, respirando fundo, engolindo o choro e retomando sua carapuça de mulher maligna pouco a pouco.

— Você tem razão, querido. Você tem razão.

O careca encostou a lâmina no meu pescoço, analisando o melhor ângulo para me decapitar.

Fechei os olhos e pensei que pelo menos eu me juntaria à Lucila, estivesse ela onde estivesse.

Ding-dong.

Fui salva pelo gongo!

— Por Deus! — exclamou a Dona Edna. — Segure o Cunha, doutor. — Ela entregou o cachorro para o bigodudo e caminhou para fora do quarto em direção à escada. — Por favor, mantenham essa aí quieta e também fiquem em silêncio, não façam nada ainda até que eu me desfaça da visita. Já volto.

O silêncio abrupto caiu sobre o quarto no mesmo instante. O Dr. Quintino deixava que Cunha, o cão, caminhasse ao redor da cama, comendo ou lambendo os restos da minha amiga. O Dr. Jademir se sentou no colchão que eu costumava dormir, limpando o sangue da lâmina no lençol, enquanto o Senhor Machado permanecia parado, perdido em pensamentos sombrios.

Num canto escuro e esquecido por todos, Lucila me encarava sem vida.

Consegui ouvir, mesmo que a distância:

— Boa noite. Pois não?

— Boa noite, senhora. — Opa, eu reconhecia essa voz. — Fui procurar por Betina no Lar das Meninas, mas me disseram que ela provavelmente estivesse passando a noite aqui. Deram o seu endereço.

— Compreendo. E você seria...?

— Oh, desculpe a minha deselegância. Madame Tafari Mashaba. Mas pode me chamar de Tafari.

Pensei com meus botões, estaria Madame Mashaba também envolvida? Ou então seria de uma gangue rival? Isso explicaria por que ela me queria tanto antes dos demais.

— Então, Tafari, realmente a Betina passou por aqui mais cedo. Parece que minha filha e ela brigaram, então a menina foi embora. Provavelmente a jovem

Betina já retornou ao orfanato, para seus filmes de mau gosto. Ela adora aquelas coisas.

— Tudo bem, senhora...

— Edna. Dona Edna.

— Dona Edna. Ok. Voltarei a procurá-la por lá.

Não, não me procure em outro lugar, suba, venha até aqui! As duas pareciam realmente não se conhecer, e sendo rival ou não, se Madame Mashaba me encontrasse no quarto, o contratempo gerado me daria chance de pelo menos fugir daquele lugar.

— Boa noite.

— Obrigada. Boa noite.

A porta se fechou. Logo em seguida, Dona Edna entrava mais uma vez pelo quarto.

— Então, onde paramos? — A maldita perguntou, com um sorriso ridículo.

— Com mais uma vampira morta — respondeu o Dr. Jademir, levantando a espada acima da cabeça.

Vampira?

Foi então que notei que uma rosa brotava através do seu jaleco. No escuro, iluminado apenas pela lâmpada do corredor de um lado e pela luz da lua lá fora, não dava para distinguir muitos detalhes. Aquilo era sangue, é claro. Os olhos dele arregalaram e o homem tombou morto, a espada se perdeu embaixo de uma das camas.

Madame Tafari Mashaba estava diante da porta do quarto, com uma faca enfiada contra o próprio peito, mas nenhum ferimento. Como podia? Resolvi parar de fazer perguntas naquela noite absurda.

— Outra nociva! — gritou o bigodudo, enquanto retirava um revólver da cintura.

Todos se voltaram para ela e esqueceram de mim.

Foi quando aproveitei para retirar a estaca do peito. Ela saiu tão fácil quanto entrou. A dor imensa voltou, dando choque pelo meu corpo. Caí, fiquei meio tonta, sem forças para me mover.

No meio de toda aquela loucura, o único doutor vivo perdeu o controle sobre Cunha, o cão, que correu em minha direção. As presas dele pararam a poucos centímetros do meu rosto. De tantas voltas que aquela besta havia dado enquanto limpava o sangue do chão, sua corrente acabou se enrolando bastante no pé da cama, por isso ele ficou preso e eu ganhei mais alguns segundos de vida novamente.

O buraco no meu peito estranhamente cauterizou. Aos poucos, a dor passou e ficou só uma comichão. Mas que diabos?

Vi os pais de Lucila caminhando com cautela na direção de Madame Mashaba. O Dr. Quintino se aproximou dela, apontou o revólver e o engatilhou.

— Que dia maravilhoso está sendo para o Mosteiro hoje, não é mesmo, confrades?

— Sim, doutor – disse Dona Edna. — Mas cuidado com essa vadia aí. Ela parece deter algum tipo de bruxaria.

— É *vodu* – afirmou o Senhor Machado. — Não atire.

Foi tarde demais para o médico. Ele não ouviu seu parceiro e disparou. Então, caiu morto com um tiro na cabeça, o buraco fumegando da testa, mais miolos espalhados pelo quarto. Na queda, a cabeça dele bateu na de Lucila, que rodopiou até onde eu estava, passeando pelo sangue que havia saído de mim.

A cabeça parecia sorrir.

Imaginei que Cunha, o cão, pudesse querer comer mais pelo chão, mas ele estava interessado unicamente na minha pessoa. A corrente vacilou, enrodilhou, até que arrebentou o pé da cama e ele veio com tudo para cima de mim.

Mais uma vez, não sei bem como aconteceu. Não houve luta nem nada. Quando a bocarra enorme do são bernardo se aproximou, eu devo ter virado fumaça de novo, porque percebi meu corpo mais leve, o mundo mais turvo e o lugar mais cinzento do que deveria. Assim, fiz o animal flutuar no ar comigo, em uma massa disforme. Cunha ainda tentou me morder, em vão (como se morde o vento?), mesmo assim, coloquei a estaca entre suas presas, que logo se despedaçou. A mordida dele era fortíssima. Então, com minhas "mãos fumacentas", abri sua mandíbula até o limite e ela finalmente se quebrou. Depois o joguei pela sacada, até o jardim do vizinho. *CRACK!*

O que caiu lá fora já não tinha mais vida.

— Minha nossa, eu matei um bichinho! — desabafei para o ar, no desespero.

— Não exatamente.

Olhei na direção da porta do quarto e o casal Machado ainda estava diante de Madame Mashaba, mas eu não consegui prestar atenção direito no que estava acontecendo com eles. Quem tinha falado comigo?

— Ei, vamos sair daqui!

Lucila, ou o que restou dela (ou seja, a cabeça), continuava me encarando com olhos baços, como se olhassem para o nada, mas sua boca ainda se movia. Fiquei confusa demais para me assustar naquele momento. Só consegui dizer:

— *Vamos?* Você realmente falou isso no plural, Lu?

— Sim! Anda logo!

Caramba, que cabeça mais brava.

Os adultos começaram a berrar e parecia que móveis estavam caindo para todos os lados. A coisa estava ficando mais feia. Não pensei duas vezes, peguei Lucila pelos cabelos e corri até a sacada e saltei de lá na cara e na coragem.

Diário de Betina, 03/11/17

ELIAS: Boa noite, patrão. As coisas não saíram bem como o planejado.

VH: Como assim, acólito?

ELIAS: A filha do casal foi morta. A vampira fugiu.

VH: Maldição! Eu só pedi uma coisa simples pra vocês. Como conseguem errar?

ELIAS: Não foi exatamente um erro, patrão. Outra nociva apareceu de repente e virou o jogo. Os caçadores estão mortos!

VH: Dupla Maldição!

ELIAS: Estou só de olheiro e informante hoje, se eu estivesse lá, talvez

VH: Não me importo com suas desculpas. Você viu para onde a outra nociva foi?

ELIAS: Vi sim! Ela foi para o sentido norte da cidade, provavelmente para a rodovia.

VH: Então vamos abatê-la antes que fuja. Prepare e envie as meninas agora mesmo.

ELIAS: Sim, patrão!

05
NADA É O QUE PARECE EM CRUZ CREDO

PULEI DE UMA ALTURA DE TRÊS METROS E SOBREVIVI.

Ok, qualquer um sobrevive a uma queda dessas, mas não sai inteiro. Eu saí. Sem nenhum arranhão, nenhum pé quebrado ou tornozelo torcido. Como isso era possível?

Deixei a pergunta de lado, afinal eu estava carregando uma cabeça falante.

Vi um pano de chão pendurado no varal vizinho e embrulhei Lucila nele. Não queria mais problemas. Eu ainda tinha meu coração na boca com tudo o que havia acontecido.

— Não tinha nada mais limpo, não? Isso fede a cândida!

— Desculpa aí!

— Faz assim: vai até a rodoviária e pegue um ônibus pra qualquer lugar longe daqui. — Ela me instruiu. Sua voz saía abafada sob o pano.

— Que... Coisa mais esquisita...

— Que foi, branquela? Olha, se for sobre eu estar mor...

— Cunha, o cão.

— O que que tem?

— Ele sumiu. — Apontei para direção do jardim perto da amurada, onde deveria estar o corpo do animal. — Eu quebrei a mandíbula dele e o joguei lá de cima. Não tinha como sobreviver.

— Limparam a área, provavelmente. Agora sai daqui!

Achei melhor não correr, para não chamar ainda mais atenção, mas apertei meu passo, com Lucila embrulhada sobre meu peito, como se fosse uma trouxa de roupa suja. Os estrondos lá em cima cessaram. Em seguida, ouvi janelas sendo abertas, luzes despontando na escuridão e sons de sirenes vindo naquela direção. Caminhei pela parte de trás da casa dos Machado e pulei uma pequena grade que dava para o gramado do vizinho, esmagando suas margaridas.

Então segui meio abaixada pela trilha de arbustos até o outro lado, que dava para a área de um terceiro vizinho. Ali as janelas eram mais baixas e tinham vista para o jardim, mas só uma criança me viu e ficou apontando sem parar. Ninguém lhe deu atenção, então consegui passar despercebida, até que cheguei em uma esquina longe daqueles malucos.

Dei de frente com um guarda que multava um motoqueiro naquele instante. Os dois me encararam de um jeito bastante esquisito. Levei a cabeça embrulhada para trás e os cumprimentei, meio sem graça. Eu precisava passar pelos dois para retomar o caminho até a rodoviária, sem ter que passar em frente à casa dos Machado, então voltei a apertar o passo, mas fui pega pelo braço com força.

— O que tem aí atrás, mocinha? — perguntou o guarda, redondo como um pedaço de presunto.

— Muamba. Certeza! — disse o motoqueiro no meu lugar, com um sorriso malandro.

— Ei! — Desvencilhei-me do homem, abri o embrulho e mostrei para ele.

— Que porcaria é essa? — perguntou, dando dois passos para trás.

— Uma máscara. Acabei de sair do ensaio na casa da minha amiga, para apresentação na escola. Por quê? — Eu sabia ser bastante cínica se me pagassem bem ou se me parassem em um beco quando eu estivesse fugindo.

— Vai pra casa, garota! — disse o guarda, aborrecido.

Nesse instante, seu rádio comunicador tocou e ele foi até a viatura. Aproveitei para retomar meu caminho. O motoqueiro colou ao meu lado, andando com a moto bem devagarzinho. Fingi não notá-lo, mas ele não facilitou.

— Tá indo pra onde, benzinho?

— Pro inferno.

— Credo, que boca suja! — Riu. O cara era um tipo comum e estava coberto pelas sombras daquela rua mal iluminada. Devia ser uns dez anos mais velho do que eu. Vi no bagageiro da moto que ele trabalhava na Pizzaria Dona Faustina.

— A pizza de vocês é horrível, sabia? E a borda nunca vem recheada.

Ele deu de ombros e continuou ziguezagueando ao meu lado.

— Vou melhorar a pizza pra você no próximo pedido, fechou? Agora, quer uma carona pra casa?

— Sai fora!

O motoqueiro acelerou e parou na minha frente, obstruindo meu trajeto.

— Tô tentando ser gentil. Vem comigo!

— Mas não está mesmo. Sai da frente, cara!

— Pensa que eu não sei o que tá rolando? Aposto que o gordão já descobriu! — Riu novamente.

Olhei para trás e vi o guarda saindo da viatura de maneira agitada. Ele me encarava com espanto e fúria ao mesmo tempo. Levou a mão ao coldre.

— Ei, garota!

— Sai daí! — insisti, o motoqueiro não cedeu.

— Eu te levo.

Ele teve a audácia de me puxar pela cintura. Não hesitei. Bati com a cabeça da Lucila na cabeça dele. O motoqueiro tombou e desmaiou, a língua combalida para fora, babando como um bebê. O guarda resolveu correr até nossa direção, então sentei na moto e saí pilotando para longe dali.

O que eu não comentei antes, talvez porque não era conveniente até agora, é que Cristino, um garoto da escola e filho do dono de uma loja de motocicletas da cidade, precisava muito de boas notas em História e Geografia. Em troca de algumas aulas particulares no recreio, eu pedi que ele me ensinasse a pilotar, já que o rapaz fazia isso desde criança com muita competência. Na ocasião, eu tinha 12 anos e pretendia participar de motoclubes e encontros de motoqueiros, porque descobri que algumas poucas mulheres participavam e isso era interessante, radical e diferente o suficiente para mim na época.

Foi uma fase, bem curta na verdade, mas foi incrível como eu aprendi rápido a pilotar uma moto. Algo em torno de uma semana, mais ou menos, até ele desistir de me ensinar por ter sido reprovado nas duas matérias. Eu nunca pensei que esse rápido período da minha vida fosse ser tão necessário nesse momento. A Yamaha era uma 125 prata sujona, que não parava de afogar, mas me levou longe o suficiente daquele bairro, até me deixar na mão um pouco antes dos limites da cidade.

— Aquele motoboy imprestável não serviu nem pra colocar gasolina nessa bodega!

— O que é bodega? — perguntou Lucila, com os cabelos desgrenhados pelo vento.

— Deixa pra lá.

Agora eu estava em um dos últimos bairros antes de Cruz Credo acabar. Logo após mais alguns quilômetros estaria a avenida e a rodoviária. Aquele lugar era mais silencioso, um espaço dominado em grande parte por idosos, que buscavam tranquilidade longe do centro. Era o momento da novela das nove, muitos se recolhiam nessa hora mesmo. Deixei a moto estacionada perto de uma rotatória e segui caminhando sem pressa, novamente não querendo chamar atenção. Lucila ficou quieta em seu embrulho, pendurada na minha mão.

Mesmo sozinha por ali, havia algo de opressor na atmosfera. Sentia como se estivesse sendo observada, com olhos que eu não era capaz de ver, por todos os lados. Era quase como se eles soubessem que eu estava ali. Algumas quadras depois, vi um grupo de garotos reunidos no meio de uma pracinha. Não mexeram comigo, mas ficaram me encarando. Um casal de idosos, sentados próximos, me encarou da mesma maneira. Eu geralmente não rendia bons olhares, mas aquilo já estava passando dos limites. Ou estaria eu ficando paranoica, depois de tudo o que vi e passei?

O homenzinho do *food-truck* alocado ali por perto perguntou o que uma garota estava fazendo sozinha naquele horário, naquele lugar. O casal de velhinhos veio na minha direção. Eu estava com tanta fome e sem um Real no bolso que comecei a ficar tonta. Quando dois dos garotos também vieram até onde eu estava, resolvi sair daquele lugar. Andei mais alguns passos e quando percebi uma distância significativa, olhei para trás. Mano, que susto! Todos estavam me encarando. Parados, me olhando, como zumbis. Eu não estava paranoica, com certeza não!

Resolvi apertar o passo, assim não ia demorar muito para chegar até a rodoviária. Como eu ia descolar a grana da passagem era um problema para depois. Não deu tempo, é óbvio, pois a viatura do policial gordinho de antes bloqueou o meu caminho antes que eu alcançasse a rodovia. Ele logo saiu do carro, me apontando a pistola. Do outro lado, as pessoas estranhas, paradas, me encarando. Basicamente era como uma sequência de George Romero. Por um segundo, gelei por dentro, mas a adrenalina ficou mais forte do que o medo.

— Parada aí...

— Já mostrei pro senhor que isto aqui é só uma máscar...

— ... *monstrinha*!

"Monstrinha"?

— Mas do que diabos o senhor me chamou!?

Dei um passo na direção do guarda. Ele atirou, abriu um buraco no asfalto ao lado do meu pé.

— Isso foi um aviso. Não vou errar na próxima.

Eu sabia que deveria ter ficado apavorada naquele momento, mas realmente foi o contrário disso. Eu fiquei bem brava, então, como era de se esperar, fiz besteira e corri para cima dele.

— Do que o senhor tá me acusando, afinal? — Comecei a gritar, não conseguia me controlar. Algo fervia dentro de mim.

— Cruz Credo n-não tolera a sua *espécie*! Combatemos vocês com ferro e fogo. Vão todos cair. Vão todos cair!

Eu não consegui ouvir o restante do que ele dizia, pois saltei sobre o homem e grudei em sua jugular. A pistola rodou pela pista e ele caiu estatelado, tremendo de medo. Quando me dei conta do que estava fazendo, o soltei e corri em direção à rodovia. Olhei por cima do ombro e vi a silhueta das outras pessoas se aglomerando ao redor dele. Minha fúria começou a esvair. O que ele quis dizer com "minha espécie"? Meninas góticas e magrelas são classificadas como outra raça, talvez.

— Você se saiu muito bem, branquela! — disse a cabeça da Lucila por baixo do pano.

— Eu não sei o que deu em mim...

— Relaxa. Você reagiu. Faz parte do seu instinto.

Mesmo com o tempo fresco, eu estava suada e acabada. Ainda tinha fôlego e minha adrenalina ainda não havia baixado. Uma sede enlouquecedora me tomou desde o ataque ao guarda e mesmo fazendo uma pausa numa fonte à beira da estrada, não me senti saciada. Eu já conseguia ver as luzes da rodoviária a dez metros dali quando fui atingida com força na cabeça. O mundo girou e caí de boca sobre o asfalto quente. Meu sangue jorrou profuso, o gosto de ferro na língua parecia mel. Nauseada e desorientada, eu demorei para perceber o que estava acontecendo.

Devo ter levado alguns minutos para notar a aranha gigante diante de mim. Era do tamanho de um cachorro. Basicamente, uma bola de ferro com um círculo vermelho bem ao centro e quatro patas metálicas despontando da circunferência, o que dava um movimento bastante estranho para o robô que caminhava até mim. A luz vermelha parecia me ter como alvo.

— Aranhas tem oito patas, seu fantoche fajuto! — rugi, cuspindo meu sangue contra a coisa.

Percebi que tinha perdido a cabeça da Lucila quando fui atingida e aquilo me deixou triste e aflita ao mesmo tempo. Mas eu tinha problemas maiores para resolver, pois mais três daquelas aranhas chegaram, com suas patas dobradas em círculo, girando como rodas e me cercando no meio da rodovia. Elas se armaram como o outro robô e me miraram. Emitiam um zunido estridente muito característico, algo entre uma torradeira velha e um apito assoprado por um velho sem ar.

— Bom, agora eu sou uma fugitiva da polícia então, né? Ou seria do governo? — Estiquei meus braços na direção das inimigas, como se tentasse ganhar tempo ou contê-las, mas aquilo era ridículo.

De repente, uma faixa vermelha cobriu meu olho esquerdo. Só então fui notar que também tinha cortado a testa quando caí e agora ela estava sangrando tanto quanto minha boca. Eu devia estar maravilhosa naquele momento.

Uma aranha resolveu se mexer, assumiu a forma de bolota, rodou e me atacou. Acertou meu estômago com força e fui jogada uns três metros, até o posto de gasolina que havia por ali. Fechado, sem ninguém para prestar ajuda. Caí sem ar, os olhos vidrados na lua cheia que me observava silenciosa. O robô me alcançou antes que eu pudesse me recobrar e grudou na minha perna, fechando suas patas sobre ela. Era pesadíssimo. Perdi o equilíbrio e não conseguia me mexer, mesmo assim usei o outro pé para chutá-lo dali, o que não adiantou muito.

Outra aranha chegou rodando e saltou sobre meu peito, cravando suas patas no chão e me deixando com o pescoço meio preso entre ela e o asfalto. Agora também estava perdendo o ar. Uma sonolência bateu forte e cogitei pegar no sono. Eu não podia fazer mais nada. Mas aquela sede ainda estava ali. O sangue que vinha da testa parecia descer como um energético goela abaixo, reativando minha energia, me dando força e muita vontade. A adrenalina voltou. Eu só experimentei pó de guaraná uma única vez na vida e aquela sensação foi semelhante, mas multiplicada.

Peguei uma pata com cada mão, as levantei do chão sem dificuldade e depois, para tirar a aranha de cima de mim, não foi muito difícil. A bola de metal ao centro parecia perturbada, girando no próprio eixo com a luz vermelha piscando sem parar. A joguei longe. Não vi onde bateu, porque estava bastante escuro, mas foi um baque forte. As outras duas aranhas vieram rodando na minha direção e eu não tinha muito tempo, então cravei meus dedos sobre o robô que estava preso em minha perna e o puxei com tanta força que saíram circuitos e placas na minha mão. A coisa morreu ali mesmo, apagando sua luz e parando de emitir o som de antes.

As aranhas pararam diante de mim e se armaram. Gritei, mas pensando bem agora, parecia mais com um rugido. Eu não estava mais lidando com um policial humano. Aquilo eram mecatrônicos programados para matar. Eu me deixei levar. A primeira saltou sobre mim e, com toda sua inteligência artificial, não esperava que eu fosse pegá-la no ar e arrebentá-la com tanta força no chão, a ponto de abrir uma pequena cratera no asfalto e suas partes metálicas voarem para todos os lados.

A segunda veio logo em seguida. Peguei a pata da que estava destruída e bati sobre ela, arrancando sua pata também. Com as outras que sobraram, ela me atingiu no joelho e fiquei prostrada por um segundo. Aproveitei a descida para agarrar os restos do primeiro robô que eu havia matado e bati contra a lateral do que estava me atacando. Bati, bati e bati, até que ficasse arruinado, sem conseguir se mover. Então pisei sobre seu olho vermelho e isso gerou uma pequena detonação.

O ar foi tomado por um cheiro de óleo e fumaça e pensei por um instante se não seria uma boa ideia sair daquele posto de gasolina antes que rolasse alguma explosão. Não sei como, depois de toda aquela surra, eu ainda tinha forças para andar e voltei a mirar na rodoviária do outro lado. Tonta e sangrando, segui caminhando a passos trôpegos.

De novo aquele zunido maldito.

Eu havia esquecido. A aranha que eu joguei longe ainda não tinha sido destruída. Lá vamos nós outra vez... Das sombras, ela surgiu em alta velocidade e eu quase acreditei que aquela coisa tinha sentimentos e queria vingança por suas amigas mortas. Seu olho vermelho se abriu como um farol alto sobre mim e ela rodou com as quatro patas armadas como arame farpado. De onde surgiram aquelas pontas afiadas? Realmente um *upgrade* inesperado.

Só me restou encará-la e dizer:

— Vem pro pau, vadia!

Minha frase heroica perdeu efeito quando um Fusca chegou deslizando em alta velocidade pelo acostamento, atropelando a aranha como se fosse manteiga. Nos filmes e livros, chamamos esse momento de *Deus ex machina*.

A porta do passageiro se abriu e uma voz familiar chamou por mim lá de dentro. Não pensei muito e entrei.

Diário de Betina, 03/11/17

NOVA MENSAGEM	X
para: cd@castelo.mail	
de: madamev@castelo.mail	
data: 04 de nov. (há 1 hora)	
assunto: Viagem de Negócios	

Morcego,

Não há tempo para muitos detalhes, infelizmente.

Tive de reaver o nosso veículo guardado em sua antiga propriedade em Cruz Credo. Por bem, o aliado e caseiro o manteve preservado e abastecido. Você havia me autorizado a utilizá-lo em casos de emergência. Pois então.

Consegui dar baixa no hotel Morada do Sol de maneira bem apressada, mas não posso dizer o mesmo sobre a instituição e a adoção. A nova sobrenatural está desmaiada no banco de trás do carro, enquanto redijo este e-mail, mas preciso levá-la comigo agora, mesmo que contra a lei e contra nossos princípios. Deixemos para resolver essas pendências jurídicas na próxima oportunidade.

Cruz Credo está infestada de inquisidores por todos os lados e eles estão no meu encalço neste momento. Creio que logo irão me encontrar se eu não fugir logo daqui. Consegui deter quatro deles, contudo.

Peço, com urgência, que você reserve duas passagens no aeroporto de Guarulhos.

Ou então, use aquele recurso.

E torço para que este e-mail não caia na caixa de spam.

De sua amiga Tafari Mashaba

Clique aqui para Responder ou Encaminhar

ELIAS: Patrão

VH: O que saiu errado desta vez, acólito?

ELIAS: A nociva despertou e acabou com as meninas! Está fugindo sentido São Paulo neste Volkswagen Fusca, placa TAF1910. Pertence à mesma mulher que derrubou os cirurgiões.

VH: Maldição! Mas ok. Tenho alguns homens no meio do caminho. Vou acioná-los. Eles vão detê-las.

MEU PAI É UM FAMOSO PERSONAGEM DA LITERATURA E DO CINEMA

FUSCA AZUL.

Ele atravessava a mais de cento e cinquenta quilômetros por hora a rodovia na madrugada, enquanto meu estômago se revirava junto de mim no banco de trás. A reconheci pelo turbante, no volante.

— Eu sei que você deve estar cheia de perguntas agora! — começou Madame Tafari Mashaba. — Só adianto que não estou te sequestrando. Estou salvando sua vida.

— A senhora já me disse isso outro dia.

— *Senhora*, não.

— Tafari.

— Isso. — Ela atravessou o portal da cidade e finalmente saiu dos limites do município de Cruz Credo. — Agora escute bem, Betina. Vim adotá-la em nome do seu pai, para que pudesse levá-la até ele. Porém, como tudo saiu do controle antes que eu conseguisse, por enquanto, o que estamos fazendo aqui é um pouco... errado. Sabe?

— Imaginei.

— Como você está?

— Incrivelmente bem. Nem parece que estava apanhando de robôs-aranha até agora há pouco.

— Eram *aracnobots*, tecnologia de ponta dos inquisidores. Mas o seu sangue fez efeito. Você vai se recuperar mais rápido de agora em diante.

— Quê? Bom, não vejo nada de errado em sair dessa cidade maldita que quer me matar.

— Em algum momento teremos de resolver as burocracias com o orfanato, mas esse dia não é hoje. Primeiro, vou levá-la até seu pai.

— Você tinha falado antes, mas eu achei que era eu alucinando. Você disse... *meu* pai?

— Eu disse, sim. É um pouco complicado de explicar agora. Mas você tem um pai e ele quer muito conhecer a filha. Sou amiga dele há muitos, muitos anos e lhe asseguro que ele é boa pessoa. — Madame Mashaba olhou para mim por cima do ombro e me deu aquele sorriso cheio de ternura. — E todas aquelas propriedades que comentei contigo anteontem, na verdade, pertencem a ele. Eu cuido de algumas, apenas. Como imaginei que você não fosse processar bem a revelação naquele dia, esperei pelo momento certo para lhe contar tudo. Não seria *este* o momento, mas dada a situação atual, não temos muita escolha.

— E por que ele tá me procurando só agora?

— Eis a pergunta de ouro! — Ela soltou uma gargalhada, daquelas contagiantes. Se eu não estivesse tão chocada, teria rido junto. — Para sua própria segurança, você foi afastada dele por todos esses anos. Mas, geralmente, com pessoas como você, em algum momento da adolescência, acontece o que chamamos de *despertar...*

— Na real, minha primeira menstruação foi aos 13.

— ...o aniversário que marca o fim da fase juvenil — Ela claramente ignorou meu comentário. — Ou "a segunda lua". Por isso, e sabendo desse detalhe, é que viemos atrás de você. Mas não somente nós. Como descobriu, existem pessoas que querem o seu mal. O rapaz da escola, os médicos, os pais da sua amiga...

— Você os matou?!

Madame Mashaba demorou para responder essa, pois estava realizando uma curva sinuosa, que fez com que eu batesse a cabeça contra o vidro. A chuva começou lá fora e, através da janela, eu só via borrões, pela velocidade absurda.

— Não exatamente. Você viu bem o que aconteceu, não viu?

— Bem, um dos doutores morreu na minha frente, você tava distante dele. O outro atirou contra sua cabeça, mas foi ele que levou. A bala ricocheteou?

— Não, não. Ele me acertou mesmo.

— Não entendi nada. E os pais da Lucila?

— Eu os apaguei, mas estão vivos para limpar aquela bagunça. Infelizmente, creio que não vá dar em nada, pois eles têm contatos dentro da polícia também.

— Certo...

Lembrei-me de Lucila subitamente. Como podia tê-la esquecido? Madame Mashaba percebeu quando fiquei quieta de repente, os olhos perdidos em pensamentos distantes. Uma lágrima aqui, outra ali.

— Eu sei o que você deve estar sentindo — ela disse. — Sinto muito, muito mesmo pela sua amiga. Mas acredite, conversei com Lucila e ela pediu para você ficar tranquila, porque apesar da forma terrível como foi morta, ela seguiu em paz.

— Oi? Como conversou com ela? Foi com a cabeça?

— Não. A cabeça não quis falar comigo. Está guardada no porta-malas.

— Então como falou com ela, se a Lu tá morta?

— Por isso mesmo.

— Ok, Mestre dos Magos. Pode começar a ser menos misteriosa comigo a partir de agora?

— Sou médium, Betina. Converso com os mortos desde criança, espíritos de todo o tipo. Ajudei centenas deles já, enquanto que outros me ajudam, me dão informações etc. Meus *mensageiros*.

Uma vez, quando criança e eu não me recordo disso, sei apenas o que me contaram, as irmãs me encontraram no jardim do orfanato conversando com corujas, coisa e tal. Naquele mesmo dia, disseram que eu havia guardado um filhote de morcego em um pote de maionese e o havia levado para o quarto, para brincar como se fosse de estimação. E naquela noite eu também comecei a falar uma língua que elas desconheciam, mas que pareceu bem sinistra, pois me levaram para uma benzedeira local, que devia ter uns mil anos, porque ela já era bem velha quando a conheci e parece que continua viva até hoje, tão velha quanto era há dez anos.

A benzedeira se dizia médium também e que havia exorcizado os demônios do meu corpo. Tempos depois, descobriram que ela era uma fraude, não conversava com espíritos nem nada parecido com isso, e que eu era apenas uma criança esquisita mesmo. Por isso chamaram um terapeuta, que foi mais bem pago do que a velha, desde então arruinada pelo meu caso. Espero que ela não tenha me amaldiçoado nem nada, eu não tenho culpa; mas, a partir disso, comecei a não acreditar nessa coisa de pessoas que afirmam falar com os mortos, sabe?

— Aham — respondi.

— Não precisa acreditar agora, mas em breve tudo isso fará muito sentido para você.

— Tá.

— Uhum.

Aquele silêncio chato e constrangedor começou a cair lentamente sobre nós, mas eu não podia permitir.

— Olha, desculpa, Tafari. Independente das minhas crenças, obrigada por tentar me reconfortar. Mas a Lucila, minha nossa, a maneira como a mataram, eu, eu... — Eu comecei a chorar. Tentei segurar, mas não consegui. Madame Mashaba respeitou aqueles longuíssimos minutos em que eu entrei em desespero e, depois, quando eu estava ganhando fôlego para respirar, disse:

— É triste, sim. A morte de Lucila foi cruel e você nunca deveria ter assistido àquilo. Nada disso devia ter acontecido, mas foi uma série de incidentes que...

— Eles falaram que eu estou doente! Nada disso faz sentido.

— Não é uma *doença*. — Foi a primeira vez que vi Madame Mashaba ficar tão séria.

— Sabe o que não faz sentido? A cabeça da Lucila começar a falar. Aposto que ela está reclamando lá atrás!

— Provavelmente a cabeça dela se transformou quando rolou por cima do seu sangue.

— Transformada em quê?

— Eis a pergunta de ouro!

— Esse pelo visto é o seu chavão, né?

— A cabeça de Lucila agora é imortal, porque teve contato com o seu sangue de vampira. Ou melhor, meia-vampira.

— Oi?

— Isso mesmo.

— Meia-vampira? Tipo o Blade?

— Quem?

— Uau. Sou um *dampiro!* — Eu sempre debocho mesmo quando ouço absurdos.

— Eu ainda prefiro meia-vampira.

— Sendo assim, a Lu agora é uma cabeça-vampira?

— Ela não. Quando temos pouco contato com sangue vampiro, ficamos apenas com a imortalidade, não com o restante que vem no pacote.

— *Apenas?*

— Isso mesmo.

— Então, além de dampira, eu também sou imortal. Tipo o Highlander!

— Quem?

— Mas que diabos, isso tudo é muita loucura.

— Raciocine, Betina. Você ganhou vigor e aumentou sua força depois de sorver um pouco de sangue. Enfrentou robôs que têm a força de três homens. Como acha que isso tudo faz sentido dentro da normalidade?

— Eu ainda não tinha chegado nessa parte.

— E o seu pai é bem famoso, até.

— Ai, não. Como assim?

— Vampiro. Literatura. Cinema. Conecte os elementos, vai, eu te dou um tempo para pensar.

— Tafari...

— Você já leu sobre ele e deve ter visto filmes também. Sei que é fã de obras do gênero.

— O meu pai é o Drácula?

— Sim.

Vou parando o diário por aqui, por enquanto.

Diário de Betina, 04/11/17

07
UMA TORRE DÁ UM RASANTE

NÃO QUESTIONEI MUITO A REVELAÇÃO DA IDENTIDADE DO MEU PAI, PORQUE EU ESTAVA CANSADA DEMAIS DE INFORMAÇÕES CHOCANTES e dormi mais da metade da viagem. Paramos em um posto de gasolina no meio da Fernão Dias, um pouco antes de chegar em São Paulo, para reabastecer o tanque e nossos estômagos.

Aquele Shell tinha uma lanchonete gigantesca anexada, com paredes amarelas e mesas vermelhas com quatro cadeiras cada, tudo muito gritante, coisa e tal. Eram quase cinco horas da madrugada, por isso não havia muitas pessoas no local. Além de alguns poucos funcionários, também tinham três caminhoneiros reunidos numa mesa não muito distante da nossa, um casal de idosos no balcão e um rapaz magrelo dormindo em uma mesa do lado oposto.

Pedi por um misto quente e suco de uva, enquanto que Madame Mashaba pediu um beirute completo que mal cabia no prato, uma porção de batata frita bem vistosa e uma vitamina de maçã, laranja e banana, incluindo açaí, paçoca e água de coco na mistura.

Mesmo em condições tensas, ela, para variar, continuava deslumbrante. Além do característico turbante, desta vez usava uma camisa social de seda em um tom de verde brilhante e uma calça, também social, na cor bege escura. Será que além de médium, ela também era estilista?

Já eu ainda estava usando a mesma roupa de antes, o uniforme da escola: a camiseta branca e a calça tactel azul ridícula, com minha jaqueta preta de capuz tentando esconder o restante, encharcada pela chuva constante. Por sorte, ela havia se lembrado de pegar minha mochila quando saímos da casa dos Machado, onde além dos materiais escolares, tinha, principalmente, o meu diário. O restante dos meus outros pertences ficou no orfanato.

— Ah, eu adoro essa parte — disse ela enquanto abocanhava o lanche gigantesco. Confesso que eu não sabia se ela se referia ao beirute ou a mim.

— Que parte?

— A que vocês, novos sobrenaturais, começam a me fazer perguntas sobre esse universo recém-descoberto. — Mordeu outro pedaço. — Adoro mesmo!

— Sobrenaturais?

— Viu? Começou. — Ela soltou uma risadinha, depois bebeu um gole da vitamina. O copo era maior que a minha cabeça. — Sobrenatural é o nome que damos para pessoas como nós. Você é vampira, vira fumaça. Eu falo com espíritos, tenho poderes de vodu. Essas coisas.

— Tipo mortos-vivos?

— Não, não. Até temos mortos-vivos entre nós, como múmias e zumbis, mas todos os outros estão bem vivos. — Madame Mashaba lambeu a maionese na ponta dos dedos e sempre de uma maneira superelegante. — Veja bem, Betina, como no caso da sua espécie. Quando alguém é mordido, não existe isso dele morrer para depois renascer como vampiro. É uma transformação. A pessoa continua sendo o que é, apenas ganha um dom a mais.

— Maldição você quis dizer, né?

— Depende do ponto de vista. Para nós, é *dom* mesmo. A mídia, em maior parte envolvida com os inquisidores, é que vende nossa imagem de maneira distorcida, nos colocando como os monstros da História. E também tem Hollywood, apesar dos pesares.

— E vampiros, lobisomens e outros, se não são monstros, são o quê?

— São diferentes.

— Hã... Desculpe. Sinto que acabei de soar preconceituosa de alguma forma.

— Você ainda está processando uma informação de algo que ainda não compreende e nem sabe se deve acreditar. Por isso, tudo bem. Mas é importante ter conhecimento sobre definições e termos. A literatura e o cinema cunharam "monstros" para todo tipo de sobrenatural. Claro que entre nós também existem monstros, no sentido pejorativo da palavra, mas eles representam menos de um terço.

— Então, além de vampiros e mulheres-vodu, também existem lobisomens, bruxas e fantasmas por aí? Tudo isso?

— Sim, tudo isso. E muito mais. — Ela riu. O beirute já estava pela metade, então ela atacou as fritas. — Apesar de sermos de espécies diferentes, fomos todos humanos em algum momento e estamos ligados pelo fato de não sermos mais naturais nem comuns. Por isso, *sobrenaturais*. Com habilidades e dons atípicos, que em alguns casos afetam nossa aparência, em outros não nos permitem que convivamos em sociedade.

— Que é bem preconceituosa, por sinal — eu disse. — Até mesmo com outros *comuns* como eles.

— Pois é. Infelizmente.

— Então você tem poderes de vodu? Que tipo de criatur... de sobrenatural é você?

— Não sei se me encaixo em alguma espécie conhecida — ela respondeu. — Não interprete isso como ego da minha parte, por favor, mas acredito que sou única.

Eu não respondi nada porque estava sugando o resto do meu suco de uva pelo canudinho e devia estar com cara de tonta, por isso ela continuou:

— Apesar de ser médium desde criança, eu recebi as minhas habilidades vodu durante a juventude, por uma necessidade de sobrevivência mesmo. — Ela terminou o beirute e as batatas, limpando a boca com o guardanapo, enquanto olhava nervosamente para trás de mim. — E olha só, isso foi lá em Cruz Credo, quando a cidade ainda nem era considerada uma comarca. Era uma grande e terrível fazenda.

— Acho que entendi. — Pensar na possibilidade do que Madame Mashaba estava me contando, me fez arrepiar. — Então você também é cruzcredense?

— Oh, não, não. Minha mãe saiu de Angola comigo ainda no ventre. Eu nasci no meio do caminho, no Atlântico Sul.

— Nossa — engasguei indiscretamente.

— Basta que eu fixe meu olhar na pessoa, depois faça algo em meu corpo, que será a pessoa que irá sentir ou receber aquilo no mesmo lugar. — Ela voltou a me encarar, então deu um peteleco na própria bochecha, mas fui eu que levei aquele peteleco na minha bochecha.

— Ai!

— Entendeu?

— Uau! Sim, Boneca de Vodu Viva.

— Lá no castelo me chamam de Madame Vodu.

— Nome estiloso, como você. — Ela riu do meu comentário. — Então vocês também têm um castelo? Uau!

— Oh, sim. E talvez esteja chegando a hora de eu utilizar minha habilidade novamente. — Madame Mashaba, ou melhor, Madame Vodu, terminou de beber sua vitamina apressadamente. Notei um resquício de suor brotando debaixo do turbante e começando a descer pela testa dela.

— Você falou em inquisidores? O que são eles?

— Eis a pergunta de ouro! — Ela riu nervosamente. — Você provavelmente os conhece como caçadores de monstros.

— Medo...

— Pode ter. Inquisidores, caçadores, o nome que for, eles existem desde que o primeiro sobrenatural surgiu e estão espalhados pelo mundo, com suas filiais, seus olheiros e seus caçadores de elite.

— O senhor e a senhora Machado eram caçadores?

— De certa forma. Eles são associados à Inquisição Branca, uma ordem que vive para nos destruir. Os Machado são olheiros, mais ou menos parecidos com espiões, que não saem em campo. Eles ficam de vigília para descobrir potenciais novos sobrenaturais, como você, de quem provavelmente suspeitavam há muitos anos.

— Foi por isso que se aproximaram de mim então?

— Sim, desde que você era criança. Usaram a filha deles, sem ela saber, para fortalecer essa relação.

— Minha nossa...

— Um faxineiro da sua escola, alguns policiais e enfermeiros de Cruz Credo também são olheiros, por isso um acoberta o caso do outro e colocam panos quentes em tudo, nenhuma informação estranha vaza para a população, eles continuam eliminando monstros e a vida segue.

— Tô chocada! Se os Machado eram olheiros, os doutores eram o quê?

— Os dois médicos eram caçadores de nível inferior, que lidam com casos mais fáceis, digamos assim. Por exemplo, aquele rapaz que a atacou na escola, ainda era um aprendiz. Já o animal...

— Cunha, o cão! — eu disse de supetão. — Já sei: *cãoçador?*

— Oi? Oh, não, não. Sobre ele, confesso não ter informações. Imagino que tenha sido treinado desde filhote para assassinar sobrenaturais. Geralmente, todo olheiro tem um animal treinado deste tipo. Eles farejam no ar quando há alguns como nós por perto.

UMA TORRE DÁ UM RASANTE

— Isso explica porque aquele são bernardo sempre me odiou. Eu sabia que tinha alguma coisa ali.

Madame Vodu limpou a boca com o guardanapo, depois colocou sua mão sobre a minha e disse:

— Escute, Betina, se um dia encontrar um caçador de elite... e você vai... corra. Eles estão em outro nível, com habilidades em variadas artes marciais, usando diversas armas capazes de nos matar. De destruir até os mais poderosos sobrenaturais. Não queira ser uma heroína ou algo do tipo. Apenas corra o mais rápido que puder. Você me entendeu bem?

— Sim.

— Agora, quanto a estes... — Ela indicou com a cabeça, olhei para trás e vi os três caminhoneiros nos encarando. Logo se levantaram e vieram em nossa direção. — Não se preocupe. Não precisa correr, apenas observe.

— Caçadores de nível inferior?

— Nem isso. São mercenários, contratados pela Inquisição Branca como improviso, quando não tem um caçador disponível.

Um magricela alto, de colete azul e calça jeans, com um boné enterrado até metade do rosto, foi o que tomou o passo mais largo até nós, mas toda a situação ainda era discreta no ambiente.

— E aí, Tafari, o que eu faço? — perguntei. — Viro uma fumaça e vou pra cima dele ou uso o poder pra fugir pela janela?

— Não, você ainda não está preparada. Deixe eles comigo.

Ufa.

O magricela sacou um canivete suíço e começou a fazer aquela série de movimentos ameaçadoramente descolados, igual vemos em filmes, sabe? Ele veio para cima de Madame Vodu e ela segurou a lâmina com uma mão. Como o esperado, foi a palma dele que começou a sangrar, deu para ver que o corte estava feio. O homem se ajoelhou e tentou prender o grito de dor. Sem perder tempo, ela me puxou em direção à saída, mas o outro caminhoneiro a bloqueou, enquanto o terceiro vinha por trás.

— Estamos encurraladas — eu disse.

— Relaxe, Betina.

Madame Vodu mantinha os olhos fixos naquele que estava na porta, tão largo que realmente me pareceu possível que ele fosse capaz de bloqueá-la. Sua cabeça parecia um ovo e ele tinha uma barba enorme, que quase encostava no umbigo. Sua roupa era toda preta e ele usava uns colares e pulseiras com espigões, como se fosse algum colega meu saído de um show do Zumbis do Espaço. Se não estivesse tentando me matar, eu até poderia gostar dele.

O que vinha por trás tinha cabelo encaracolado castanho, uma tatuagem de escorpião em um braço e uma de cobra noutro, usando bermuda jeans e uma camisa branca em que se via estampado VAMOS VIVER TUDO QUE HÁ PRA VIVER VAMOS NOS PERMITIR.

Não era somente a ironia que me chocava, mas também o fato de que Madame Vodu mantinha o olhar somente no que bloqueava a porta, ignorando completamente o outro. Eu travei, não soube o que fazer, então o tatuado deu um chute nas costas dela. Acontece que ela mal se moveu. Em seguida, vi o gordo sendo jogado para frente, encurvado, caindo na direção de Madame Vodu, que não desviou, mas olhou por cima do ombro, fitando o homem atrás.

Ela acabou levando um soco na altura do peito. Quem recebeu foi o tatuado, que arfou e caiu com tudo de costas. O gordo já estava caindo desde o chute segundos atrás e se esborrachou no chão também. Foi bem patético, na verdade.

— Viu só? — ela disse, satisfeita. — Nem precisei me mexer muito para derrubar esses dois.

Ri e perguntei, enquanto saíamos para o estacionamento do posto:

— Agora entendi melhor como funciona sua habilidade. O olhar tem que ser muito preciso mesmo. Mas você não sente os chutes, os socos ou os cortes?

— Não sinto nada.

— Uau.

— Nem sempre isso é bom.

— Como não sentir dor pode ser ruim?

— Quando eu adoeço. Se eu ficar gripada ou alguma doença mais grave se desenvolver em mim, eu nunca vou saber pelos meios normais, porque não sinto dores. Esse é o preço do meu dom.

Saímos de volta para a chuva, agora uma tempestade apocalíptica cheia de relâmpagos escandalosos e poças enormes que encharcaram meu único par de tênis. Ninguém no estabelecimento havia se assustado muito com a situação, ou fingiram não se importar. Os caminhoneiros começaram a se levantar lá de dentro, mas logo nós alcançamos o Fusca no estacionamento do posto. Quando ela o ligou, achei ter ouvido o rugido de um monstro, mas era apenas o motor do carro. Desta vez, sentei na frente e tive de fazer aquela pergunta inevitável:

— Não sabia que Fuscas corriam tanto assim.

— Não correm. Este tem motor de Porsche. Um preciosismo da minha parte. Adoro Fuscas, mas também adoro personalizá-los. Ele estava guardado para mim em um local seguro.

— Uau.

Os homens vieram mancando e se arrastando pela chuva, e levaram mais uma onda de água no rosto quando a Madame Vodu saiu em disparada. O Fusca era realmente veloz, mas toda aquela pista molhada me dava um frio na espinha. Monstros sobreviviam a acidentes?

Ela pediu para eu pegar uma toalha de rosto que estava no porta-luvas, nos enxugamos um pouco e logo deu para ver um caminhão tanque nos perseguindo. Na placa: DEUS É FIEL. Cheio de combustível naquela parte cilíndrica enorme, não tinha como isso acabar bem.

Uma parte do vidro traseiro explodiu. Depois, o retrovisor do meu lado também foi feito em pedaços; em seguida, uma parte da lataria. Tiros.

— Metralhadoras, droga! — disse ela, visivelmente brava e assustada ao mesmo tempo.

— Seus poderes vodu conseguem conter isso também?

— Não.

Madame Vodu pisou fundo, mas o Fusca continuava dançando na estrada alagada. A tempestade e o horário deixaram o caminho livre naquele momento, mas seria bem terrível se viesse qualquer outro veículo do lado oposto. Os caminhoneiros também não estavam em boa situação, e dava para ver o cilindro dançando por detrás da cabine. Eu achei ter visto um motoqueiro voando para o acostamento quando atingido por ela. Minha nossa.

— Se você não consegue, eu talvez possa... — eu disse subitamente, colocando a cabeça para fora da janela. Um tiro passou de raspão pela minha porta, eu me recolhi. Eles estavam tentando acertar os pneus.

— Você não pode nada, Betina! Já falei: sem heroísmo. Eles não vão nos acertar!

Dito e feito. O toca-fitas rachou na nossa frente, outro tiro quase certeiro. Ao redor do carro, balas choviam junto das águas, acertando vez ou outra a lataria. Madame Vodu não aparentava preocupação, pelo contrário, parecia até... ansiosa.

Mas pelo quê?

Algo explodiu uns metros à frente. Não era tiro de metralhadora. Depois de ficar cega por alguns segundos, notei que tinha sido um relâmpago. Faíscas ainda brilhavam na água da pista quando passamos ao lado. Não demorou muito e outro relâmpago, que dessa vez passou mais perto, atingiu o galho de uma árvore alta no acostamento, mas Madame Vodu era tão maravilhosa no volante quanto era em todo o resto, então desviou precisamente. Os homens atrás não paravam de disparar, com suas metralhadoras que pareciam ter munições infinitas.

Aquela sequência de Duro de Matar já estava enchendo o saco.

— Já entendi! Vamos de *recurso* então, Morcego!

— Tá uma loucura hoje, né? — eu disse, sem saber com quem ela estava falando.

— Quilômetro 381, finalmente! Estamos quase no túnel... Se prepare, Betina!

— Preparar... para o quê?

Honestamente, fiquei com medo da resposta, por isso não insisti quando ela não respondeu.

Consegui ver por debaixo da cortina d'água um buraco negro se projetando. Conforme o Fusca avançava, a estrutura ganhou a forma de um túnel. Reconheci. O Túnel da Mata Fria, do município de Mairiporã, também demarcava que estávamos próximas de chegar em São Paulo.

Eu sei que pode parecer metafórico o que vou falar por aqui e até que não chegue nem perto de transmitir o que realmente senti naquele momento, mas foi algo entre o assustador, o maravilhoso e o bizarro. E, literalmente, a mim pareceu que o mundo estremeceu de repente.

Um terremoto no Brasil seria menos louco do que o fato de eu ser filha do Drácula, convenhamos. Mas não era isso. Enquanto a terra tremia e eu me sentia dentro de um liquidificador naquele Fusca em alta-velocidade, um estrondo veio do céu.

As nuvens se rasgaram para que algo colossal descesse. Eu quase achei que fosse um avião voando baixo, no entanto a coisa era cinco ou seis vezes maior do que um jumbo. Parecia feito de pedra escura irregular e a partir daqui fica um pouco confuso e meio difícil de explicar.

Basicamente, um castelo desceu dos céus.

Um castelo.

Ou melhor, uma parte de um castelo. Algo mais como uma torre. Tinham pessoas no topo, muito corajosas e dando gritos de guerra, ao que me pareceu. Não deu para distinguir ninguém em específico, mas uma delas me encarava. Os cabelos pareciam enormes e, num clarão de raio, eu vi seus olhos verdes. Tudo levou menos de meio segundo, mas aquele instante seguiu mais ou menos em câmera lenta para mim. O castelo rugiu. Eu estava quase ficando apavorada quando Madame Vodu disse, como se fosse a situação mais normal do mundo:

— A cavalaria finalmente chegou!

— Mas que diabos?! — Eu estava com a cabeça para fora da janela, olhando para o alto, deslumbrada e chocada ao mesmo tempo, tentando conceber tudo aquilo.

— Quando os sobrenaturais mais precisam, O Castelo da Noite Eterna sempre socorre.

Eu teria feito alguma piada sem graça naquele momento, mas quase voei para fora do carro quando, subitamente, Tafari pisou com tudo no freio e fez aquele Fusca girar umas seis vezes na pista molhada, até que parou de costas para a entrada do túnel. Um terrível cheiro de pneu queimado cobriu o ar. A tempestade e os raios não cessaram, mas eu já tinha sacado que aquela atmosfera havia sido afetada pela presença do castelo voador. Eu estava com o coração na boca, ou seria o lanche?

Os caminhoneiros continuaram a toda velocidade em nossa direção, sem aparentar qualquer preocupação com aquele evento, e a única possibilidade ali seria uma colisão inevitável. Os faróis do caminhão me cegaram, mas Tafari parecia bem tranquila. Ela sorriu para mim, como se pedisse que eu me acalmasse. Tentei relaxar.

O caminhão estava quase sobre nós. Um dos homens mirou a metralhadora na minha direção.

E explodiu.

Antes que eu pudesse entender os detalhes, uma coluna de fogo desceu da torre e incinerou o caminhão e tudo o que havia nele em um instante. O estrondo foi ofuscado pelos relâmpagos. Rolou outro pequeno tremor, a fumaça subiu e logo esvaiu pela chuva e, então, acabou. A figura da moça cabeluda parecia ter caído, coisa e tal.

Sou bastante esquisita, eu sei, mas, naquele curto momento, fiquei imaginando pessoas que passavam por aquela estrada, indo ou vindo de São Paulo e assistindo àquela cena inacreditável. Só para eu dar uma ideia da loucura, surgiu um vórtice fortíssimo ao redor do Fusca, que começou a ser abduzido até a torre no céu, com pedaços de pedra e asfalto rodando juntos pelo ar.

As silhuetas das pessoas saíram por uma porta de madeira e acenaram para nós.

— Vamos, Betina — disse Tafari. — Vamos para casa.

Minha adrenalina me abandonou por aí. Depois disso, não vi mais nada.

Diário de Betina, 04/11/17

| NOVA MENSAGEM | X |

para: diretor@omosteiro.org

de: contatovh1890@omosteiro.org

data: 05 de nov. (há 30 minutos)

assunto: Re: Ocorrência 13666 URGENTE

Diretor,

Primeiramente, gostaria de pedir desculpas pelos fracassos até agora com a ocorrência 13666. Os homens disponíveis não tinham experiência ou realmente são incompetentes. De maneira que a nociva conseguiu fugir para o castelo do Herege com outros monstros.

A situação ficou feia e, para mim, vergonhosa.

Mas também recebemos presentes, Diretor.

Se por um lado perdemos uma nociva, ganhamos outra.

A monstra a que me refiro participou do resgate da filha do Herege, porém caiu durante o ataque e foi capturada por um de meus homens, que agora a estão levando para uma de nossas bases em São Paulo.

Dito isso, afirmo que partirei hoje mesmo de onde estou direto para o Brasil. Com uma nociva em mãos, não vai demorar até que obtenhamos a localização do castelo dos monstros. Aguarde novidades e até.

VH.

Clique aqui para Responder ou Encaminhar

PARTE 2

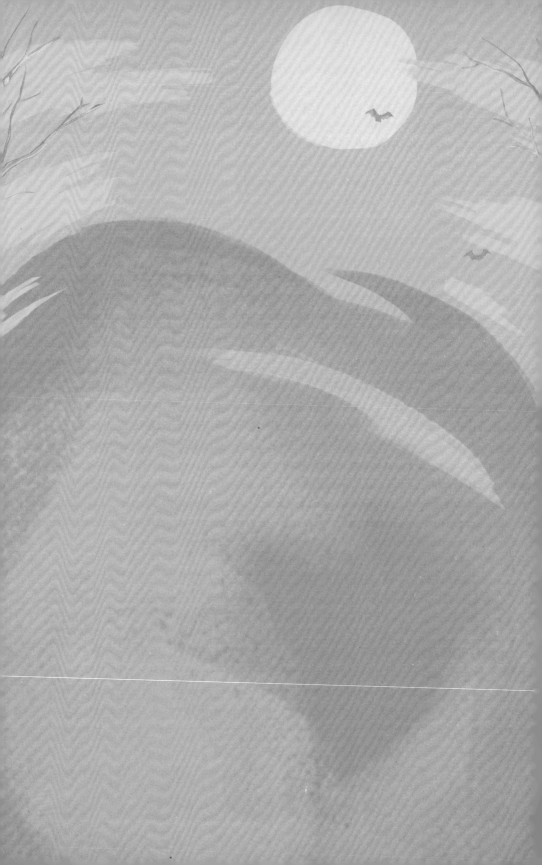

Para o Sr. D.

Minhas mãos estão sujas de sangue, mas eu não ligo. Desde que voltei do meu rolê por Galveston que eu não consigo mais dormir. E quando durmo, tenho pesadelos. Acordo cansado, então é quase a mesma coisa que uma insônia, não aguento mais. A borda do papel está suja de vermelho, mas não se preocupe, sangue seco não é contagioso. Não encontrei qualquer rastro do Coroa em Galveston, como o terceiro informante havia indicado. O homem não para em lugar nenhum. É quase como se soubesse que eu estou atrás dele, atrás de respostas e atrás da grana que ele me deve. É uma responsabilidade inevitável, a qual ele precisa assumir. Mas tudo bem, não falemos mais disso.

Galveston é interessante, fui mochilar por lá durante o verão, cheio de garotas bonitas e pessoas com papo legal. Mas em nenhum momento consegui tirar da cabeça que a ilha é uma versão texana de Cardiff. Tem até um corredor de pedras perto do pier, que é igualzinho ao da minha cidade-natal, e também algumas daquelas ocorrências bastante suspeitas envolvendo um "monstro comedor de gente". Eu prometi não tocar mais no assunto, mas você também pensou no Coroa, não é? Ele está sempre viajando e com uma fome difícil de conter. Ele é a minha primeira e única opção desse caso. Contanto que pague o que me deve, e é uma quantia bem gorda, eu não me importo com seus crimes, para ser bem sincero.

Voltei dos EUA e tudo aqui estava de cabeça para baixo. Alguns até sem cabeça. Nada mais será como antes, como assistir Roni e Juan correndo por aí atrás das charretes, ou de ajudar o senhor Ramon a levantar as barracas das velhas, de me encontrar às escondidas com a bela Nazira pelos cantos da floresta, ou então ouvir as tenebrosas histórias do Sr. Boris nas noites de lua cheia.

Minha rotina foi quebrada pela chacina, pelo sangue frio de alguém que buscava muito sangue quente, que destruiu famílias inteiras e devorou uma pequena nação sem-teto, sem nada além de tradições e bons costumes, que sempre ajudou o povo de Cardiff com esoterismo e mão de obra barata, nunca baixou a cabeça, nem nunca cuspiu no prato que comeu. Éramos pacíficos, você sabe, e até então eles nunca revelaram meu segredo para o mundo. Eu poderia cogitar que foram os caçadores, que seria a opção mais óbvia. Mas há algo de intimista e cirúrgico nessa destruição toda, que me faz pensar em alguém como Sicário, o Monstro do Facão.

   Acontece que esse assassino também morreu. Foi morto. Você pediu que eu o avisasse do meu interesse em ir até o castelo quando tudo desse errado. Pois bem, a hora é essa. Voltei de uma terra estranha e quando cheguei não tinha mais um lar. Me sobraram poucas roupas, alguns objetos e histórias para contar. As tradições que herdei levarei adiante, impressas em mim como o sangue seco nas minhas roupas e neste pedaço de papel. Espero que o corvo chegue logo até os Cárpatos, aqui não temos internet nem computadores, gostávamos das antigas tradições.

   E por favor, quando enviar seu recrutador para me resgatar, o avise da visão que ele terá ao chegar: que continuarei sentado aqui, sem pressa nem vontade, orando pela alma dos mortos. Estarei no mesmo lugar onde me encontro agora. No centro do círculo de corpos, com as cabeças dispostas de um lado e os braços jogados de outro. Espero que ele não vomite.

T.

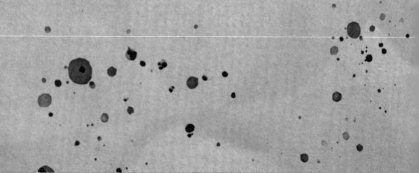

WHITCHURCH Herald

Ano 95 | Cardiff, 21 de outubro de 2017 | N° 4.666

Animal selvagem faz novas vítimas em Cardiff

Por Dylan Madock (enviado especial de Londres)

As ruas de Cardiff não são mais as mesmas, e o verde espaço da área oeste agora ganhou tons de vermelho, pelo sangue das vítimas cada vez mais numerosas da terrível fera que segue atacando a população no último mês.

A primeira vítima de que a polícia teve conhecimento foi Owen Rice, encontrado morto do lado de fora da porta de sua casa em West Lodge, enquanto que outras partes do empresário estavam espalhadas pelo quintal, em uma cena que chocou toda Londres. A segunda baixa foi uma moradora de rua, conhecida apenas por Kellen, que encontrou seu fim no beco onde dormia, apenas alguns quilômetros do Sr. Rice e com dois dias de diferença.

A criatura abriu um rombo em sua barriga.

Desde então, uma sequência de fatores confundiram as autoridades, que encontraram similaridades na maneira como Sicário, um antigo assassino local, executava seus crimes.

Sicário nunca foi encontrado pelas autoridades, mas seguindo suas próprias regras, ele só mata no mês de outubro, e apenas adolescentes que namoram em locais públicos, nunca aleatório, como os casos atuais.

Ele vem praticando o ritual desde 1961. Mesmo assim, dada a semelhança na crueldade dos atos, a princípio as autoridades delegaram os assassinatos ao Monstro do Facão, como também é conhecido, até que surgiu uma testemunha na última segunda-feira em Cardiff Bay.

"Ele tinha o tamanho de dois homens, mas era apenas um", afirmou Morgan Hale, um comerciante que chegava ao píer antes do amanhecer e presenciou o último grande crime. Quando interrogado, ele disse que se referia ao Sicário, com sua fantasia de monstro pela qual era famoso.

Perguntado sobre o animal selvagem, Hale não soube descrevê-lo. "Era como um cachorro grande, sabe? Do tamanho de um urso, todo preto e com olhos brancos e brilhantes". Naquela hora antes do sol nascer, não haviam outras pessoas passando pelo local, mas moradores da região afirmaram terem ouvido uivos antes de amanhecer e de que se tratava de um som diferente de qualquer outro que já tenham escutado. Afinal, Cardiff não era uma terra de lobos.

Baía de Cardiff, onde foi encontrada a última vítima

Mesmo com a população e alguns turistas brincando que o País de Gales agora tem a sua própria Besta de Gévaudan, as autoridades não encaram a situação com brincadeira e seguem investigando cada caso individualmente.

Recentemente, uma família de nobres, que não quis se identificar, disse que um de seus empregados abateu um urso (outro animal incomum nesta região) na área norte da cidade. Desde então, nunca mais se viu um novo ataque do animal selvagem.

Obviamente, não se pode supor que tal urso seja a mesma criatura que Morgan Hale presenciou, mas é no que todos querem acreditar agora, para que possam dormir o sono dos justos novamente.

"É melhor que alguém faça algo a respeito. Está acontecendo em todos os lugares dessa cidade. Está fora de controle!", finalizou o Sr. Hale, que não dorme há três dias. Afinal, ironicamente, Sicário, o Monstro do Facão, foi assassinado por um monstro de verdade e teve seus membros espalhados pelo pier, de maneira que nenhum especialista em mosaicos soube como organizar, o que fez com que as autoridades cremassem as partes.

Cardiff perdeu o seu mais antigo assassino serial, mas ganhou outro proporcionalmente pior.

| NOVA MENSAGEM | X |

para: listatodos@omosteiro.org

de: diretor@omosteiro.org

data: 05 de nov. (há 8 horas)

assunto: ATENÇÃO!

Caros membros d'O Mosteiro,

Acabaram de chegar até mim, enviadas com certo atraso por um acólito da região, as notícias de um jornal londrino que trazem graves ocorrências de algumas semanas atrás, com evidências que comprovam o ataque de um evidente nocivo sobre a sociedade inocente, o que vai na contramão do nosso acordo com os sobrenaturais.

Sendo assim, a trégua acabou.

Não vamos mais tolerar monstruosidades entre os seres de bem, devotos a Deus.

Todos estão autorizados, dos guerreiros de elite aos caçadores de segunda e terceira unidade. Todos vocês.

Que comece a Caçada Selvagem!

O Diretor.

Clique aqui para Responder ou Encaminhar

08
VIRO A CINDERELA GÓTICA POR UM DIA

ACORDEI EM UM IMENSO VALE CINZENTO, RODEADO POR CADEIAS INFINDÁVEIS DE MONTANHAS ESCARPADAS, algumas destacadas, outras ocultas pela neblina que devorava o local, formando um ar turvo que se fechava em torno de nós como se fosse uma venda, de maneira que realmente não dava para enxergar muito além do horizonte. A estrada era de terra batida, com um pasto desbotado ao redor. Não era mais noite e a chuva veranil tinha parado, estava claro como o dia, com céu cor de fuligem e a sensação térmica parecia invernal. Ou seja, em primeiro lugar, aquela definitivamente não era mais a rodovia Fernão Dias.

— Tafari?

Ela não respondeu num primeiro momento, absorta em sua preocupação aparente.

— Ah... Oi, Betina! — Madame Vodu veio em minha direção, meio afobada. — Me desculpe, me desculpe! Você está bem? — Ela me tocava e mexia em minhas roupas, como se buscasse por alguma ferida.

— Tudo bem. Tô bem, sim. — Desvencilhei-me dela com um gesto sutil e dei uns passos à frente, olhando ao redor. Um pouco deslumbrada, admito. — Onde estamos?

— Eis a pergunta de ouro! — riu e bateu palmas. — Cárpatos. Mais precisamente no Planalto da Transilvânia.

— Vim pra Romênia, então. Não era minha primeira opção de viagem internacional, mas... Uau!

— Aqui não é tão bonito no inverno, mas...

— Inverno? — Cruz Credo era quente como o inferno e essa palavra mágica me deixou honestamente feliz. — Não precisa explicar, já saquei. Mas e aí, quem fez a mágica?

— Não foi mágica, Betina. Lembra-se da torre?

Ah, verdade. A torre voadora que tinha vida própria. Como poderia me esquecer daquela monstruosidade tão escandalosa, não é? Em vez disso, apenas disse:

— Lembro.

— Pois bem, viajamos com a torre até aqui. — Ela arrumou a madeixa preta do meu cabelo, colocando-a para o lado. — Esse tipo de recurso só pode ser utilizado a cada cinquenta anos. Mas você desmaiou e perdeu parte da graça de percorrer a Correnteza de Sombras em alta velocidade.

— Confesso que preferiria atravessar um guarda-roupa do que viajar em um castelo, mas tá tudo bem.

— Na verdade, só a Torre 3. O castelo é um organismo vivo, que consegue se fragmentar. Quando algum sobrenatural está em extremo perigo, seu pai realiza um imensurável esforço de enviar alguma parte do castelo para auxiliar. Enfim, tivemos de carregá-la para dentro dele.

— Imagino.

— Já o meu Fusca, infelizmente, foi bastante avariado.

— Poxa.

— Pois é. Um pneu furado, vários vidros quebrados, furos no capô, balas no carburador. Uma tristeza. — Ela suspirou longamente. — Pelo menos conseguimos trazê-lo também. O coitado não podia ficar abandonado naquela rodovia.

— Ok, Tafari. O que ou quem estamos esperando?

— Eu, o guincho. Você, a carruagem.

— Carruagem?

— Sim, para ir até o castelo, oras.

— Certo. Mas não estávamos dentro dele até agora pouco?

— Sim. Só que aquilo foi um resgate. — Ela falou, colocando as mãos na cintura, como se fosse a coisa mais óbvia de todas. — Fomos deixadas na metade do caminho, para que eu pudesse lhe orientar. Não podemos simplesmente forçá-la ou induzi-la a isso. Agora, é você que tem de *escolher* se quer ou não se envolver neste mundo. — Ela abriu os braços e respirou profundamente o ar dos Cárpatos. — Dessa nova família, desse novo lar. O castelo só aceita quem quer verdadeiramente fazer parte dele.

— Bom, eu não tenho muita escolha nesse momento, né?

— Você sempre tem uma escolha, Betina — disse seriamente. — Pode escolher ficar e será bem acolhida por nós. Ou pode escolher partir e será devolvida ao orfanato, a sua cama e aos seus filmes antigos.

— E à morte certa, né? — Revirei os olhos e ri de nervoso.

— Tome as rédeas da própria vida e faça a escolha que acha que deve fazer. Se voltar, será uma prisioneira. Se fugir, fugirá para sempre. Se ficar, terá um lugar para decidir o que fazer com seu futuro.

— Tá. A escolha é minha. Entendi.

— Melhor escolher logo, Betina. Sua carruagem demorou, mas chegou.

Uma silhueta se projetou na neblina à frente e logo deu forma a um veículo puxado por dois cavalos pretos, com bolinhas vermelhas nos lugares dos olhos, o que deixou tudo mais sinistro. O carro também era preto e simples, algo nobre e imponente, com aquelas quatro gigantescas rodas de aros finos girando em boa velocidade na minha direção. De fato era uma carruagem e por um instante me senti Cinderela.

Madame Vodu retirou minha mochila do Fusca e me entregou junto da cabeça de Lucila embrulhada no pano de chão, no exato instante em que os cavalos pararam ao meu lado. O cocheiro parecia ter saído diretamente do final da Revolução Industrial, uma figura magra e comprida, coberta até os pés de cinza, com um chapéu coco cobrindo os cabelos grisalhos que caíam esparsos sobre o rosto cadavérico e branquelo. Ele me deu seu sorriso amarelo, mas nada disse.

— Igor, esta é Betina Barbosa, filha do seu senhor.

Igor levantou o chapéu e me saudou. Sua expressão desmaiada e aqueles olhos mortiços, cinzas e sem vida não tiravam sua simpatia mesmo assim.

— Olá, prazer — resolvi dizer, ainda meio perdida.

Ele acenou com o polegar, indicando para que eu me sentasse logo atrás.

— E então? – perguntou Tafari.

— Ai, Tafari, não consigo escolher assim, tão depressa. Vou pensando no caminho. Se de repente eu desistir da ideia, juro me jogar da carruagem, tá certo?

Ela riu.

Dei um forte abraço em Madame Vodu e trocamos olhares tenros, que diziam mais do que palavras naquele momento. Ela era realmente uma pessoa adorável e definitivamente me ajudou quando mais precisei, eu nunca esqueceria isso.

— Não preciso partir agora — eu disse. — Podemos ficar aqui e esperar até que o guincho chegue.

— Não se preocupe, Betina, logo estarei com vocês. Aqui não corro riscos. Este é o *nosso* território. — Ela me deu um tapinha nas costas. — Agora vá.

Subi meio desajeitada na carruagem, mas consegui fingir elegância assim que cheguei na cabine de assento e disse um "obrigada" para ela apenas com os movimentos dos meus lábios. Igor não perdeu tempo e fez com que seus cavalos girassem até retomarem a estrada no sentido da neblina. Logo Madame Vodu era apenas um pontinho ao lado de uma lataria arruinada.

Abri o embrulho. Lucila me encarava com certo desdém.

— Ei, como tá por aí? — perguntei.

— Um pouco enjoada por correr na estrada e depois voar numa torre. Fora isso tudo bem. Mas acho que não aguento mais esse rolê na estrada de terra esburacada.

— Aguenta sim. Fica quieta aí. — Voltei a embrulhá-la. Ela não protestou dessa vez.

A cabine era apertada, mal cabiam duas pessoas ali, mas o banquinho era bem confortável e o espaço arejado, já que tinha uma janelinha de um lado e a porta por onde entrei do outro. Dali eu não conseguia ver o cocheiro, que se ocupava no assento frontal coberto, aberto dos dois lados. Ele também não falava muito e a estrada não apresentava nenhuma novidade além do campo de grama cinzenta e muita, muita névoa.

Enquanto eu erguia os olhos para os penhascos escarpados, cujos cumes desapareciam em um recife de nuvens fantasmagóricas, a ideia de que esse era um lugar sobrenatural não parecia tão ridícula, então devo ter cochilado, porque provavelmente o que vi a seguir foi um pesadelo.

Estava tudo escuro, algo semelhante a uma caverna sem velas, e mesmo assim eu podia enxergar as duas figuras claramente. Dois homens, eu acho. Um era enorme, usava uma túnica preta que o cobria quase que completamente e estava em pé olhando de maneira complacente para o outro, de joelhos e cabeça abaixada, usando uma capa vermelha, como se prestasse algum juramento ou respeito ao que seria o seu superior.

O ato me pareceu com um tipo de bênção. O maior dizia algo, mas eu não conseguia entender. Ele mexia os braços lentamente, para cima, para os lados, e depois tocava a testa do outro. Então, cortou os pulsos e deixou seu sangue escorrer, para que o ajoelhado pudesse beber. Percebi que eu me aproximava, quando então o homem de túnica preta me encarou e sorriu um sorriso vermelho.

Acordei com um solavanco, o coração pulsando. Eu devia ter sentido nojo do que assisti, mas confesso que fiquei com um pouco de sede.

— Senhor Igor — perguntei, colocando parte da minha cabeça para fora da cabine. — Tem água aí?

Mais uma vez ele não respondeu e prontamente abriu o zíper de uma bolsa de couro que estava no assento ao seu lado, retirou um copo de água lacrado e me entregou. Agradeci e bebi quase que de uma vez. Estava morna, mas não incomodou. De qualquer maneira, não fiquei saciada e a sede, inclusive, aumentou. Bati a cabeça no teto em outro solavanco. Escureceu de repente e vi que tínhamos entrado em um túnel verde, com carvalhos enormes cobertos de musgo e olhares curiosos de figuras indistintas atrás de troncos e entre os arbustos. Definitivamente não eram pessoas.

Logo a pequena floresta se abriu como uma cortina, nos devolvendo ao trajeto. Quando eu começava a me perguntar se íamos precisar de equipamento de alpinismo para chegar ao castelo, os penhascos íngremes dos Cárpatos passaram a declinar suavemente para nos encontrar. A carruagem descreveu um arco em meia-lua sobre a estrada, ali mais pedregosa e irregular, e seguiu ladeira acima, em um caminho que se desenhava em zigue-zague bastante desconfortável. Pássaros voavam em círculos acima de nós, em uma recepção fervorosa, grasnando estriduladamente.

A cidade nasceu ao final do trajeto, localizada em uma verde enseada de terra. Uma colcha de retalhos de campos pontilhados de cabras e carneiros se espalhava pelas colinas, que se elevavam ao longe até se juntarem a uma serra alta, onde uma parede de nuvens parecia formar um parapeito de algodão. Era dramático e belo ao mesmo tempo, diferente de qualquer outro lugar que eu já tinha visto.

Casinhas caiadas de branco, outras com paredes desbotadas de rosa, azul e amarelo, várias com parte do reboco visível, e toda uma sorte variada de moradias em uma arquitetura caótica e estranha, exceto pelas parabólicas que brotavam de seus telhados, se enfileiravam ao longo de ruas de paralelepípedos. Como aquele local era provavelmente muito distante e sem importância para justificar o custo de levar cabos de energia do continente, fedorentos geradores a diesel zumbiam em cada esquina como vespas raivosas, harmonizando-se com o ronco dos tratores, uns dos únicos veículos a transitarem por lá além de algumas motos e bicicletas.

Nos limites da cidade, casinhas de aspecto desgastado erguiam-se abandonadas, provas de uma população que encolhia. Provavelmente, as crianças eram atraídas para longe das tradições seculares de pastoreio e trabalho no campo por oportunidades mais glamorosas no continente.

As pessoas pareciam ignorar nossa travessia. Mas eu precisava descer.

— Senhor Igor, por favor, preciso fazer xixi! Pode parar um pouquinho?

Ele suspirou longamente, freando os cavalos. Fez um muxoxo e acenou com a cabeça para o lado, mais uma vez não dizendo nada. Saí meio apressada, não tinha percebido quanto tempo aquela viagem tinha levado e eu estava bastante apertada.

Perguntei para uma mulher que pendurava lençóis no varal onde havia um banheiro público. Ela me olhou, fez uma careta e voltou a pendurar suas coisas. Perguntei novamente e nada. Bufei e voltei a caminhar, até indagar um idoso que estava sentado sob a sombra de um boteco, alimentando os pombos. Ele me olhou, apertando os olhos, e disse:

— *Nu înțeleg ce spui...*

— Quê?

— *Ce?*

Foi aí que tive um estalo. É claro que ninguém me entendia. Uma brasileira falando português na Romênia... Como eu poderia me comunicar naquele lugar? Madame Vodu não me instruiu sobre isso. Fiquei ali parada um tempo, olhando para o idoso, que de repente começou a comer o alpiste das pombas, meio preocupado com meu olhar.

Não sei bem como aconteceu, mas tive o *insight* de tentar usar meus poderes em prol daquilo. Raciocinei uma ideia de comunicação. Em seguida, notei meu reflexo na porta de vidro da venda e os meus olhos estavam vermelhos agora. Isso devia significar algo, então voltei a perguntar:

— *Te rog, spune-mi unde ai o toaletă publică aici?* — Não faço a menor ideia de como aprendi a falar romeno convenientemente de um segundo para o outro. O som que saiu da minha boca foi no idioma deles, porém o que eu ouvi foi: "Por favor, pode me dizer onde tem um banheiro público por aqui?".

Ele piscou várias vezes e então falou:

— *Oh, da!* "Oh, sim!" *În înființarea mea aici*, "Em meu estabelecimento aqui", *avem o toaletă* "temos um banheiro". *Puteți să-l utilizați* "Você pode usá-lo".

Uau. Isso deu certa tontura na primeira vez, era uma experiência louca, mas realmente eficiente. Os livros e filmes de terror nunca informaram que vampiros eram poliglotas. Soltei um "obrigada!" (ou *"Vă mulțumim!"*) e entrei no boteco logo atrás dele. Afinal, ele havia me *autorizado* a entrar. Senão, eu realmente não teria conseguido, né.

Tudo ali cheirava à naftalina com álcool. Outros idosos se deitavam sobre o balcão ou cantavam olhando para a parede, enquanto alguns poucos assistiam ao telejornal local em uma TV de tubo 14 polegadas que pendia próxima ao teto e parecia sempre prestes a cair. Vi o símbolo de banheiro numa porta à esquerda em um espaço apertado e fui para lá. Não estava muito limpo, como era de se esperar, mas consegui resolver meu assunto finalmente.

Quando saí, trombei com um homem que tentava entrar. Ele era alto e largo como uma tora, a cabeça lisa ainda guardava poucos cabelos ralos e brancos sob o chapéu fedora escuro e seu rosto de lua estava coberto por uma barba suntuosa, também branca. Seus olhos eram pequenos, escuros e cruéis, como os de alguém com pouca paciência.

— *Get out of the way, girl!* — O seu "Saia da frente, menina!" não era nada romeno, aquele senhor falava inglês. Empurrou-me com força para o lado, entrou no banheiro às pressas e bateu a porta com tudo. Ele realmente devia estar muito apertado.

No balcão, uma mulher encardida servia algo que parecia vodca para dois outros idosos sedentos e ninguém se importava comigo, mas a maioria tinha se voltado para a TV de repente. Uma repórter linda de olhos azuis da BBC, coberta com roupas para o frio, comentava algo sobre assassinatos em Cardiff, seis ou sete vítimas, em um rastro monstruoso de sangue, que estava movimentando as autoridades locais e assustando a população.

Os bêbados ao meu lado murmuravam sobre um tal de Monstro do Facão, outros refutavam a informação e alguns ainda citavam a Besta de Gévaudan, não sei se falando sério ou fazendo gozação.

— Imbecis — disse uma voz gutural atrás de mim. Quando olhei por cima do ombro, vi que era o mesmo homem de antes. Já devia ter resolvido seus assuntos com a privada, provavelmente. — A Besta de Gévaudan jamais se daria o trabalho de sair da França e atravessar o Atlântico só para matar alguns pedestres no País de Gales! – riu e pareceu um trovão. — Esses galeses, vou te falar, eles realmente se acham muito importantes!

Eu não tinha certeza se ele estava falando comigo, por isso disfarcei e voltei a olhar para a TV, tentando ver o final da notícia, mas o homem veio até o meu lado e trombou seu ombro no meu. Parecia um empresário maltrapilho. Usava terno risca de giz cinza, com uma gravata listrada em preto e branco, vestindo sapatos nada polidos. Sua camisa era preta, cheia de farelo de pão próximo à gola. Ele cheirava à cerveja velha e mortadela.

— O que uma menina como você está fazendo em um lugar como este? — perguntou, ainda fitando a TV.

Meu inglês era bem básico, mesmo assim segui a lógica de meus poderes de poliglota para respondê-lo sem meias palavras:

— Só vim fazer xixi.

— Ah.

A repórter deixou de entrevistar uma testemunha e passou a mostrar algumas roupas ensanguentadas das vítimas. Aquela minha sede terrível voltou, parecia que eu não almoçava há dias, mas eu tenho quase certeza que o misto quente da lanchonete ainda rodava meu estômago, então por quê?

Minha cabeça girou, a sede ficou bem forte e eu realmente considerei fazer algo que acho bem desagradável: dar uma mordidinha no pescoço daquele senhorzinho que estava bem a minha frente, apontando para a TV. Recuei, meio tonta, e tentei espantar essa ideia. O homem segurou o meu braço com força e finalmente me encarou, deixando escapar um sorriso de canto.

— Está com sede, menina?

— Hã... — Como ele sabia? — N-Não. Só foi uma tontura, deve ser o frio. Daqui a pouco passa.

— Certo. — Ele era bem forte e me puxou para fora do boteco, de volta à rua de paralelepípedo. Meu braço começava a doer.

— Me solta!

— Presta atenção: o povo da Vila dos Abutres é muito pacífico e protegido pelo senhor feudal local, então você não vai querer arranjar problemas com eles, certo?

— Não. Claro que não. Me solta! — Percebi aquela comichão tomando meu corpo e imaginei que fosse me transformar em fumaça a qualquer instante, mas antes que eu pudesse, ele me soltou, enfiou a mão no paletó, retirou uma nota de cinco euros e me entregou.

— Pegue isso e vá comprar sua bebida em outro lugar.

Eu não cogitei recusar, já parecia encrencada o suficiente com aquele empresário maltrapilho e agora também adivinho. Provavelmente beber um suco não resolveria minha sede insaciável, mas eu não ia discutir isso também.

— O-obrigada. Onde tem padaria por aqui?

— Padaria não. O que você precisa é de um açougue. Vire aquela esquina à esquerda e verá um. Peça meio quilo de carne moída crua. Vai matar sua *sede* por um tempo.

O homem disse "sede" de um jeito diferente. Ele sabia, droga. Como ele sabia que eu tinha sede de sangue, afinal?

Não perguntei, virei no meu próprio eixo e caminhei até o açougue. Era um cubículo simples, mas o odor lá dentro era maravilhoso. Fiz o pedido e ainda me sobraram três euros. Corri para uma rua sem saída, onde gatos reviravam as lixeiras, mas não havia mais ninguém, então abri o saco plástico e sorvi todo o sangue daquele punhado de carne moída.

Não precisei comê-la, então a atirei aos bichanos. Senti-me saciada, revigorada e até com um sintoma de felicidade plena por alguns minutos. Voltei para a carruagem assoviando o tema de Aladim.

— Você demorou, madamezinha — grunhiu Igor do alto da cabine, com uma voz estrídula e quebrada, como se um silvo passasse por um cano fino de bambu, se é que me entende.

— Ah, você fala!

— Não acho falar algo interessante, então só falo quando tenho algo a falar.

Ele falava de um jeito bem estranho e eu resolvi não perguntar se antes de meus poderes de poliglota ele havia compreendido o meu idioma. De qualquer forma, agora estávamos todos nos entendendo.

— Isso é batom, madamezinha?

— Quê?

— Se for batom, você exagerou ao passar — Igor retirou um espelho de bolso da mochila ao seu lado e me mostrou. No reflexo, vi uma mancha enorme de sangue cobrindo minha boca, bochechas, até o queixo. Tinha escorrido um pouco na gola da minha camisa também. Um horror.

— Haaa!

Ele me entregou um lenço e consegui me limpar um pouco, não o suficiente, pois ficou uma mancha nas partes em que antes havia sangue. Ia ser uma bela e triunfal chegada na casa do meu pai.

Subi de volta na carruagem. Mesmo que palidamente, o sol ainda assomava acima da névoa. Olhei na direção do boteco, mas o empresário maltrapilho não estava mais lá. Logo no começo da estrada, havia um pássaro empoleirado no topo da placa de madeira velha que dava nome à cidade. Parecia um urubu, só que mais bonito. Seu dorso era preto, mas sua plumagem ventral, cabeça e pescoço tinham uma cor meio alaranjada. A princípio, pensei que fosse alguma ave empalhada como símbolo local, até ele piscar e voar acima da minha cabeça, grasnando alto e indo se encontrar com seus outros amigos pássaros iguais a ele no céu turvo. Igor me disse que era um abutre-barbudo, mais popularmente conhecido como quebra-ossos. Eu torcia para que não fosse literal, senão pobrezinhos daqueles velhinhos todos.

Retomamos o trajeto, estrada acima. Estava mais frio e úmido do que jamais imaginei que novembro pudesse ser. De repente, o dia começou a dar lugar à noite, na última ladeira que subíamos, fazendo uma curva na montanha. Em um primeiro momento, achei que pudesse ser o tempo fechando, uma tempestade se aproximando, mas não, era outra coisa.

O céu era noturno a partir daquele trecho, pontilhado por estrelas, com nuvens carregadas de escuridão e uma lua nova deitada na tranquilidade do firmamento. Voltando meus olhos para a estrada abaixo, ainda via o dia mortiço sobre a Vila dos Abutres. Duas condições climáticas se dividiam naquele estranho trajeto. Na minha curiosidade, quase caí através da porta da cabine. O susto me fez paralisar no ar quando vi o abismo que se abria bem ao meu lado e mostrava a estrada de terra em zigue-zague pela qual eu tinha vindo, o campo vasto por onde eu havia passado, numa altura que eu calculei de um prédio de 100 andares.

A vertigem bateu forte por um instante e retomei o fôlego no assento, até que atingimos o cume da montanha e chegamos em um terreno plano e rochoso. Olhando para baixo, não enxerguei nada mais além de sombra, em um tapete de neblina. Respirei aliviada, coloquei a cabeça para fora de novo e tive outra surpresa.

Agigantando-se cinzento, envolto pela névoa densa e guardado por um milhão de pássaros que não paravam de corvejar, o castelo parecia uma fortaleza antiga e magnífica construída por gigantes. Conforme nos aproximávamos, sua silhueta ganhava forma, primeiro revelando a extremidade de uma torre, depois outra, então mais uma. Erguido com blocos de pedra escura, com centenas de janelas cheias de segredos pontilhando nas alturas, tinha uma muralha de mais de dez metros, evidentemente impenetrável.

A névoa descortinou-se ao nosso avanço, exibindo torres menores que se conectavam a passadiços e escadas aqui e ali, coisa e tal. A fortaleza se fundia com a montanha e com a floresta ao redor. Rochas pareciam fazer parte do reboco na lateral em direção ao abismo. Árvores saíam de janelas quebradas e raízes de trepadeiras escabrosas corroíam as paredes como se fossem anticorpos atacando um vírus, quase como se a própria natureza tivesse declarado guerra contra o lugar. Mas me pareceu que era tudo harmonioso, uma monstruosidade única, de rocha, terra e madeira.

A carruagem estacionou e eu desci com minha mochila. O vórtice no céu noturno também me chamou a atenção. Nuvens negras giravam como um pião, espiralando sobre a mais alta das torres, quase como se estivessem pressionando o castelo contra a montanha.

— O Castelo da Noite Eterna — disse Igor de maneira bem formal. — Seja bem-vinda, madamezinha.

— U-A-U! — Eu devo ter deixado um pouco de baba escorrer da boca até o queixo, porque ele estava com uma risadinha amarela para mim. — E não me chame de madamezinha, por favor. Apenas Betina serve.

— Tá bom, madamezinha.

— Como é que eu chego lá em cima, hein?

Igor apontou para uma parte que eu ainda não havia notado, uma escadaria que devia ter uns mil degraus, porque era desmensurada e parecia subir até o céu. À esquerda dela, o abismo que dava para o vale. À direita, a floresta frondosa e a vilota quilômetros sem fim mais abaixo.

— Não brinca não, rapaz!

— A carruagem só vem até aqui. Tô partindo. — Ele fez seus cavalos negros se moverem novamente. — Tchau, madamezinha. — E assim Igor se foi e me deixou ali naquela semiescuridão sozinha.

Não tive outra escolha a não ser subir. Meu pai estava logo após aqueles degraus.

Diário de Betina, 05/11/17

O CASTELO DA NOITE ETERNA

A MINHA ENTRADA NÃO FOI NADA TRIUNFAL, pois assim que cheguei ao último degrau, tropecei na primeira pedra e me espatifei no chão. Foi bem ridículo, mas, em minha defesa, posso argumentar que eu estava exausta e com as pernas bambas depois de levar quase meia hora subindo aquela escadaria tortuosa e sem fim com uma mochila nas costas. Pelo menos o caminho foi iluminado por diversos lampiões ardendo em querosene, que despejavam luz baça e ambárica a cada passo, espantando um pouco daquela escuridão inacreditável.

Coloquei-me em pé, ofegante, suada e ralada, me recobrando aos poucos. Fui me deparar com outro paredão de névoa. Depois que eu o atravessasse, estaria finalmente no castelo. Não devo ter dado nem cinco passos, quando afundei até o tornozelo. A charneca pantanosa se estendia nevoeiro adentro pela trilha, apenas capim amarronzado, lama e água barrenta até onde a vista alcançava, completamente plana, com a exceção de pilhas de pedras que surgiam de vez em quando. Mas não eram pedras, é claro. Cruzes e lápides despontavam do terreno ao meu redor. Eu deveria mesmo ter imaginado que uma morada de monstros tivesse um cemitério como jardim.

Era muito nojento tudo aquilo, mas eu não tinha outra opção e continuei atravessando, até que a primeira mão agarrou o meu pé. Era branca e cadavérica, deveria estar lá antes de eu nascer. Gritei, chacoalhei a perna e os dedos de varinha se desvencilharam de mim. Dei alguns passos para trás, trombei contra uma lápide em que estava escrito AQUI JAZ LIONEL ATWILL (1885–1946). Devo tê-lo acordado, porque uma caveira surgiu do chão e parecia muito brava.

Consegui correr pela charneca, um pé depois do outro, ora afundando até os joelhos, em outros conseguindo pisar com certa firmeza no solo irregular. Em seguida, dezenas de outras mãos cadavéricas ou ainda com um restinho de pele sobre o osso brotavam da terra, tentando me capturar. Do outro lado do cemitério, vi mais dois mortos-vivos se levantando de suas tumbas e começando a caminhar na minha direção. Acertei com a mochila no rosto de um deles e a cabeça voou como uma bola de golfe até o abismo. Corri o melhor que pude.

Em certo momento, caí dentro de uma cova aberta e um braço ossudo me deu um mata-leão, mas, no desespero, escapei dele, saindo dali com seu osso e tudo, até que finalmente consegui atravessar o restante do cemitério, ofegante e imunda. Parei para tomar fôlego sob uma única sequoia de uns oitenta metros, quando então o ataque cessou, as mãos afundaram e as caveiras voltaram para dentro da terra. O que diabos foi aquilo, afinal?

Eu estava diante de um portão negro de ferro com três metros de altura e largura. Mesmo com os lampiões bem dispostos ao redor, não dava para ver muito do castelo dali, pois um paredão de pedras escuras ocupava a maior parte da minha vista. De um lado, a árvore principiava a floresta; do outro, arbustos e a queda para o abismo. Não se ouviam insetos nem sussurros. Aliás, eu só podia ouvir minha própria respiração, pois todo o resto estava tomado pelo silêncio absoluto. Percebi olhos me encarando através do nevoeiro. Bem desconfortável, sabe?

Não tinha campainha ali, é claro, mas o batente desenhado com o focinho de um dragão ficava bem ao centro do portão. Pesado como chumbo, levei alguns segundos para reunir forças em levantá-lo um pouco (com as duas mãos) e soltá-lo, para que voltasse e batesse contra o ferro. Um estrondo fortíssimo ecoou por tudo e foi então que os vi, dezena deles, voando em disparada para o céu noturno.

Eram corvos, um pouco maiores do que deveriam, mais ou menos do tamanho de uma águia, mas podia ser só eu impressionada. Esperei por dois ou três minutos, mas ninguém me atendeu. Repeti o ato, batente, estrondo, corvos gigantes. Mais alguns minutos depois e ouvi risadas ecoando lá de dentro e passos, que poderiam ser de crianças arrastando algo, que poderiam ser correntes.

Seguiu-se com isso outro ruído, *CLANG-CLANG* pra cá, *CLANG-CLANG* pra lá, então o portão se abriu, aos poucos, despejando uma luz débil para fora. Ao centro, uma diminuta figura se projetou, sorrindo para mim.

— Oi, menininha. O Drácula está? — eu perguntei, sem muita ideia do que falar.

Ela soltou uma risadinha estridente, que ecoou por dentro do castelo por longos e longos minutos. Bateu um arrepio, mas eu ainda deveria estar impressionada, é claro. A menina, uma oriental bonitinha como uma boneca de porcelana, não devia ter mais do que dez anos, metade da minha altura e, se eu me achava pálida, bem... Ela era quase branca. Literalmente falando. E usando aquele vestidinho até o tornozelo, rendado na borda, completamente branco, também colaborava para toda sua brancura exagerada. O contraste vinha no cabelo, preto como a escuridão e descia até seus pés descalços. Mas crianças são crianças, mais desleixadas mesmo, eu não podia julgá-la.

Ela não me respondeu. Talvez não tivesse compreendido o idioma. Talvez esse poder poliglota não funcionasse com crianças. Eu não sei. A menina virou e voltou-se para dentro, saltitando alegremente, e eu entendi que devia fazer o mesmo (sem ter de saltitar), finalmente entrando no Castelo da Noite Eterna. Não sei como consegui, mas entrei sem nenhum problema, pela primeira vez.

Não demorou muito e o portão de ferro se fechou sozinho atrás de nós em um estrondo. *BROOM!* Típico. Eu esperava que fosse automático.

As sombras das paredes me apertavam contra o corredor escuro, mas se alargavam nos trechos onde a luz das tochas alcançava, causando um efeito vertiginoso a cada passo. Eu deixava pegadas de lama pelo caminho. Um hino ressoava incorpóreo no ar, entoando uma melodia bela e melancólica sem palavras, sem fim. Quando me dei conta, a menina havia desaparecido. Como podia? Ela estava bem a minha frente agora há pouco!

Enfim cheguei ao enorme saguão principal, com paredes e piso de granito escuro. Uma luz azulada brilhava atrás de grandiosas janelas triangulares com vitrais, que narravam histórias de guerra e morte em seus desenhos fragmentados. Vi inúmeras portas por todos os lados, que desapareciam na escuridão ao fundo. Ao centro, havia uma larga escadaria em espiral, coberta por um tapete carmesim, que logo atrás trazia a estátua de um gigante mal-encarado usando túnica e segurando a base da escada como se fosse Atlas com a Terra. Grandiosos arcos e pilares de pedra sustentavam o teto de abóboda.

A poça de lama fazia um círculo ao meu redor, arruinando a soleira.

— Olá? — "Olá-á-á-á-á-á-á-á-á-á..." respondeu o eco e somente ele. Poxa, eu estava realmente cansada, só queria um banho e um café, se possível, para espantar o frio. Não estava pedindo demais.

Alguns minutos se passaram até que uma porta de madeira à minha esquerda se abriu com um rangido. Um cheiro muito bom de algo sendo assado saiu primeiro de lá. Depois, veio lentamente até mim uma senhora com jeito de vovozinha, usando avental, calça bege xadrez e um chapéu bibico curto sobre os cabelos grisalhos que lhe caíam nos ombros, arrastando os pezinhos vestidos de Crocs rosa sobre a meia azul-bebê. Era um pouco mais baixa e tinha um sorriso simpático, que aumentava seu número de rugas.

— Olá, querida. Betina, não é?

— Sim, senhora. — Retirei a cabeça falante e a mostrei. — E esta é a Lucila.

— Pois sim. Madame Mashaba avisou da vinda de ambas. — Ela me abraçou calorosamente e fez um carinho sobre os cabelos agora desgrenhados de Lucila, que suspirou como um bebê. — Pode me chamar de Baba Ganush. Sou a governanta daqui e cozinheira nas horas vagas.

— Prazer, dona Baba Ganush.

Ela me estudou dos pés à cabeça e fez uma careta indiscreta. Eu também faria se olhasse para mim.

— Oh, coitadinha. O que houve com você?

— Ah, foi uma longa e complicada viagem. Aranhas robô, torres voadoras e ainda teve um cemitério, sabe?

— Sim, sim. — Ela balançava a cabeça, com os olhos apertados de piedade. — Nosso senhor colocou aquele cemitério como mais uma barreira de segurança para o castelo.

— Eu não acredito que outros monst... Outros como eu tenham grandes dificuldades ao passar por ali.

— Não, não. O cemitério não é para barrar os monstros, mas os humanos. Quando um deles se perde por aqui, logo volta correndo de medo montanha abaixo. — A governanta abriu um sorriso em que alguns dentes faltavam. — Na verdade, os mortos-vivos estavam apenas celebrando sua chegada. Você é bem-vinda aqui!

— Ah, que ótimo! Foi realmente uma recepção *calorosa*. Por favor, me lembre amanhã de levar algumas jaquetas para eles, pois alguns estavam pelados naquele frio todo! — Esbocei uma risada forçada e ridícula. Ainda bem que não colou, ela entendeu a brincadeira.

Escutei um barulho vindo do que imaginei ser a cozinha. O som era de metal raspando em metal, bem irritante. A figura que estava sobre a silhueta do balcão ao fundo veio até a borda da porta e se encostou ali de um jeito insolente.

— Gostei da ideia da jaqueta para esqueletos! — Gargalhou.

Era um rapaz uns quinze centímetros mais alto do que eu, pele azeitonada em um corpo definido, mas não forte (deu para ver, porque, sob a jaqueta terrosa, ele usava uma camisa creme com faixas salmão desenhadas na vertical... aberta próxima ao peito, fazendo um grande V até o abdômen), com uma calça *baggy* escura e poeirenta, usando um par de Nike cano alto marrom e surrado.

Ele comia algum tipo de melaço, raspando a colher na panela, e fazia isso de um jeito meio infantil, sujando o lenço marrom com estampas brancas de ossos de cachorro que pendia de seu pescoço, acompanhado de correntes prateadas e douradas por baixo.

— Ei! — eu disse, cumprimentando com a cabeça.

— Opa, e aí? — O rapaz silvou. — Mais uma monstrinha no pedaço e *sua* cabeça de estimação?

— Ela é filha do nosso senhor — disse Baba Ganush. — Betina, este é Tyrone.

Tyrone prendeu a colher na boca e se curvou diante de mim, de uma maneira bem performática, levantando o chapéu fedora cáqui que cobria parte da sua bandana vermelha, deixando seu cabelo castanho escuro e liso cair em partes sobre o rosto até os ombros. O ato me deixou um tanto constrangida.

Ele se aproximou, um pouco além do que deveria, inclinando o rosto próximo ao meu e pude ver que ele tinha delineador nas bolsas dos olhos e barba bem rala. Mais parecida com sujeira do que com barba, na verdade.

Tive de recuar uns passos.

— Aqui é um lugar legal. Cê vai curtir! — Seu bafo era de chocolate, pelo menos.

— Tá bom. — Foi o que consegui dizer, mas na verdade queria ter falado "Sai pra lá!".

— Tyrone também chegou recentemente. Veio até nós há sete luas — continuou Baba Ganush. — Será bom aos dois ter um ao outro por perto, para irem conhecendo melhor o castelo e o descobrindo nas noites que se passam.

— Demorou!

— Certo — eu disse, mas queria ter falado "Com ele, nem ferrando!".

O rapaz envolveu a governanta com um braço e voltou com ela para a cozinha. Eu os segui.

— A dona Ganush tá fazendo um ganso assado só pra comemorar a sua chegada, sabia?

— Nossa! Não precisava...

— Ó, que isso, querida. Faço banquetes para todos que se mudam para cá.

— Para "todos" não, né? — Ele ironizou. — Pra mim foi bem diferente.

— Querido, o seu caso foi *especial*. A maneira como chegou por aqui...

— Tá, tá, deixa pra lá — Tyrone desconversou, acenando com as mãos, que tinham uma sorte variada de anéis em cada dedo, e voltou a se sentar sobre o balcão, terminando de comer o resto do recheio do bolo, ao que me pareceu.

A cozinha era espaçosa e comportava ao centro um balcão em U, com uma pia anexa, onde havia entradas para uma geladeira amarela da época dos avós, um *freezer* de um lado e um fogão industrial de seis bocas do outro.

— Nossa, o cheiro aqui é muito bom! — eu disse, mas não me referia ao ganso assado. Percebi o cheiro de sangue vindo do freezer e fui tomada por aquela sede novamente.

— *Xou feu!* — Tyrone tentou falar com a colher na boca.

— Quê?

— Sou eu! Esse cheiro gostoso vem de mim! — E gargalhou.

— Fala sério, cara!

— Tô brincando, ô bravinha! — Ele saltou do balcão e colocou a panela dentro da pia. — Você é realmente filha do seu pai. Mas o sr. D. é mais simpático, hein?

Revirei os olhos, coloquei a cabeça de Lucila dentro de uma panela vazia e caí sentada em uma banqueta próxima à pia. Estava exausta.

— Prontinho! — Baba Ganush girou o botão do fogão e bateu palmas com suas luvas de cozinheira cor-de-rosa. — O ganso com batatas está pronto.

— Show! Já tô com o estômago roncando — Ele tentou alcançar o forno, mas recebeu um tapinha dela na mão. Não consegui conter o riso.

— Ainda não, querido! Preciso que fique de olho no arroz e nas tortas recheadas, ainda tem mais alguns minutos de cozimento em cada. — A governanta me olhou e sorriu. — Agora preciso levar Betina até seus aposentos, ela deve estar muita cansada. Depois volto para terminar a salada.

Tyrone fez um muxoxo, que me pareceu um grunhido de cachorro, mas eu, além de impressionada, devia também estar com muita fome e cansada para tanta imaginação. Levei um susto quando saí da cozinha e dei de frente com a menina japonesa. Ela estava ali parada, olhando para mim como se nunca tivesse me visto, com a cabeça levemente deitada para o lado. Olhos escuros, rasgados e curiosos. Meu coração, que estava na boca, voltou para o seu lugar, então sorri para ela.

— Oi, menininha.

— O nome dessa aí é Yürei. Ela não fala.

— É muda? — Provavelmente não era surda também para ter ouvido essa pergunta imbecil.

— Não sabemos. Talvez sim, talvez não.

Percebi que Baba Ganush não gostava muito de Yürei. Olhei de volta e a menina havia desaparecido novamente. Crianças são inquietas, tinha algumas assim no orfanato também.

A governanta me conduziu pelo saguão até o grande lance de escadas que se espiralava pela escuridão, onde subi em passadas compridas e cansativas, e ainda tinha de esperar por ela, mais lenta e sem pressa alguma. Quando enfim chegamos ao topo da escada, me deparei com um longo corredor, onde as luzes dos lampiões tremeluziam pela brisa que passava através das janelas. Devia ter pelo menos umas quarenta portas ali, todas iguais e de madeira, uma de frente para a outra, afundando até as sombras. Entre elas, mais vitrais e acessos para outras escadarias secretas.

Baba Ganush me guiou até a terceira porta à esquerda. O quarto era simples e um pouco maior do que o meu no orfanato, com as paredes de pedra pintadas de vermelho, com dois lampiões dispostos em cada lado, zunindo como moscas metaleiras. Tudo bem *ok*, uma TV de tubo suspensa, um banheirinho em anexo e um guarda-roupa de duas portas. A cama de solteiro, rodeada por um véu carmesim, é que era o problema por ali.

Tinha o formato de um caixão.

— Vocês tão de brincadeira, né?

— De forma alguma. Seu pai achou apropriado.

— Ele também dorme em caixão?

— Sim. Praticamente um mausoléu. — Ela me sorriu seu sorriso sem dentes, mas que transmitia muita confiança. — Você logo se acostuma. Acredite em mim.

— Tá certo. — Revirei os olhos e joguei a mochila num canto, Lucila no outro. Estava tão quebrada por tudo o que rolou que dormiria até numa vala se fosse preciso.

— Durma um pouco, querida. Esse tipo de viagem que você fez desgasta além do normal. Quando for a hora, pedirei que a chamem para o jantar.

A governanta devia ser a pessoa mais normal que eu vira nos últimos dias.

Agradeci, fechei a porta e corri para um longo e quente banho, deixando a sujeira, o sangue e canseira descerem ralo abaixo. Saí renovada e vesti o macacão azul claro com bolinhas vermelhas que tinham deixado para mim na porta do guarda-roupa.

— Você tá muito gata.

— Não me zoa, Lu.

Coloquei a cabeça falante sobre o criado-mudo. Com toda aquela decoração gótica sinistrona, até que Lucila ficou bem como um ornamento.

— Vou morar aqui agora?

— Vai sim.

— Seu caixão parece mais confortável.

— Não tem espaço pra nós duas ali.

— Ok, criado-mudo então. Eu posso me acostumar.

Olhando mais de perto e além do véu, até que aquela cama-caixão não era de toda má. Coberta por uma suntuosa pele escura, com lençol cheiroso e dois travesseiros fofos bem dispostos, a visão de conforto fez meu corpo doer. Desabei sobre a cama. Ao lado da estrutura do caixão, por dentro, tinham alguns botõezinhos. Apertei o primeiro e de repente o colchão começou a vibrar e então a massagear minhas costas, gostei disso.

— E aquele Tyrudo, hein? Que gato! — disse a cabeça que não parava de falar.

— É Tyrone. E ele é só um cara comum.

— *Tyrudo* mesmo. Tyrone com tesudo! — Lucila gargalhou, mas a risada saiu como se o vento soprasse através de um tubo com furinhos, sabe? Era muito bizarro! — Ele faz seu tipo. Você até decorou o nome dele, branquela!

— Cala a boca.

O botão seguinte fez com que o tampo eletrônico se fechasse sobre mim, me lacrando dentro do caixão. Quase entrei em pânico, mas um ar condicionado quente saiu de microscópicos orifícios internos, aquecendo tudo por ali. Por fim, testei o terceiro botão, que era de girar. Começou a tocar Bennie K, então girei de novo e foi para Elton John, mais uma e caiu em algum *funk* assustador, até que consegui chegar na trilha sonora de Bettlejuice e relaxar. Meu corpo parecia feito de chumbo, eu não dormia direito há mais de duas noites e devia ter muita areia nos meus olhos, porque logo os fechei.

Quando os abri, estava em outro lugar. Era uma noite sem estrelas. Eu me via em uma floresta com salgueiros enormes descrevendo um círculo. Uma fogueira subia alta bem no centro. Silhuetas com dezenas de mulheres ao redor, me observando. Elas entoavam um cântico que não compreendi de imediato. Do fogo, vinha uma voz. Um chamado. Quando toquei as chamas, algo mudou e uma porta de elevador se abriu. Saí em uma ala de espera no décimo terceiro andar, com paredes de vidro.

Era dia, o sol brilhava forte em um céu sem nuvens. Eu conseguia enxergar uma metrópole lá do alto. A recepcionista pediu que eu aguardasse. Homens e mulheres de terno passavam por mim, apressados, em sua rotina de missões e reuniões sem fim. Uma copeira apareceu e me ofereceu café, suco ou água. Aceitei uma limonada. Tomei sem açúcar, estava uma delícia.

Logo fui chamada para a sala da diretoria. Um lugar escuro, com cheiro forte de mofo. Não deu muito para ver a mobília ali, só a mesa de centro, iluminada precariamente por duas velas, uma em cada extremidade. Um homem oculto na penumbra sorria para mim. Dentes brilhantes. Usava terno preto com gravata dourada. Não consegui enxergar seus olhos.

"Seu contrato está pronto", ele me disse. "Tudo o que combinamos está listado. E pode ler as letras miúdas também. Não faço joguinhos, sempre cumpro o que prometo". Eu sabia que sim, sentia isso, mas tinha pressa, uma certa ansiedade, por isso não li o contrato nem as letras miúdas. Não precisava. "Tem certeza?", o homem perguntou, eu fiz que sim. Ele tornou a sorrir e me entregou uma caneta bico de pena. Eu assinei. A chama subiu um palmo a mais na floresta.

Acordei num sobressalto, o coração explodindo dentro do peito, de volta ao quarto de hóspedes do Castelo da Noite Eterna. O tampo do caixão se abriu de imediato, como se soubesse que eu levantaria. Eu ainda sentia o cheiro de mofo daquela sala com as velas. Toda essa coisa sinestésica era bastante estranha. Que sonho foi aquele, afinal? Meu macacão estava empapado de suor.

Logo em seguida, bateram na porta. Quando a abri, o garoto careca a minha frente não parecia surpreso comigo nem com minha roupa ridícula. Ele tinha quase a minha altura, uns palmos a mais, e vestia um colete verde-musgo aberto sobre uma camiseta branca com o Einstein estampado gigante ali no meio, de língua para fora. Uma gravata borboleta vermelha pendia presa ao pescoço, que parecia formar um lacinho sobre a cabeça do cientista. A camiseta ficava para dentro da calça cigarrete xadrez, também cor de musgo. Usava mocassim.

— Boa noite. Sou Adam. Você deve ser Betina, procede? — Ele levantou uma sobrancelha e os olhos verdes brilharam por trás dos óculos coruja. Suas orelhas de abano eram consideravelmente grandes e projetadas um pouco para frente. Elas balançavam enquanto Adam falava.

— Oi. Sim. Você veio me levar pra jantar?

— Isso mesmo. Dona G. pediu que eu viesse buscá-la. — Imaginei que ele se referisse à Baba Ganush.

— Certo, tô pronta. — Achei que Adam fosse fazer alguma piada a respeito do macacão, mas ele não era como o rapaz comedor de bolo. Apenas assentiu e indicou gentilmente com o braço para que eu seguisse pelo corredor.

— Como passou a noite de sono?

— Hã... Eu devo ter cochilado só uns cinco minutos, mas me sinto descansada.

— Creio que não. — Ele disse calmo e educadamente. — Dona G. a deixou aqui por volta das oito horas da noite. Agora são exatamente 3:30 da madrugada, que é o horário em que geralmente fazemos nossa refeição noturna. — Tive a impressão dele ter puxado a própria pele do pulso esquerdo para olhar o relógio, um Rolex dourado e azul.

— Nossa... Eu não percebi que tinha dormido tanto assim!

— É costumária essa sensação quando se dorme. Você provavelmente sonhou. — Eu concordei, ele continuou: — Quando sonhamos, o tempo lá é diferente daqui, o que não é uma ciência exata, mas ajuda a explicar seu problema em compreender a passagem de tempo.

Foi ao passar por uma das luzes no corredor projetadas por um lampião que consegui notar melhor a textura de sua pele. Sob o halo ambárico, parecia amarelada como a de um hepático, difícil definir. Ele ainda tinha, como posso dizer, cicatrizes por quase todo o corpo, como se o tivessem atravessado no arame farpado. Mas ele tinha coberto a maior parte com tatuagens (o Olho Que Tudo Vê mórmon rodeado com um sol espiralado em um antebraço, uma seta nas costas da mão, uma bússola e um caduceu no outro braço, entre outros símbolos).

Dois *piercings* em cada lado do pescoço e brincos prateados, redondos e simples nas orelhas quase me fizeram acreditar que ele era da minha turma. Sua cabeça era ligeiramente maior e desproporcional se comparada ao restante do corpo, e mesmo assim ele conseguia caminhar ereto, com as mãos para trás, de maneira solene. Fiquei pensando quais tipos de tortura aquele pobre coitado havia passado na infância, mas ele não deixou que minha imaginação prevalecesse e logo revelou:

— Aliás, antes que se preocupe demais com minha fisionomia mosaica, preciso lhe dizer que sou o filho mais novo do Dr. Victor Frankenstein. O que justifica... Você sabe, hã, todas estas *suturações*... — murmurou, apontando para o rosto e para o braço. — ...e também a pele descolorada, os encaixes entre os membros, entre outras particularidades.

— Ah... — Eu devo ter ficado boquiaberta por longos anos até conseguir formar as seguintes palavras: — Criatura. Mary Shelley. Uau.

— Shelley, sim, grande amiga da família. — Adam não esboçava reações muito facilmente, mas ali pareceu sorrir timidamente, com certo orgulho da história. — Foi biógrafa do meu pai na primeira experiência. Não foi uma biografia autorizada na ocasião do *incidente*, é claro, por isso algumas discrepâncias quanto à índole e mortandade dele. Contudo, é um fato que meu irmão mais velho realmente causou certo desalinho.

— Nossa... Mas isso faz tempo, não?

— O tempo é relativo, Betina.

Nesse momento, Yürei surgiu do nada e veio correndo na minha direção, dando risadinhas que ribombavam pelas paredes de pedra. Eu tomei tanto susto que paralisei ali mesmo. Ela sumiu logo em seguida, deixando um rastro frio. Muito espevitada essa menina.

— Caramba, eu odeio quando ela faz isso! E olha que só a conheço há algumas horas — eu disse, ainda suspirando, o coração a mil por hora.

— Vê? Mais um exemplo de tempo relativo. — Eu não entendi o que ele quis dizer. Chegamos ao final do corredor e começamos a descer a escadaria. O cheiro agora parecia melhor do que antes. — Mas respondendo sua pergunta, eu sou a cria... Digo, *filho*, número 4.

— Então, seu pai construiu... Digo, teve mais dois *filhos* depois do primeiro?

— Sim. É isso que o número 4 representa. Ele vem logo após o 2 e o 3, precedidos pelo 1.

Eu acredito que Adam não quis ser rude, pois ele era realmente muito educado, por isso relevei. Ao entrarmos na cozinha, encontramos com Tyrone lambendo os dedos brilhantes de gordura. O rapaz piscou para mim e devo ter corado, já que meu rosto esquentou um pouco.

— E aí, Tina, roubou o macacão da Ganush, foi? — ele riu alto, mas... "Tina"? Quanta intimidade. Eu não ia chamá-lo de "Ty". Definitivamente não.

— Hum — tossiu Adam e acenou para que fôssemos até a outra porta paralela, com adornos de dragão, coisa e tal. — Por aqui, senhor e senhora, por favor.

— Valeu, *Alfred*! — disse Tyrone.

Era uma sala comunal retangular, iluminada levemente por dezenas de candelabros nas paredes, onde uma comprida mesa de mogno estilo clássico estava disposta ao centro, com dez cadeiras de espaldar alto ao redor. Baba Ganush colocava pouco a pouco as panelas sobre o tampo, distribuindo sorrisos dóceis. O coro misterioso ribombava pelas paredes. Adam puxou a cadeira de uma extremidade da mesa para mim.

— Sente-se, Betina, por favor — Agradeci, bastante envergonhada, e me sentei.

Pelo menos os talheres eram comuns. Garfos, facas e colheres (mas esculpidos em madeira, nada de prata por ali) e pratos de porcelana para cada um, nada com que eu não pudesse lidar sem parecer que eu não tinha etiqueta ou qualquer coisa do tipo. Em frente a uma das cadeiras mais ao fundo estava colocado um crucifixo dourado com correntinha de pérolas sobre a mesa, lugar este para onde a governanta às vezes olhava com tristeza.

Tyrone sentou logo em seguida, bem ao meu lado direito. Trazia uma coxa de ganso na mão e a jogou sobre seu prato, depois pediu que Baba Ganush lhe passasse uma das panelas, então se serviu, completamente absorto pela fome.

— Bárbaro... — murmurou Adam, mas Tyrone pareceu não o ouvir pela distração da comida, ou não se importou, pois seguiu comendo e fazendo uma série de barulhos ao mastigar. Notei uma corrente com pingente de prata em forma de osso de cachorro amarrada e pendurada no seu pulso esquerdo, que balançava brilhante enquanto ele comia.

Mesmo com a necessidade de sangue, eu confesso que estava com uma "fome normal" naquele momento e poderia me banquetear tranquilamente com o que estivesse à mesa. Adam se ajustou na lateral central da mesa à minha esquerda, ficando de frente para a governanta. Eles começaram a se servir. Ela me olhou, sorrindo com os olhos fechados cheios de rugas, enquanto colocava o feijão sobre o arroz (como deve ser), e disse:

— Esta cadeira é reservada para a filha do nosso senhor. Uma honraria.

— Nossa — comecei. — Obrigad...

— Pfff... — Uma voz lamuriosa resmungou ao fundo, me interrompendo.

Eu não o havia notado antes. Ele estava duas cadeiras depois de Adam, sentado onde a luz não se projetava muito bem, escondido sob a sombra. Mesmo assim, dava para enxergá-lo o suficiente. Não era um rapaz negro, sua pele de fato era preta, meio arroxeada e lustrosa, com manchas róseas espalhadas por todo o corpo, que eu consegui reparar porque ele só usava um calção de banho laranja.

— Xiu! — interveio a governanta. — Agora é hora da janta, Navas. Por favor!

— Ué, mas eu não disse nada! — falou Navas com uma voz meio coaxante, levantando as mãos para cima como se mostrasse inocência. Os dedos eram separados por uma membrana fina levemente transparente. Sua barriga estufada se projetava para frente, quase por cima do tampo da mesa e tinha um tom rosado circular ali, que descia do peito até o umbigo.

Mas eram seus olhos que mais me impressionavam. Enormes como duas laranjas amarelas e esbugalhados quase saltando para fora do rosto, com íris ofídias. Orelhas e boca eram igualmente incomuns. Enquanto as orelhas eram coladas à base da cabeça, de onde saía o cabelo claro e ralo, a boca tinha lábios grossos como duas salsichas juntas, ocupando sua face de lado a lado.

— Ótimo. — Baba Ganush falou, em seguida fez um tipo de prece, postando as mãos sobre o tampo, com os olhos fechados e sussurrando palavras que eu não pude distinguir. Um silêncio súbito tomou o salão até que ela terminasse o ato.

— Só queria deixar claro pra novata que aqui não temos privilégios, mesmo sendo filha do *homem* e que ela não vai ser nenhuma princesa Disney no castelo mágico... — continuou Navas, que coaxava a cada duas palavras.

— Deixa a Tina em paz, mano! — Tyrone interferiu, com a boca cheia.

— Ei! Você não precisa me defender! — eu disse para Tyrone, que se resumiu a levantar as mãos, recuando, e voltando a comer logo em seguida. Voltei-me para o rapaz-anfíbio, erguendo uma coxa de ganso em protesto. — E você, carinha, não me conhece o suficiente ainda, então não me julgu...

Foi muito rápido. Ele abriu a bocarra e sua língua rosada e comprida se esticou como chiclete até mim, grudando na ave em minha mão, que ele puxou de volta e engoliu, sem precisar mastigar. Depois, passou a língua pelos beiços e sorriu cruelmente.

— Basta! — proferiu a governanta gravemente. — Vá para o seu quarto, Navas.

Ele não protestou, se levantou e caminhou até a saída do salão. Seus pés eram como nadadeiras e emitiam uma *paf-paf* a cada passo, deixando uma pegada úmida no piso. Ele me olhou de canto, com muito desdém, e ainda coaxou:

— Aqui você não terá moleza, não, novata...

— Até logo, Atelopus! — disse Adam educadamente, sem olhar para trás.

Achei ter notado Navas inchando a barriga, o peito, até os seus pneuzinhos laterais, mas depois voltou ao normal e ele saiu porta afora. Tyrone caiu na risada e quase engasgou com o arroz:

— Putz, Frank! O Navas odeia que o chamem de "Atelopus"! — Gargalhou mais.

— Foi você quem lhe deu esse apelido, Tyrone. Imaginei que devêssemos usá-lo. Afinal, apelidos são também outras maneiras de se chamar alguém com quem possuímos intimidade, não? Assim como "Frank".

— Não, cara. Eu chamo o Navas de "Sapão"!

— Sapão é muito rude. Atelopus é mais adequado.

— E mano, você ainda conseguiu criar uma rima! — Ele ignorou os comentários inteligentes de Adam e olhou para mim, vermelho de tanto rir. — Você viu? "Até logo, Atelopus"! Minha Santa Sara Kali, que sensacional!

Eu aproveitei esse breve momento para começar a comer, mas não me contive:

— Por que *Atelopus*?

— É um tipo de sapo, segundo o Frank aí — respondeu Tyrone. — E Navas se parece com o quê? Quando o vi da primeira vez, não resisti! — Riu mais.

— Na verdade, Atelopus é um gênero de anfíbio da família *Bufonidae*. É nativo da Costa Rica até a Bolívia e Guiana Francesa...

— E Navas é o quê? — O rapaz me perguntou, interrompendo a explicação do outro. Eu dei de ombros. — É costa-riquenho! Hã? Viu? Essa piada é uma ciência!

— ...os membros deste gênero têm normalmente cores vivas e são diurnos — continuou Adam em seu raciocínio ininterrupto. — A maioria das espécies estão associadas a cursos de água de média a alta altitude. Eles têm sido bastante afetados pelo declínio global dos anfíbios e pensa-se que algumas espécies estejam já extintas, o que seria uma pena. A causa deste declínio parece ser a ação de um fungo chamado *Batrachochytrium dendrobatidis*.

— Olha, Baba Ganush, este ganso tá maravilhoso! — Tentei desconversar daquele papo maluco.

— Obrigada, querida. E o que me diz do arroz? E das tortas?

— ...Novas espécies do gênero *Atelopus* são descobertas com uma certa regularidade e muitas novas espécies foram descritas recentemente, na última década. Entretanto, e não sei se vocês sabem, uma nova espécie de sapos, popularmente apelidados de sapo-roxo-fluorescente ou sapo-fluorescente-púrpura, foi descoberta em 2007 pelos cientistas Paul Ouboter e Jan Mol durante uma pesquisa para catalogação no planalto de Nassau, no Suriname, se não me engano.

— "Até logo, Atelopus"! Ha! Ha! Ha! Ha!

— Também tão ótimos. Tudo uma delícia! — Sorri de volta. — Obrigada pela janta de hoje.

— Leeanne Alonso, da *Conservation International*, organização que liderou a expedição destes cientistas, contou certa vez que essa rã pode estar ameaçada pelo garimpo ilegal da região...

— Imagina, querida. Pode comer o quanto você quiser.

— Ha! Ha! Au! Au! Ha! Ha! Ha!

— Tô satisfeita. — Bebi um gole do suco de laranja. — Mas mudando um pouco de assunto, esse lance de "Noite Eterna" no nome do castelo é o que eu estou pensando?

— ...a *Atelopus* também é conhecida por muitos nomes, como rã-palhaço ou Harlequin da Costa Rica. É uma rã neotropical que já teve... — Adam deteve seu longo raciocínio ao ouvir a minha questão e a respondeu antes que qualquer outro cometesse a infração de fazê-lo da maneira errada: — Não somos telepatas, Betina, apesar de que alguns aqui poderiam ler sua mente. Porém, O Castelo da Noite Eterna detém esse título, que na verdade é um apelido dado por um antigo membro, porque além de se resguardar do mundo em prol de nossa segurança, ele também é coberto por uma literal noite eterna, para que alguns entre nós não sucumbam perante o sol. Nosso senhor, o seu pai, usou de sua sobrenaturalidade para erguer um muro de nuvens trevosas sobre o castelo há muitas eras, de maneira que elas jamais permitam que a luz do sol invada nossas janelas. Estamos seguros aqui, de um modo ou de outro.

— Ou seja, isso quer dizer que você não poderá se bronzear no verão... — murmurou Tyrone, com uma mão na frente da boca e muita comida entredentes.

— Isso me parece bom. — Eu detestava o sol, provavelmente por ser filha de um vampiro, então reagi bem à notícia, apesar de estranhar não poder nunca mais ver o sol. – Hum. Baba Ganush, por favor, eu aceito mais uma coxa de ganso. Eu não consegui comer a minha, porque o Nav... – Hesitei e achei melhor manter a piada no ar. – ...Atelopus a devorou.

– Claro, querida.

Quando a governanta estendeu o colherão até a panela, uma cabeça surgiu dali e logo estava me encarando, com um sorriso dócil.

– Haaaa! – gritei e quase engasguei com o suco.

A cabeça na panela era de Yürei.

– Fan-tas-ma – confirmou Tyrone, segurando o riso.

A menina flutuou acima da mesa, toda fluorescente, esfriando ave, arroz e tortas em sua presença e depois esvoaçou em minha direção, atravessando meu corpo como se fosse o vento, até sumir na parede logo atrás.

– Acredito que a Yürei tenha gostado de você, Betina – concluiu Adam seriamente.

Eu dispensei a coxa de ganso, pois de repente havia perdido completamente o apetite.

Diário de Betina, 05/11/17

10
MINHA ENTREVISTA COM O VAMPIRO

EM MINHA PRIMEIRA NOITE NO CASTELO, NÃO TIVE NENHUM OUTRO PESADELO, apesar de ainda não conseguir definir o que é "noite" naquele lugar onde a noite é eterna. Eu acostumei rápido à cama-caixão, talvez porque ainda sentisse muito cansaço. Devo ter dormido por volta de umas oito horas seguidas, porque conferi no celular o horário em que eu tinha deitado e acordado.

Devo ter feito o mesmo tempo de sono dos demais, porque logo em seguida Adam bateu à minha porta, chamando para o café da manhã, servido com leite quentinho, café feito na hora, muito pão italiano e manteiga em um pote gigante (que, segundo o Adam, havia sido produzida por monges). Só estávamos eu, ele e Baba Ganush. O arrogante do Navas fizera o desjejum mais cedo e tinha saído para a piscina, e Tyrone ainda não havia acordado, parecia ter tido uma noite terrível e estava em uma tal de *ressaca de sangue*, ou qualquer coisa do tipo. Para minha sorte, não vi mais Yürei.

— E onde que tá a Tafari? — perguntei, com metade de um pão na boca.

— A Madame Mashaba ainda está *presa* no mecânico — respondeu a governanta. — Ela tem uma forte paixão por aquele automóvel.

— Nossa!

— Pois sim — disse Adam. — A madame só voltará ao castelo quando o Fusca estiver inteiro novamente. Os danos foram muitos. Munição pesada, toda a sorte de relâmpagos, chamas e furacões... — Ele fez uma pausa dramática, bebericou de seu chá de hortelã com o mindinho levantado e então retomou o argumento: — Eu mesmo poderia ter feito os reparos no carro com plena eficiência, porém, certa vez a madame me viu explodindo um construto experimental e desde então não me solicita mais nada. Ela não compreende bem a ciência, sabe? O que é uma pena.

— Ah... — Terminei meu café e já enchi a xícara novamente. — E o Drácula, hein? Por que não apareceu na janta nem no café agora?

— Oh, querida, seu pai é uma pessoa muito ocupada. — Baba Ganush começou.

— E o nosso senhor raramente come conosco — concluiu Adam.

Confesso ter tido um aumento de antipatia por Drácula naquele instante. Éramos inferiores para que ele não viesse comer conosco ou o quê? A ideia começou a me afligir, mas aí o café parou na descida da minha garganta e esfriou por lá mesmo quando ouvi de repente uma lamúria tão alta, demorada e estridente, que arrepiei dos pés à nuca e quase engasguei.

Um silêncio súbito tomou o Cenáculo naquele instante e os demais só voltaram a comer após um minuto daquele momento, que parecia costumeiro a eles.

— Gente, que foi isso?

— Veja bem, querida, na torre leste, bem, há...

— É da nossa senhora. — Adam era bom com as respostas, sem papas na língua. Eu gostava disso. — Mina Murray.

— Uau. — Pigarreei por longos segundos, porque voltei a engasgar, mas ainda consegui dizer: — Eu jurava que ela terminava o livro com Jonathan Harker.

— Eu já lhe disse para não confiar totalmente nas biografias, Betina — resmungou Adam, ou acreditei ter resmungado, já que ele não era exatamente alguém que se expressava muito bem. — A nossa senhora vive reclusa há muitos anos na torre leste, desde que perdeu o seu filho, Quincey.

— Poxa.

— É uma história longa, querida, e o seu pai pode lhe contar depo...

— Nem mesmo o nosso senhor ousa visitar sua esposa naquele lugar. — Ele continuou seu raciocínio, como sempre fazia. — E nós não estamos autorizados a ir até a torre leste.

— Bom, pelo menos a Mina tem um motivo mais plausível para não se sentar conosco, não é? — eu disse, com todo o desdém possível pelo meu pai.

Assim que terminamos o desjejum, Adam me levou para conhecer o restante do Castelo da Noite Eterna, como havia prometido. Saindo do Cenáculo, atravessamos o saguão até o outro lado, então subimos três lances de escada por uma das torres, até chegar em um corredor estreito iluminado por tochas, com várias saletas anexadas.

A primeira era uma espaçosa antecâmara quadrada, com várias carteiras escolares dispostas de maneira organizada, de frente para uma grande lousa branca. Ele me disse que ali era o local onde rolavam as palestras e as aulas, como Sobrevivência entre Humanos, Ocultando-se na Multidão, Necroarqueologia, Estudos de Uso da Sobrenaturalidade, Receitas Celtas, entre outras.

— O que seria "sobrenaturalidade"? — perguntei.

— É o nome que se dá para os nossos superpoderes ou habilidades, digamos assim.

— Então, minha sobrenaturalidade é me transformar em fumaça?

— Oh! Você consegue fazer isso? — Eu fiz que sim com a cabeça e ele retirou um celular do bolso, fazendo anotações. — Interessante. Mas sim, sua sobrenaturalidade é essa, se você realmente é capaz disso.

— Certo e... Hãã... eu também ando tendo sonhos, sabe? De um tipo diferente. Como se eu assumisse o lugar de outra pessoa e visse através dos olhos dela, ou até como mera espectadora. Comecei a ter isso depois do meu... Como vocês chamam... Depois do meu "despertar".

— Interessante. — Tornou a anotar. — Não é simples definir o sonhar sem um prévio estudo, e eu posso fazê-lo contigo em minha oficina mais tarde. Mas sim, é provável que você tenha alguma capacidade etérea, de *conversar* com a treva e atravessá-la, mesmo que inconscientemente.

— Nossa, isso parece meio louco... E qual é a sua sobrenaturalidade?

— Inúmeras, eu diria. A começar pelo meu Q.I, de 185, com estupendas capacidades intelectuais e facultativas. Meu vasto conhecimento científico, e também em filosofia, física, matemática, literatura e todas as disciplinas que se ensinam em escolas e universidades.

— Você é a Wikipedia, cara! — Eu o cutuquei com meu cotovelo, ele continuou:

— Partes do meu corpo podem ser trocadas, se danificadas, por outras próteses, implantes e séries do tipo. Também fui criado para resistir ao frio, ao calor e principalmente à eletricidade, carga de energia etc. Sou incapaz de suar ou tremer, mas possuo cérebro e coração, obviamente, de maneira que consigo claramente raciocinar como um ser humano e ter empatia e toda a sorte de outros sentimentos comuns pelas pessoas. Não que eu queira, é claro, mas sou capaz.

— Uau. Então você é tipo um androide?

— Pode-se colocar dessa forma, se quiser. Na verdade, sou um passo *além* disso.

Saímos da antecâmara, seguindo adiante no corredorzinho e passamos por duas portas fechadas, sendo que uma delas era do almoxarifado, segundo ele, e a outra uma sala de descanso que, quem quer que estivesse ali naquele momento, não deveria ser perturbado. Imagino que Adam soubesse exatamente quem era, mas optou por não me contar, ou achou irrelevante a revelação.

A terceira porta nos levou a uma biblioteca, de tamanho tão infinito que fiquei me perguntando como ela poderia sequer existir dentro do castelo? Ainda que a morada de Drácula fosse gigantesca, aquela biblioteca era maior, muito maior, acredite em mim. Um oceano de estantes enfileiradas por centenas de corredores que sumiam de vista, com aquele cheiro delicioso de papel velho impregnando o ar e um silêncio predominante, quase sufocante, que nem o hino etéreo era capaz de violar.

— Incrível, não? — Adam perguntou, empolgado. Eu apenas balancei a cabeça concordando com cara de tonta. — A biblioteca é o meu segundo local predileto no castelo, depois de minha oficina.

Nadando pelo mar de um milhão de livros, vi várias figuras semelhantes a Yürei, brancas, flutuantes e translucidas, transitando entre e *através* das estantes. Alguns levitavam livros até suportes para leituras em tripé ou até as mesas, dispostas de maneira a estreitar os caminhos entre as histórias. Todos nos ignoravam, centrados em suas pesquisas e leituras.

Um deles em especial me chamou bastante a atenção: era um fantasma gorducho, do tamanho e largura de uma estante, que ondulava sobre uma mesa circular central próxima da entrada onde estávamos, arrastando seu longo manto branco, com ombreiras em tiras, as mãos para trás, um bigode inacreditavelmente felpudo que cobria quase todo seu rosto, coberto ainda por um tricórnio.

— O bibliotecário, suponho — falei, espantada.

— Sim. O Guardião das Histórias. Uma figura mais antiga que seu pai, anterior até mesmo à construção do Castelo da Noite Eterna. Dizem que ele fundou a Biblioteca de Alexandria ao lado de Ptolomeu.

— Uau. Quem é?

— Seu nome se perdeu antes do tempo ter consciência cronológica.

— Ah.

Ai gente, nem sempre eu entendia o que o menino gênio me falava, sabe?

De lá, seguimos até o final do corredor, onde um portão branco com grades de ossos nos esperava. O cadeado estava destrancado e suas correntes penduradas de lado, entreaberto para a escuridão lá fora, em um vasto terraço vagamente iluminado por archotes.

Um aroma forte de pinho dominou minhas narinas. Entramos e vi parte da montanha se esculpindo diante de nós, para além das nuvens, coberta pela folhagem verde e musgosa da Floresta Nebulosa, como eles a chamavam. Árvores gigantescas crescendo por todos os lados, invadindo parte do terraço e das paredes ao lado.

Adam logo se virou, voltou e encostou o portão, fazendo uma reverência solene.

— Agora vou deixá-los a sós.

— Com... quem?

Então ele partiu.

Meus olhos demoraram para se acostumar à semiescuridão do terraço coberto de sombras, com as tochas abrindo halos somente onde queriam. Foi quando eu vi uma figura de costas apoiada sobre a amurada, olhando para o abismo abaixo, absorto em seus pensamentos, ao lado de outra silhueta tão grande quanto.

— A vida em um ambiente de morte — sussurrou. — Irônico, não?

— Como é? — perguntei, tensa e imóvel.

— A floresta. Esta vegetação toda fazendo parte do castelo. A vida crescendo nos lugares mais improváveis, quando menos esperamos. Surpresa é apenas isso, surpresa. Não quer dizer que não seja bem-vinda, apenas que não imaginávamos que ela pudesse acontecer. Mas quando acontece, quando nasce e alcança nosso castelo, precisamos aceitá-la e acolhê-la, porque se ela veio até nós, então, de certa forma, é porque também nos pertence.

Achei aquela filosofia muito estranha de repente, mas consegui dizer:

— É a natureza, cara. Ela não bate na porta. Ela entra com tudo e vai para onde quiser.

— Exatamente. — Ele se virou. — Você é Betina. Minha filha, suponho, hum?

Devo confessar que eu esperava ver o Gary Oldman de cartola.

Mas à minha frente estava um homem de quase dois metros de altura, trajando um paletó e calça pretos de alfaiataria de alta costura. Era pálido como eu, o cabelo cinzento tinha um penteado elegante e era raspado nas laterais. Usava um cavanhaque escuro e bem aparado que encontrava com a gola alta da camisa oculta. Seu pescoço se escondia sob uma echarpe branca enrodilhada ali, que caía sobre os ombros. Nela havia um desenho estampado que eu não conhecia, de uma estrela de cinco pontas dentro de um círculo, preso a uma corrente cheia de aparatos.

— Drácula. — Eu disse secamente.

A outra silhueta se moveu na penumbra, saindo de trás dele. A princípio pensei que fosse um cavalo. A pelagem era de um cinza opaco e sua postura era austera e imponente. Ele arfou, deixou a língua escapar e então vi ali um dogue alemão com pérolas no lugar dos olhos, que não paravam de me encarar. Por um momento lembrei de Cunha, o cão (versão 2.0), e me arrepiei um bocado.

— Eu, sim — falou Drácula com sua voz de radialista. — Este é o Vulto. — Alisou a cabeçorra do animal, que não reagiu. — Nós lhe damos as boas-vindas ao Castelo da Noite Eterna.

— É. O nome combina com ele.

Vulto não achou graça. Engoli em seco.

— O cão me acompanha há centenas de gerações, mas agora está velho e de pouco humor.

— Um totó vampiro? Que demais! — Tentei acariciar Vulto, mas ele rosnou de uma maneira tão sinistra que ecoou por todo o terraço e para além dele abismo abaixo. Aves grasnaram e bateram em retirada. Eu dei cinco passos para trás.

— Não o chame de Totó.

— Com certeza. Nunca mais. Não mesmo.

— Vulto não é um cão vampirizado, se é o que está pensando. Não, não, de forma alguma! Ele, assim como Taf — Supus que ele se referia à "Tafari" na intimidade —, receberam um pouco do meu sangue para que vivessem para sempre.

— Ah.

— Como está sua sede?

— Mais ou menos. Ainda preciso resolver isso.

— Será resolvido. Vamos ajudá-la com essa questão, não se preocupe, hum? — disse Drácula, as botas de couro ecoando na escuridão, ganhando forma à medida que ele era tocado pela luz dos archotes.

— Beleza. Agora me fala uma coisa: você também tem dificuldades em entrar nos lugares?

— Claro. — Ele respondeu como se fosse óbvio. — Vampiros nunca entram sem serem convidados.

— Isso explica tanta coisa, sabe? Pelo menos agora você me tirou uma interrogação gigante que me acompanhava desde pequena.

Eu podia ter imaginado isso, em alguns filmes essa regra também valia.

— Esta maldição é antiga, aplicada aos vampiros pelo primeiro a vestir o manto de Van Helsing.

— O... primeiro?

— Mas não se preocupe, hum? Vampiros podem transitar livremente entre ambientes sobrenaturais, sem precisar de convite ou autorização.

Seus olhos pequenos e cinzentos me analisavam sem pressa. A bengala, que parecia ser feita com um pedaço de árvore, batia vez ou outra contra o piso de pedra lisa. Alguns dedos estavam cheios de anéis, com pedras incrustadas, ostentando *musgravite*, opala, madrepérola, diamante e safira.

— Mas vamos lá, diga-me, fez boa viagem pela Torre 3?

— Não sei. Eu apaguei, cara. Mas foi impressionante, sim, se é o que quer saber.

— Gostou, não é?

— Foi bem louco.

— Não é um recurso que usamos sempre, mas ali foi necessário e, de qualquer forma, você é a minha filha e eu faria qualquer coisa para salvá-la.

"Princesa Disney", meio que ouvi um eco imaginário do Navas na minha cabeça naquele instante.

— Bom, obrigada. E quem eram as pessoas que "pilotavam" a tal torre?

— Você vai conhecê-las em breve, não se preocupe. — Seu rosto ficou sombrio por um minuto e depois voltou ao normal. — Enfim, creio que tenhamos muito a conversar. O que ser...

— Espera aí! Sério mesmo que você e o geniozinho combinaram todo esse teatro de *tour* pelo castelo só para me trazer a este grande momento no terraço da mansão?

— Castelo.

— Que seja.

— É um tanto teatral, é verdade. Mas já dizia meu colega William, é mais fácil obter o que se deseja com um sorriso do que com a ponta da espada, hum?

— Você não está sorrindo.

— Mas também não estou lhe apontando uma espada.

— Ei! — De repente me toquei. — Quem disse isso foi... Shakespeare.

— Foi sim.

Eu ia perguntar se eles tinham sido realmente amigos, mas meio que já sabia a resposta, e, de qualquer maneira, esse tipo de questão deve ser bastante clichê para quem vive há tantas centenas de anos, então deixei pra lá.

— O que quero dizer, Betina, é que você veio até o castelo por livre e espontânea vontade. Não a obrigamos a nada.

— Na verdade, eu achei que tava sendo adotada pela Tafari. E depois que descobri a verdade, já era tarde demais, porque fomos perseguidas por caminhoneiros do mal, voamos em uma torre, coisa e tal.

— Compreendo. Mas se desejar partir, já conhece a saída. O portão abre sozinho.

— Olha... Até que gosto da escuridão eterna daqui e fiquei meio que apaixonada por aquela biblioteca ali também. Se você disser que tem uma sala de cinema, pode acreditar que eu nunca mais vou embora deste lugar!

Drácula levou o polegar e o indicador até o queixo e pensou por alguns minutos.

— Não temos uma sala de cinema.

— Poxa.

— Mas podemos providenciar, se assim você quis...

— Relaxa, cara! Eu tava brincando — deixei um sorriso sarcástico escapar.

Ele deu de ombros e voltou a encarar o horizonte negro novamente. Vulto permanecia hirto, me encarando, como se fosse o segurança do vampiro. Eu precisava quebrar aquele gelo logo.

— Qualé a do caixão, hein?

— Imaginei que fosse apreciar. É uma ideia tão icônica essa dos vampiros em caixões. — Ele suspirou longamente. — Na verdade, é uma câmara adaptada por Adam para servir como cama. Ela tem várias propriedades, como deve ter descoberto.

— Ah sim, adorei o aquecedor interno. — Coloquei-me ao seu lado na amurada, evitando olhar para baixo. — Então... Eu... Ouvi sua esposa gritando hoje mais cedo.

— Me desculpe por isso. Mina vem sofrendo com a perda de Quincey há quase um século. Às vezes ela sai um pouco do controle.

— Ele morreu?

— Não. Quincey partiu há muitos anos. — Drácula fez outro muxoxo. Talvez aquela não fosse uma história que ele gostasse de recordar. — Mina nunca aceitou sua escolha e isso a despedaçou. Suportamos até onde podíamos, mas, nos últimos anos, a relação se abalou bastante. Tsc! Mina mudou muito, agora é uma pessoa amarga, que despreza tudo e não possui amor próprio. Quase não nos falamos mais. — Ele balançou a cabeça.

— Eita! — Aproximei-me um pouco mais, querendo lhe dar tapinhas nas costas, mas acho que isso não era muito prudente se o cara fosse o Drácula. — Olha, eu sinto muito. Sem filho, sem esposa, isso deve ser barra.

— Ah, não sinta — Ele voltou a me encarar, desta vez esboçando um sorriso matreiro. — Mas então, o que tem achado do castelo, hum?

— Nada a reclamar por enquanto. Estou só há duas noites por aqui, se é que não perdi as contas com tantas noites eternas, né...

— Sei, sei. E quanto aos garotos?

— O que que tem os garotos?

— Bem, você sabe... — O vampiro fez alguns movimentos com a sobrancelha, como se quisesse me dizer algo secreto por meio de sinais.

— Não tem nada, ué. Adam é muito gentil, inteligente. E... Tem aquele rapaz que chegou semana passada...

— Tyrone. Um tipo complexo. Se ele te fizer mal, nos avise, hum? Podemos providenciar uma punição adequada. Arrancar o couro dele, talvez.

— Não, não! O que é isso! — Eu não fazia a menor ideia de como Drácula pensava as coisas, por isso também evitei falar de como Navas havia me tratado. — Relaxa, cara, tá tudo bem! Você deveria ser o mestre aqui, não? O diretor? Qualquer coisa assim.

— O castelo é a minha propriedade, sim. Alguns são funcionários por aqui, outros são hóspedes. Isso não muda em nada a maneira como posso tratar casos especiais.

— Você deveria ser mais gentil com seus hóspedes.

— Oras, eu sou bastante hospitaleiro. — Ele apertou uma sobrancelha e levantou a outra, parecendo que estava derretendo um lado do rosto. Definitivamente não tinha nada de Gary Oldman nele.

— Se você tá falando...

— Bom, chega de papo furado, filha. — Drácula fingiu rouquidão e deu uma tosse falsa. Imagino que aquele terraço era como um palco para ele. — Você já está bem alojada, fazendo amiguinhos e todas essas coisas sociais. A partir de amanhã, suas aulas começam.

— Então sou uma aluna aqui, é isso?

— Prefiro o termo *discente*.

— O que diabos é um discente?

— É aquele que aprende, que frequenta cursos...

— Ah. Um aluno.

— Que seja.

Drácula caminhou coxo e lentamente até o outro lado do terraço, sentando de maneira ereta em uma cadeira de mogno de espaldar alto, almofadada nos braços e no assento. Subentendi que deveria me aproximar e ele acenou para que eu me sentasse na outra, um pouco mais simples. Vulto me seguiu com os olhos e depois sentou ao meu lado, respirando como um urso, deixando a baba cair sobre meu ombro. Não protestei.

— Então o Castelo da Noite Eterna é tipo uma escola?

— Não. — O vampiro me encarou. A bengala estava centralizada no meio de suas pernas, com suas mãos entrelaçadas sobre ela. A luz da tocha estava entre nós. — Contudo, aqui você será instruída firmemente e receberá treinamento adequado.

— Pra que tudo isso?

— Para que você possa sobreviver. — Então respirou profundamente, repentinamente aborrecido. — Os humanos, como você descobriu recentemente, são perigosos. Eles matam e destroem aquilo que é diferente deles.

— Nem todos.

— Uma numerosa fração deles, sim. A Inquisição Branca é quase tão antiga quanto nós e segue nos caçando incansavelmente desde tempos imemoriais. São incontáveis os números de sobrenaturais exterminados por aqueles fanáticos, inclusive muitos amigos meus. — Drácula fez outra pausa. Por um instante achei que fosse chorar, o que poderia ser bem atípico, mas logo ele se recobrou: — Eles não poupam nem os jovens nem as crianças. Imaginei que você, por ser híbrida, jamais seria identificada pelos inquisidores. Infelizmente me enganei. Mas não se preocupe, filha, aqui você está a salvo.

— E nós somos instruídos aqui a lutar contra eles?

— Também. Porém, evitamos combates diretos se for possível. Preferimos ensiná-los a sobreviver, a encontrar a melhor rota de fuga, a usar suas sobrenaturalidades a favor disso. Os inquisidores possuem várias células espalhadas pelo planeta, estão infiltrados em todos os meios e detêm inúmeros recursos. Tudo em prol da nossa extinção. Até o presente momento, eles vêm tendo êxito.

— Caramba... Então os sobrenaturais, eles...? — Não consegui exatamente completar minha frase com o raciocínio confuso.

— Nós éramos muito, muito numerosos em um passado longínquo. Agora, somos algumas centenas espalhadas pelo mundo.

— Por isso você ergueu este castelo, não é?

— O Castelo da Noite Eterna foi um apelido dado por um antigo discente que popularizou por essas paredes. Na verdade, este lugar foi erguido como Baluarte da Ordem do Dragão pelos meus ancestrais e já abrigou inúmeras e sangrentas guerras nos pátios daqui e onde hoje existe a Vila dos Abutres. Eu nasci no campo de batalha, mas depois que vi o que os humanos e os inquisidores eram capazes de fazer por amor, orgulho e ambição, mudei os rumos do reino em prol de nossos iguais e passei a acolher sobrenaturais que não sabiam usar de suas habilidades e outros monstros refugiados. Muitos partiram depois, outros sequer vieram e alguns abriram refúgios como este ao redor da Terra.

— Uma história e tanto.

— Pois é. Gosta de vinho? — Ele me perguntou, enquanto retirava uma garrafa rotulada Feteasca Neagra Private da sombra junto de uma taça, em que despejou a bebida.

— Eu não bebo, cara.

— Eu gosto. Gosto muito, principalmente o tinto. Apesar da fama dos franceses, são os romenos os principais especialistas em vinicultura e...

— Bom, como é que você diz? "Chega de papo furado", Drácula.

— Oras, só estamos conversando. Nos conhecendo, filha. E você pode me chamar de "pai" quando quiser.

— Ainda não fico muito à vontade com isso. — Cruzei os braços e foi minha vez de fazer muxoxos. — Não é simples assim. Você nunca esteve lá.

— Não foi por falta de tentativa. Mas é como você disse, não é simples assim. — O vampiro levantou a taça e bebericou mais do vinho. — De qualquer forma, eu quase consegui, há algumas semanas, hum?

Tive um estalo. Mesmo na noite eterna, tive um clarão.

— Naquela madrugada, no orfanato, era... você?

— Eu, sim. — Drácula alargou um sorriso. — Como já deve ter notado, sou capaz de manipular os elementos, como a escuridão e a névoa, para me comunicar, mesmo a distância. Nós, sobrenaturais, conseguimos acessar a *Correnteza de Sombras*. Viajei pela etérea estrada de escuridão até a terrível Cruz Credo e, naquela noite, eu me manifestei para você. Primeiro eu fui o frio, em seguida coloquei minha voz no vento e ela chegou até seus ouvidos.

— Depois você virou aquela coruja sinistrona lá, não é?

— Exatamente! — Ele bateu a taça contra a garrafa na exaltação e despejou mais do vinho ali. — Nós, vampiros, podemos assumir formas de animais noturnos quando fazemos manifestações. Chamo isso de *feral*. Como sou o primeiro da espécie, posso me transformar em qualquer animal noturno. Naquela noite, eu optei pela coruja, que seria bem menos assustadora do que um morcego, hum?

— Uma coruja falante é assustadora em qualquer contexto!

— Hum. De fato, isso faz sentido. O que explica seu pavor naquela ocasião.

— Chuto que você deve ter tentado de novo.

— Eu me manifestei uma segunda vez para você, quando você estava na casa dos inquisidores.

— Então não foi apenas um sonho. Me lembro agora.

— Consegui manipular para que meu estado de névoa estrasse pelo quarto, o que não foi fácil, mas a ideia era tentar me comunicar com você por meio dos sonhos e alertá-la do perigo que corria. Mas não funcionou bem. Havia algum tipo de interferência naquela casa que atrapalhou nossa comunicação. Eu não deveria esperar menos de um lar de fanáticos, sempre bem protegidos contra sobrenaturais.

— Ligação direta, falha no sinal, acontece sempre.

Drácula se pôs de pé subitamente, retirou das sombras um osso que parecia o braço de uma pessoa e o jogou até o outro lado do terraço. Vulto ladrou e quase fiquei surda. O cachorro deu um salto por cima da poltrona de seu dono, o que causou um pequeno vendaval ao meu redor, e sumiu na penumbra. Dava para ouvir o osso sendo roído com força e vontade a distância.

O vampiro voltou a se apoiar na amurada, encarando o horizonte.

— Você sabia que o "dia" no castelo é assim, de um azul-royal belíssimo? – sussurrou. – Já a nossa noite é verdadeiramente negra. Nunca o sol.

— Nunca o sol – repeti.

— Ou seja, agora é a parte da manhã por aqui, hum? Você ainda tem o dia todo pela frente. Logo se acostumará e saberá a hora de se recolher, sem que precise do menino Adam para isso.

— Entendi.

O silêncio caiu sobre o terraço por alguns minutos e de repente fiquei bastante agoniada.

Uma dúvida antiga batia no meu peito e me forçava a questionar algo inevitável.

— Vamos direto ao assunto, Drácula.

— Hum?

— Queria saber mais sobre minha mãe. Por que nos abandonou?

Ele estreitou seus olhos sobre a taça no meio da boca e depois continuou:

— É complicado.

— Complicado?

— Hoje não, Betina. Outra hora eu...

— Você tem séculos de vida e veio a me conhecer 16 anos depois, pra deixar esse assunto importante para *outra hora*? Sério?

Perdi o ar. A sede dominou minha língua. Um ar pesado caiu sobre a cabeça.

Eu fiquei muito, muito brava.

— Como se atreveu?

— Me atrevi a quê?

— A nos abandonar?

— Não é o que está pensando.

— Ela morreu!

— Eu sei. Eu esti...

— A culpa foi sua!

— Sim. – Ele suspirou, desistindo. – Me perdoe, filha.

— Filha o escambau!

Saí do terraço chutando a cadeira, com os olhos molhados, e bati o portão atrás de mim. Virei-me uma última vez para encará-lo, mas não havia mais ninguém ali.

Uma saída dramática e tanto. Fecham-se as cortinas, nenhum aplauso da plateia.

Diário de Betina, 06/11/17

| NOVA MENSAGEM | X |

para: diretor@omosteiro.org

de: contatovh1890@omosteiro.org

data: 06 de nov. (há 1 hora)

assunto: Re: Ocorrência 13666 URGENTE

Diretor,

Desembarquei no Aeroporto Internacional de Guarulhos há algumas horas e cheguei há pouco em uma de nossas unidades em São Paulo.

O lugar fede a peixe e a mofo, por isso sugiro uma transferência de endereço após eu resolver esta ocorrência.

Assim que cheguei, os demais acólitos me levaram imediatamente para interrogar a nociva. Ela não apresentou nenhuma resistência, nem me desafiou, tampouco pareceu interessada em fugir.

Quando começamos a conversar, pedi que ela manifestasse sua sobrenaturalidade, mas ela se recusou. Dei-lhe um safanão, mas ela não apresentou nenhum perigo. Mais um e nada. Seu rosto já estava tão vermelho quanto os cabelos.

Porém, notei uma chama em seu olhar. Há algo nela que pode ser perigoso para nós se posto em combate, mas a nociva parece optar sempre pelo diálogo. Tentou, inclusive, um discurso de paz. O senhor consegue acreditar nisso?

Um dos acólitos que participou do interrogatório riu.

Eu não vi graça alguma.

A paz não existe em um mundo onde habitam os monstros, que corrompem a humanidade.

Notei, também, que as plantas, há muito não regadas no local, estavam mais coloridas e vivazes do que nunca.

Por outro lado, durante o curso do interrogatório, o espaço chegou a esquentar por um momento e quase fiquei tentado a retirar a máscara, mas resisti.

De alguma forma, e ainda que sutil, a nociva apresentava dois tipos de sobrenaturalidade. De um lado, a vida. Do outro, a destruição.

Ela ainda perguntou pelo senhor. Queria anular o contrato.

Não dei andamento a esse tema e continuei insistindo na outra questão.

De qualquer maneira, como esperávamos, ela não revelou a localização da morada do Herege.

Ainda.

Atenciosamente

VH.

Clique aqui para Responder ou Encaminhar

| NOVA MENSAGEM | X |

para: contatovh1890@omosteiro.org

de: diretor@omosteiro.org

data: 06 de nov. (há 4 horas)

assunto: Re: Ocorrência 13666 URGENTE

Meu caro VH,

Espero que tenha feito uma boa viagem. Sei também que esta ida repentina para o Brasil pode ter afetado suas investigações sobre o refúgio dos monstros, mas olhando melhor agora, você tem uma nociva em mãos, que logo cederá e fornecerá essa informação tão valiosa para nós. Continue pressionando-a, apertando-a, até que sobre pouco dela.

E claro, nenhum acordo burocrático. Não anulo contratos assim.

Sobre o fedor dessa base, pense que foi escolhido para afugentar os monstros, dificultando sua localização. Além do local improvável também, é claro.

De seu estimado,

Diretor

Clique aqui para Responder ou Encaminhar

O SALÃO DO PESADELO

EU FINGI SURPRESA AO REENCONTRAR ADAM, que me esperava no corredor. Ele notou meu ranço e, graças aos monstros, compreendeu a situação, ou pareceu ter compreendido, pois não fez perguntas sobre meu mau humor súbito e realizamos o restante do *tour* pelo castelo em silêncio.

Apesar de eu estar com a cabeça em outro lugar, ainda conseguia me impressionar bastante quando visitamos a torre norte, onde havia um pavilhão que eles chamavam de Salão de Ginástica.

Ali estava Navas em uma piscina olímpica, concentrado em suas braçadas, indo de uma extremidade a outra. Ele era realmente bom naquilo e podia deixar César Cielo para trás. Por sorte não me notou e isso foi ótimo, porque eu não estava em um momento bom para discussões. Percebi que a água da piscina era negra e viscosa sobre as escamas do rapaz anfíbio.

— Água de pântano. — Adam fez questão de esclarecer.

A ala seguinte tinha uma academia completa, com toda aquela aparelhagem profissional. Vi algumas figuras que eu não havia conhecido antes. Um deles era tão grande quanto Drácula, largo como um tanque e lembrava um orangotango albino. Ele usava calça azul com suspensório, uma faixa vermelha na cabeça à maneira do Rambo e mais nada.

Um pelo espesso e branco cobria quase todo seu corpo, menos as mãos e os pés descalços, bem pálidos. O rapaz levantava pesos de 100 quilos com uma facilidade assustadora e parecia não se importar com a nossa presença.

A outra era uma garota que devia ter a mesma idade que eu, com cabelos ondulados verde-musgo muito, muito compridos, caindo até os tornozelos. Era magérrima, pele bronzeada de quem costuma frequentar a praia todo dia e usava um colante prateado com riscas douradas na lateral, que não denotava muitas curvas. Seus olhos eram duas bolotas verdes brilhantes muito impressionantes.

Ela me entregou um sorriso amarelo e em seguida voltou para suas atividades no aparelho de peitoral, onde forçava os braços para frente e para trás incansavelmente. Pelo visto, a musculação não estava surtindo muito efeito na garota.

Quebrando o silêncio momentaneamente, numa ansiedade incontrolável de me fornecer maiores informações, Adam revelou que a dupla tinha chegado há algumas horas de uma missão em Praga. O rapaz fortão se chamava Lenard e nasceu em uma comunidade ieti no Nepal. A garota, Chiara Keli, veio da Irlanda e era uma *banshee* que cresceu pulando de orfanato para orfanato na infância.

— Cuidado com aquela — continuou o menino gênio. — Apesar do carisma, Chiara é também um tanto quanto mexeriqueira, de língua ferina. Nem tudo o que ela diz é verdade e quando grita, traz a morte consigo. É o tipo de som que você não gostaria de ouvir e o tipo de situação que não seria agradável de vivenciar.

Mal sabia ele o que eu havia passado com Lucila.

— Ei, eu estou aqui, sabia? — disse Chiara, sem um pingo de suor.

— Eu sei — respondeu Adam ingenuamente. — Só estou alertando a Betina sobre sua índole.

— Oi, Betina! — A *banshee* o ignorou e se voltou para mim, empolgada. — Prazer! E não dê ouvidos para esse xarope! Ele fala demais!

Adam não lhe deu atenção e caminhou em direção a outra ala. Passamos ao lado de Lenard, que agora fazia flexões com suas mãos de marreta, desatento a todo o resto.

— E ele? — perguntei num murmúrio.

— Ele? Nada — respondeu Adam com desdém. — Força bruta, desprovida de inteligência.

— O que é isso, cara! Não fale assim dos monstros!

— É a minha opinião, Betina. Você não precisa concordar, apenas respeitá-la. — Ajustou os óculos sobre o nariz torto. — Com o tempo, vai conhecê-los e terá criado uma opinião própria sobre cada indivíduo.

Blá. Blá. Blá.

Não dei continuidade à conversa. Atravessamos uma porteira de madeira rústica, que rangia e soltava farpas quando aberta. De um lado, uma redoma de vidro fosco guardava uma suntuosa floricultura. Saltei e coloquei minha cabeça curiosa para dentro, mas ao invés de belas florzinhas e plantinhas coloridas, me deparei com um lugar repleto de plantas-carnívoras sinistronas, como era de se esperar, porque havia espécies ali que eu nunca tinha visto.

Não que eu tivesse qualquer conhecimento sobre isso, mas duvido que uma planta conversasse com você, como aquela margarida-cor-de-sangue que sabia meu nome e a minha idade; ou então, uma rosa com espinhos do tamanho de facas e que de vez em quando os disparava contra nós. Uma das lâminas acertou Adam no ombro e pareceu ter penetrado a carne até o osso. Ele apenas retirou e a jogou no chão, sem sangue, sem dor, sem esboçar qualquer reação.

Do outro lado, abria-se um punhado de árvores frondosas de todos os tipos. Macieiras, limoeiros, um pé de laranja lima aqui, outro de mangas ali, e até um assombroso plantio de abóboras, onde estava escrito NÃO PISE. Ao redor, um galinheiro com galinhas normais e um pasto com cavalos normais e vacas normais.

— Uma minifazenda! Uau.

— O Rancho. É como chamamos — Sim, afinal tudo naquele castelo tinha de ter um nome! — Aqui temos luminárias artificiais para a sobrevivência dos animais, além de toda uma tecnologia para o cuidado do plantio. Eu que projetei — falou Adam com orgulho evidente.

Notei também um leitão passando perto de uma moita do outro lado e me aproximei. O susto foi grande, não nego, mas também pudera! O animal estava sobre as duas patas, vestindo uma calça jeans esburacada que caberia no corpo de uma criança de cinco anos, além de uma camisa amarela xadrez e um chapéu de palha.

Duas presas enormes despontavam de sua boca de baixo para cima. A pele não era rosada como a de um porco, ao invés disso, tinha um pelo marrom bem espesso. Usava um garfo para carpir o mato, enquanto resmungava a palavra "Maldição" repetidas vezes, entre um *óinc* e outro.

Ele não me percebeu, por isso me distanciei e voltei ao lado de Adam.

— Cara… O que é aquilo?

— Sir Karadoc.

— Sir? Qual a história dele?

— Cavaleiro arturiano amaldiçoado por Hecate a viver pela eternidade em forma de javali.

— Ok. Essa é uma história e tanto.

Passamos por um grande lago verde rodeado de salgueiros e repleto de gansos, depois por uma choupana cheio de esterco. Atravessamos de uma torre a outra usando uma ponte suspensa de madeira presa a cordas frágeis, que balançava muito. Foi bastante radical, sabe?

Chegando ao alpendre da torre oeste, me deparei com outro lance de escadas espiraladas que nos levaria até o topo daquele lugar. Adam continuou:

— Ele é um dos mais antigos membros do castelo, mas, depois de algumas confusões, foi relegado a cuidador d'O Rancho. Sinceramente, eu acho um local mais adequado para Sir Karadoc.

— Eu nunca sei quando você tá brincando ou falando sério!

— Eu sempre estou falando seriamente.

Os degraus terminavam diante de uma enorme porta de ferro, cheia de trancas e fechaduras.

— Imagino que eu deva entrar e ter outra grande surpresa, né? No terraço, encontrei o Drácula. Agora, quem será que vou encontrar atrás destas portas? Tô adorando seu showzinho, Adam!

— Sem teatralidades desta vez, Betina. Só estou cumprindo o protocolo.

Aquele meu mau humor voltou. Empurrei o portão de ferro com mais determinação do que força. Não gostei logo de cara. Tudo escuro, sem janelas e tinha cheiro de peido. Adam parou atrás de mim, quase como se estivesse bloqueando minha saída. Sua expressão era impassível.

Não demorou e saíram três homens de branco da penumbra. Eles vestiam túnicas medievais, tricórnios sobre suas perucas clássicas, apontando flechas de seus arcos para mim.

— Mas que diabos?!

— Simulação da Caçada Selvagem. Enfrente-os ou perecerá — respondeu Adam, indiferente.

— Você não tá com medo, não?

— É o *seu* nome que está escrito na parede hoje. Só você corre perigo aqui.

Esclarecido isso, Adam fez o que sabia fazer muito bem: deus dois passos para trás e fechou o portão, me deixando na sala escura junto dos meus novos inimigos.

Uma flecha voou na minha direção e acertou a parede atrás, bem acima do meu ombro, por pouco. Soltei um grito, mas estava sozinha ali e não tinha tempo de ficar com medo ou indignada, por isso corri para o lado oposto. Um dos homens disparou uma flecha, seguido do seu parceiro, que disparou outra.

A primeira zuniu próxima a minha orelha, mas a segunda acertou meu tornozelo e o atravessou. Capotei e rolei pelo chão. Em poucos segundos, uma poça vermelha se formou ao redor do meu pé. Continuei rastejando, deixando uma trilha de sangue para trás, enquanto os três caminhavam lentamente até mim, com os arcos preparados.

Perdi o ar de repente. Comecei a respirar com dificuldade, suando frio. Um dos homens retesou a flecha, mirando minha cabeça. Disparou. Errou o alvo. Meu ombro foi atravessado e fiquei colada na parede. Aquela dor era excruciante, mas a falta de ar era pior. O outro homem preparou mais um disparo e talvez eu não tivesse a mesma sorte duas vezes. Fechei os olhos e pensei em me transformar em fumaça. Nada aconteceu.

Voltei a abri-los quando, ao mesmo tempo, um bicho enorme saltou sobre o arqueiro e os dois sumiram na escuridão. Escutei sons de ossos quebrando, gemidos e gritos de desespero. O último homem me esqueceu e correu na direção do amigo, mas logo o silêncio predominou naquele salão.

Consegui retirar a flecha do ombro, não sem antes soltar um berro. Sentei-me, pensando em como fazer o mesmo no tornozelo. E aquela fera? Viria atrás de mim agora? Comecei a respirar devagar, para me acalmar.

Ouvi passos. Um, dois, quatro. Quatro passos simultâneos. Mais arqueiros? Logo a silhueta se projetou na escuridão, tomando a forma de um homem peludo enorme, com as roupas rasgadas e surradas. A princípio pensei que fosse Lenard, mas não eram semelhantes. Aquele diante de mim tinha algo além do selvagem, mais primitivo, com uma barba escura que se projetava esparsa a partir das bochechas e pelos desgrenhados saídos dos braços. O rosto enrugado de fúria revelava presas babando, além de olhos amarelos como a lua. Mesmo muito peludo, parecia jovem e o achei familiar.

Será que...?

Um dos homens brancos (que não tinha mais um braço!) saltou em suas costas e o agarrou com um mata-leão. De pouco adiantou, pois a fera o pegou pela cabeça, o jogou no chão e depois... Eu não vi. Fechei os olhos e pensei em "Dig Up Her Bones" dos Misfits cantarolando na minha cabeça, entre gritos de desespero e uivos.

A música imaginária acabou um tempo depois e o local estava coberto pelo silêncio novamente. Minha respiração começou a voltar pouco a pouco. Quando tornei a abrir os olhos, o homem-lobo estava diante de mim, aquele cheiro de cachorro molhado terrível e ele retirando a flecha do meu tornozelo com certo cuidado. Olhando bem agora, ele me parecia com...

A fera ameaçou lamber minha ferida, mas bati com o tênis sobre seu rosto e ele correu, fugindo para a penumbra enquanto chorava como um poodle.

Em pé novamente, fui andando apoiada na parede, em busca da saída, gritando por Adam, Drácula e Baba Ganush. Mas ninguém me respondia, nem eco o local tinha. Eu estava sozinha ali e precisava me salvar de alguma forma. Aquele bicho não voltaria para me salvar de novo. Eu não me salvaria depois de levar um pontapé no rosto!

Então, outro homem se manifestou na minha frente. Era diferente dos arqueiros de antes. A figura vestia uma túnica tão negra quanto aquela escuridão, um capuz cobria sua identidade junto da máscara, deixando apenas os olhos brancos à mostra. Não deu para ver muito do corpo, coberto até os pés, mas parecia esguio e forte ao mesmo tempo, com lâminas do tamanho de facões que se estendiam de cada braço.

Ele avançou.

Consegui esquivar da primeira investida e não sei bem como fiz aquilo, mas resolvi acreditar que existia um instinto de meia-vampira, porque, logo em seguida, esquivei de novo. Ele descreveu um terceiro golpe com a lâmina e desceu até a minha cabeça. Mas eu estava mais ágil do que nunca, rolando para o outro lado e lhe passando uma rasteira. Veja bem, eu já fui obrigada a jogar futebol nas aulas de Educação Física uma ou duas vezes e, contrariada, durava pouco em campo, depois de machucar algum amiguinho com chutes ou rasteiras. Mas agora, quem diria, eu precisava agradecer àquelas aulas, pois derrubei o assassino.

Tudo bem que ele não caiu pra valer. Com os braços jogados para trás precisamente, ele deteve sua queda e tomou impulso para se levantar novamente, igual vemos em filmes de *kung-fu*. Girou meio círculo no ar e pronto, de repente estava novamente diante de mim. Socou meu estômago com força, perdi o ar e fui alçada uns metros para trás, até trombar contra uma parede. Caí sentada, o gosto de sangue brotando no fundo da língua, eu meio zonza.

O assassino correu em minha direção, cruzando os braços com lâminas a frente do rosto. Provavelmente ele faria algo muito assustador com aquilo, mas eu não pagaria para ver. E nem apagaria ali, daquele jeito.

Lembrei dos dois médicos do terror me perfurando com a estaca e tentando cortar minha cabeça. Lembrei deles matando minha melhor amiga, que apenas tentou me salvar. Lembrei da cabeça dela sendo chutada como se não fosse nada. Lembrei que os adultos naquela casa tentaram me matar apenas porque eu era alguém diferente. E aquele cara estava me atacando por que, afinal?

Todas essas lembranças correram numa fração rápida, tempo suficiente para ele me alcançar e conseguir desferir um golpe com a lâmina. E sabe aquilo que falam que a sua vida passa em um milésimo de segundo quando você está para morrer? Bom, é meia verdade. Só lembrei da parte até o meu primeiro beijo aos 14, porque depois eu consegui virar fumaça e ele então atingiu a parede. A lâmina ficou ali fincada, enquanto eu rodeava seu corpo como se fosse uma névoa.

O assassino não pareceu me notar à primeira vista, por isso resolvi dar um contra-ataque, seja lá o que isso significasse. Somente pensei em "descer" e o meu corpo-fumaça desceu e, em seguida, pensei em "empurrá-lo", mais ou menos igual fiz com o rapaz na escola. Percebi minha forma tomando alta velocidade naquele mundo turvo e escuro. O acertei nas costas com força, ele arfou e foi jogado a metros de distância, rolando pelo piso até se esborrachar contra a parede.

Retomei minha forma normal, meio cambaleante, é verdade, mas eu poderia me acostumar com aquilo. Eu ainda não tinha acabado com aquele cretino, então resolvi verificar seu estado. No primeiro passo, um choque correu do tornozelo até minha coxa. Havia mais sangue ao redor de onde a flecha havia ultrapassado. Como pude esquecer? Não só o sangue, mas a dor também voltou, agora mais forte. Fiquei completamente tonta, então respirei fundo e fechei os olhos.

Quando os abri, vi Adam, Madame Vodu e Baba Ganush me encarando. A claridade ardeu minha vista. Só consegui dizer:

— Cara, que pesadelo!

— Mais ou menos isso — afirmou Adam.

— Que bom que acordou, querida! — disse Baba Ganush, me tocando no braço com suas mãos quentes e tenras.

— Você se saiu muito bem, Betina! — exultou Madame Vodu, alargando um sorriso de quem parecia muito feliz em me ver.

O local agora era outro. Eu estava sobre uma cama com lençóis e coberta brancos. Uma cortina de tecido fino me isolava do restante do espaço, mas, através de uma brecha, enxerguei outras camas semelhantes. Paredes, chão, teto, lâmpadas, tudo ali era branco até demais.

— Ok. Nada daquilo foi um pesadelo e eu estou numa enfermaria, certo?

— Certo.

— Tô morrendo?

— Não. Foram apenas feridas superficiais de batalha. Uma flecha no ombro, outra no tornozelo — afirmou o menino gênio.

— Superficiais, com certeza — eu disse, rindo de nervoso.

— Nós sobrenaturais temos rápida recuperação, se comparados aos humanos. — Adam seguia seu discurso. — Então não se preocupe, logo você estará bem novamente.

— Ufa!

Baba Ganush foi até um balcão ao nosso lado, pegou um jarro, despejou uma gororoba verde salpicada de pontinhos roxos em um copo e me entregou. Estava quente e tinha gosto de laranjada, mas duvidei que fosse.

— Quê isso?

— Algo que preparei para você. Vai acelerar sua recuperação, querida.

— Não queira saber — respondeu Adam, com sua maneira ingênua e genuína.

Os dois então se retiraram, me deixando a sós com a Madame Vodu, que puxou uma cadeira e sentou-se ao meu lado. Dessa vez, além do turbante característico, ela usava um longo vestido cor de palha, mais simples, mas ainda maravilhosa.

— E o Fusca? — perguntei.

— Inteiro novamente. — Sorriu. — E você?

— Bem, fora os furos de flechas e os socos de guerreiros que tomei, eu tô bem. Já conheci metade do castelo, tive alguns pesadelos, bati um papo com o Drácula, essas coisas comuns, sabe?

— Sei. — Riu discretamente por alguns segundos. — Ai, Betina, você é demais. — Colocou a mão sobre a minha testa. — Sem febre, que bom. O preparo da Gan surte efeito rápido mesmo.

— O que foi aquilo, afinal de contas?

— Eis a pergunta de ouro! — Ela se apoiou sobre a cama e me encarou com um sorriso. — Imagino que você já deve ter parte dessa resposta, não?

— Um teste, suponho.

— Sim. Você esteve no Salão do Pesadelo.

— O nome é impressionante. E combina muito com o lugar!

— Sim. Séculos atrás, seu pai batalhou contra uma poderosa entidade e a derrotou. Depois, o aprisionou pela eternidade em uma das torres do castelo, onde ele está até hoje.

— O Pesadelo, suponho.

— Sim. Algumas culturas costumam chamá-lo de Bicho-Papão também.

— Isso explica as miragens que me atacaram por lá. A princípio, pensei que fossem fantasmas, mas ainda que eu não entenda muito do sobrenatural, acredito que fantasmas não possam nos tocar, né? Então, miragens projetadas pelo Pesadelo.

— Exato, Betina.

— Hum... Isso explica porque eu conseguia enxergá-los mesmo no breu. Não tinha luz na sala e ainda assim eles estavam visíveis, translúcidos e tal.

— O Pesadelo vem trabalhando há séculos para o seu pai, a fim de diminuir sua pena na detenção, para poder ganhar a liberdade algum dia.

— Quanto tempo falta pra isso?

— Pouco. Uns 300 anos ainda, se não me engano.

— Realmente, *pouquinho!*

— O Pesadelo consegue ler as emoções de qualquer um, seja humano, seja sobrenatural, e projetar para ele seus medos mais íntimos. Por isso, dentro daquela sala, você acaba sendo atacada pelo que teme. Isso também serve de treinamento para jovens sobrenaturais, como você, de aprender a lidar com suas habilidades sobrenaturais e como sobreviver nas situações mais adversas.

— Sim, saquei tudo isso. Mas acontece que eu não tenho medos íntimos com arqueiros nem assassinos de capuz.

Madame Vodu fez uma expressão questionável. Em seguida, puxou uma parte do véu e revelou um rapaz deitado na outra cama, que parecia mais inteiro do que eu. Era Tyrone.

— Os arqueiros eram o medo do jovem Talbot, Betina. Quando você entrou na sala, acabou se envolvendo no meio do pesadelo dele, por isso foi atacada por essas projeções.

— E por isso também foi ele quem conseguiu derrotá-los.

— Sim. Contudo, isso não explica o assassino de capuz.

— Pois é. Se aparecessem cachorros, patricinhas da zona sul ou um pote de mel gigante, faria mais sentido. Mas um cara de capuz? Nah!

— Não sei se entendi bem a parte do pote de mel.

— Deixa pra lá.

— Mas espera — Tafari pareceu ter alguma revelação súbita. — Você tinha dito que vem tendo pesadelos também. Poderia me falar de que tipo?

Foi então que contei a ela os pesadelos mais estranhos que tive nos últimos tempos. O primeiro começou dias antes de conhecê-la, envolvendo o assassinato de uma pequena comunidade que vivia na floresta. Depois, vários outros, com Lucila, Drácula e outras figuras que eu não reconhecia.

— Compreendo. Não são somente pesadelos, Betina.

— Ai, lá vem.

— Você tem visões.

— Uau.

— Seus pesadelos incomuns são visões de elo empático, com você enxergando através de outro, e isso pode acontecer no passado ou no presente. O tempo é volátil no mundo dos sonhos. — Ela se levantou e começou a dar voltas no próprio eixo, com as mãos na cintura. — Já as visões proféticas... Isso é bem raro, mas pode acontecer. De fato. Você também acaba antevendo eventos que ocorrerão no futuro e talvez essa figura encapuzada possa significar algum problema para você, ou para nós, daqui um tempo.

— Um caçador?

— É provável. Eles podem ser qualquer um. Por isso também são perigosos.

— Que droga, hein?

— Precisamos investigar o assunto e levantar no banco de dados de Frankenstein quem tenha essas descrições. É o correto a se fazer agora.

— Se quiser, eu posso fazer um retrato falado dele ou algo assim.

— Uma boa ideia, Betina. Mas depois. Primeiro, se recupere. Nenhum Pesadelo vai te pegar aqui.

Tafari não poderia estar mais enganada.

Depois que ela saiu da enfermaria, eu apaguei e tive outro sonho ruim. Não lembro detalhes dele, mas uma linda garota, ruiva e sardenta, estava acorrentada em um lugar frio, sujo e escuro. Ela fingia estar bem, mas eu pude ver seu olhar de súplica, implorando por ajuda.

Diário de Betina, 06/11/17

12
ASSISTO AO PÔR DO SOL ATRÁS DAS GRADES

— PSIU! EI, BRAVINHA, TÁ ACORDADA?

— Não me chama de "bravinha". Eu não sou "bravinha".

— Tá certo. Então não tá brava?

— Não. Tô com sono.

— Sua dosagem deve ter sido maior que a minha.

— Talvez. Me doparam legal aqui, mas acho que já tô melhor.

— Que bom!

— Tyrone, né?

— Isso! Betina, certo?

— Uhum.

Estávamos ambos deitados em nossas respectivas camas na enfermaria, com nossas respectivas roupas de pacientes e nada mais. A minha rosa, a dele azul, que lindeza. Separados apenas por uma cortina, que uma brecha permitia agora que víssemos o rosto um do outro. Os cabelos dele caídos para além do colchão.

— Era você lá, não era? — perguntei.

— No Salão do Pesadelo? Era sim.

— Então você é um lobisomem. Como não adivinhei antes?

— Porque talvez eu seja um cigano lindo demais pra um lobisomem.

— Convencido demais com certeza você é.

— Ha! Ha!

— Então os lobisomens de verdade são mais Lon Chaney Jr. e menos David Naughton. Interessante.

— Quê?

— Vou tentar outro, vejamos... Benicio del Toro lobisomem, já viu, né?

— Ah sim. Realmente parece!

— O Adam falou que meu nome tava escrito na parede daquela sala...

— Sim. Foram nossos tutores que fizeram isso, pra nos treinar. Eles escrevem nosso nome na parede antes de usarmos a sala. Assim, o Pesadelo só ataca quem tiver marcado ali.

— Saquei. E, pelo visto, vamos voltar muitas vezes para aquela sala ainda, né?

— Com certeza! Essa foi a minha segunda vez. Na primeira, não me dei bem e passei dois dias apagado por aqui.

— Caramba, meu!

— Bom, chega disso, certo? Vou te levar pra um lugar mais legal!

— Olha, não vai rolar...

— Calma, bravinha! Só quero te mostrar uma coisa, nada de mais.

— Se me chamar de bravinha de novo, vai ver que posso ser brava de verdade.

— Tá bom, tá bom. Desculpa aí! — Ele se colocou de pé e varou o véu até mim. Estendeu-me a mão para me ajudar a levantar, mas fiz isso sozinha. — Sei que não é muito fã do sol, mas deve ser estranho não conseguir mais vê-lo, certo? Que tal um pôr do sol pra fechar o dia incrível de hoje?

— Que seja, vamos lá.

Atravessamos a cortina e notei outras camas, uma ao lado da outra, mas nenhuma delas estava ocupada. Em silêncio, abrimos a porta, que não estava trancada, e saímos para as sombras degraus abaixo, que logo revelaram o gigante carregando a escada, e então o saguão. A enfermaria ficava em uma das torres menores que dava para uma das portas do piso de entrada. Não havia ninguém ali naquele momento.

Tyrone parecia conhecer o caminho, então ele pegou em minha mão e me levou para os fundos. A princípio achei que fosse um tipo de armário, pois estava escuro e cheio de ratos, mas, ao entrarmos, ele retirou um tapete velho e puxou um alçapão de madeira. Degraus de ferro desciam por um tubo de metal apertado.

— Tá me levando pro esgoto, cara?

— Confia em mim?

— Não.

— Então vamos descer!

Descemos. Eu primeiro, porque realmente não queria que ele visse minha nudez através daquela roupa de paciente aberta por baixo. Meu tornozelo e ombro ainda estavam doloridos, mas nada que incomodasse muito. Talvez a gororoba de Dona Ganush tivesse feito efeito, talvez minha recuperação monstro tivesse sido rápida, tanto faz.

Chegamos ao subsolo, um corredor frio, com paredes antigas de pedra, encanamento exposto no teto e piso grudento. Tudo bem nojento e eu descalça, ai céus! Em vez de tochas e lampiões, ali havia luzes de emergência dispostas a cada dois metros, zunindo no meio do silêncio sufocante.

— Mas que diabos...

— Bem-vinda ao Calabouço do castelo! — revelou Tyrone, com os braços abertos.

— Fala sério!

— Na verdade, viemos por uma entrada não oficial. Eu não sei qual é a entrada verdadeira do Calabouço.

Antes que eu pudesse continuar protestando, ele me guiou adiante e logo o corredor se abriu para uma antecâmara retangular e vasta, com portas de metal de ambos os lados, que ficavam frente a frente. Nas portas, pequeninas lacunas com grades revelavam olhos vazios, garras e línguas serpenteantes compridas; saíam rugidos, lamentos e pedidos de ajuda. Uma das celas estava aberta e vazia.

Ouvi de repente alguém arranhando um trecho de parede que ficava entre duas celas, mas não havia ninguém ali. Mesmo assim, a raspagem continuou lentamente, formando uma letra por vez, até completar a frase:

— Quê isso, meu? — perguntei.

— Ah, não ligue pra essa aí.

— Q-Quem?

Para a minha infelicidade, Yürei piscou duas vezes diante de nós, depois desapareceu.

Afinal, o que significava aquela mensagem? E era direcionada para Tyrone ou para mim? Estávamos no meio de vários monstros condenados, a qual ela se referia?

Não concluímos nada e passamos correndo até o final, que dava para outro portão esquelético, semelhante àquele que atravessei no terraço onde encontrei Drácula. Mas ali não havia terraço. Era uma estrutura de metal circular mediana, onde caberiam mais ou menos dez pessoas. Grades de ferro faziam meio círculo do piso até uma extremidade acima.

Os Cárpatos de um lado, a Floresta Nebulosa do outro. O Castelo da Noite Eterna acima, de onde a estrutura pendia. Abaixo, o abismo para uma morte certa e terrível. Cheiro de ferrugem dominava o espaço, coberto em parte por névoa.

Estávamos em uma gaiola.

— Uau.

— Eu acho que eles usam este lugar pra torturar prisioneiros, Bafo de Sangue.

— *Bafo de Sangue?*

— Cê precisa de um apelido carinhoso! — Riu e latiu. — Como você é vampira, achei que fazia todo sentido. Ha! Ha!

— Tá certo, *Bola de Pelo*.

— Ah, qualé?!

Rimos.

Foi uma longa e boba risada. Fazia tempo que eu não ria assim e não sei bem por que eu estava rindo naquele momento nem como tinha tanto fôlego para aquilo. Mas era bom e eu achei melhor aproveitar. Não sabia quanto tempo poderia durar a alegria. Afinal, nossa felicidade é sempre tão momentânea, não é?

Tivemos de atravessar uma pequena ponte suspensa, entre o corredor e a gaiola, que de tão frágil parecia feita de alumínio. Só permitia a passagem de um por vez.

Não demorou para que a névoa se dissipasse, com o sol indo se esconder para trás das montanhas.

— Imagina que estamos mais ou menos embaixo do castelo. Uma construção antiga, onde nem o Sr. D. ousa descer. Aqui ele fica exposto demais à normalidade do mundo.

— Imagino.

— Mas a ideia é boa, se você parar pra pensar. — Tyrone sentou-se com as pernas para fora das grades e a gaiola balançou um pouco. Engoli em seco, mas não era momento para ataques de pânico. Segurei-me em uma das barras. O ar tinha sabor de orvalho. — Porque saca só: eles jogam os prisioneiros aqui. O Calabouço até pode ser reforçado e intransponível, mas se alguém fugir, vai ter um abismo e o sol esperando do lado de fora. Nada bom, nada bom.

— Nunca o sol. — Lembrei-me das palavras de Drácula.

O céu azulado ganhava novos contornos de púrpura e laranja, enquanto o sol morria pouco a pouco no horizonte. O vento frio chegava gradativamente, soprado do norte.

— E aí, qual sua história? — perguntei sem hesitar.

— Hum, vejamos… — Ele fez um gesto engraçadinho e teatral, com a mão no queixo, pensativo. — Sou filho de mãe solteira, que lia a sorte dos habitantes de Cardiff. Meu pai é John Talbot, um ricaço americano que não sabia que tinha um filho. O de sempre.

— Seu pai também é lobisomem, certo? Você nasceu assim ou foi mordido?

— Herança de família mesmo. — Tyrone jogou a cabeça para o lado, os cabelos voando junto. Encarou-me com um sorriso galante.

— Seu pai continua sem saber que tem um filho?

— Pelo visto, sim. Eu até fui atrás dele lá nos EUA, mas não dei sorte de encontrá-lo para reclamar parte do seu rico patrimônio. Quando voltei, tudo tinha mudado. Não pra melhor, é claro.

— Sinto muito, seja o que for.

— Ah, não sinta. — Ele suspirou longamente, encarando o horizonte, com a testa colada nas grades. — Seu pai e o meu são amigos antigos, sabia? O Sr. D. sempre se comunicou comigo, por cartas e tal. Ele me convida para o castelo desde pequeno, mas eu nunca quis sair da minha comunidade.

— Até que você quis.

— É, mais ou menos isso. Cê viu sobre os ataques em Cardiff?

— Vi sim. Poxa, aquilo foi terrível. Será que é obra de homem ou de monstro?

— Tenho meus chutes, mas qualquer um que faça aquilo é alguém monstruoso.

Concordei com ele, um pouco triste com a ideia de seu passado.

— Lobisomens dificilmente controlam o lado animal, né? — perguntei, para espantar a melancolia.

— Depende. Alguns, sim, outros, não. Eu mesmo, quando cheguei aqui, tive algumas noites *ruins*. Realmente fora de controle.

— Mas você faz parte do time que tem autocontrole ou do que não sabe o que tá fazendo?

— Controle total, fique tranquila. — Riu. Seus dentes superbrancos provavelmente tinham passado por um clareamento dental sobrenatural. — Sou lobisomem desde sempre, então sei dirigir essa coisa e sei a hora certa de pisar no freio. Mas isso não significa que às vezes a gente não cometa um erro de manobra.

— Que maldição deve ser iss...

— *Maldição*, não! Isto é uma *benção*, Bafo de Sangue! A força, destreza e velocidade que ganhei com essa sobrenaturalidade me salvaram. Mas não se preocupe, eu já tô providenciando pra que o coroa saiba que eu existo e que também sou da alcateia.

— Então você gosta de ser um... sobrenatural?

— Claro! Você não?

— Ainda não me decidi.

— Sabe, depois que eu comecei a demonstrar minhas habilidades de lobisomem foi que descobri que as pessoas não eram quem aparentavam. Eu era o monstro, mas elas é que faziam maldade. Entende?

Naquele mesmo instante, me recordei dos dois médicos me perfurando com a estaca e tentando cortar minha cabeça, enquanto outros dois adultos assistiam com ansiedade. Lembrei-me do ódio do rapaz que me atacou na biblioteca. Do policial que disparou um tiro contra mim.

— Sei como é.

— Passei a ser muito maltratado na minha comunidade apenas porque tinha um olfato melhor, uma audição e tanto e porque era o mais forte. Passei a ser humilhado só porque era diferente dos demais.

Apenas assenti, demonstrando compreensão.

— Mas se eles não gostam de mim, problema deles, né? Minha mãe ensinou assim. — Ele sorriu, tranquilo.

Daquela altura, a visão do crepúsculo era espetacular. Mesmo em Cruz Credo, fazia muito tempo que eu não parava para reparar nesses pequenos momentos. Ficamos em silêncio, apreciando o dia morrer. Fui tomada por uma sensação de paz por alguns minutos, até que a escuridão assumiu o manto do firmamento. Ali sim dava para distinguir todos os tons do céu.

— Obrigada por me dar esse momento de presente, Bola de Pelo.

— Disponha!

— Agora já sei pra onde me recolher quando precisar espairecer.

— Pois é. Descobri este lugar dias atrás e tenho vindo pra cá todo fim de tarde desde então. Me ajuda a colocar o pensamento em ordem.

— Melhor voltarmos agora, né? Antes que a gente se meta em encrenca.

— Verdade, vamos lá!

Quando retornamos ao corredor do Calabouço, encontramos um homem no meio do caminho, que parecia um advogado. Vestia casaca inglesa xadrez sobre um terno bege, com uma rosa sobre o bolso do peito. Seus sapatos estavam polidos, a gravata era preta com riscas brancas e o cabelo castanho parecia penteado pela mãe. Era um tipo comum de rosto quadrado, todo aprumado e com perfume sufocante. Devia ter quase cinquenta. Usava óculos de aro preto e largo, com um olho de cada cor, verde e castanho. Era ele quem eu tinha visto junto dos outros antes, na enfermaria.

— C-Crianças no-na-não deviam estar-ar n-neste lugar a essa-essa hora. — Ele gaguejou, enquanto retirava seu relógio de bolso de bronze, tremendo. — Na v-verdade, não deveriam estar-ar neste lugar em h-hora alguma.

— Desculpa, fêssor! — Tyrone se adiantou. — Eu só vim mostrar o pôr do sol pra Betina.

— Compreendo. É r-romântico.

Eu devo ter ficado corada, porque o homem desviou o olhar de nós, meio encabulado, enquanto Tyrone parecia mais cheio de si de repente.

— E o que o senhor tá fazendo por aqui?

— O no-nosso carcereiro foi-foi devorado, lembra-se? Então, até que achemos o-outro, sou eu que-que venho averiguar as co-condições dos pri-pri... pri... pri-pri...

— Prisioneiros?

— Sim — respondeu o homem, novamente sem jeito.

— Saquei!

Diante dele, notei que tínhamos a mesma altura. Ele girava um guarda-chuva azul impacientemente.

— Agora, recolham-se. Se o Senhor Drácula de-descobrir, eu também se-serei punido.

— Podexá! Tamos indo!

Tyrone me puxou corredor adentro apressadamente, enquanto cochichava:

— Aposto que ele vai pegar alguém de cobaia! Ele sempre pega!

— Quem é esse cara?

— Nosso médico residente e também professor de Ciência Inumana e outras disciplinas. — Alcançamos então os degraus de ferro que nos levariam de volta ao saguão. — Dr. Henry Jekyll!

— Uau!

É lógico que naquela noite fiquei pensando em como os outros lidavam com a contraparte do professor Jekyll, se é que ela realmente existia ou se tudo não passava de ficção. Afinal, Adam me ensinou que não devemos confiar nas biografias.

Mas ao dormir, em vez dos pesadelos horríveis dos últimos dias, eu tive um sonho. Era estranho, mas me deixou sinceramente feliz. Eu não tinha controle sobre aquilo. Assim como o tempo, não podemos escolher nem controlar nossos devaneios. Eu via campos verdes, pôr do sol, o som dos pássaros e uma rosa entregue a mim, seguida de um belo sorriso.

Eu sonhava com Tyrone Talbot.

Diário de Betina, 06/11/17

EU FAÇO UMA VÍTIMA

ACORDAR COM UM PRESENTE GERALMENTE MELHORA O DIA DE QUALQUER UM. Mas não se o presente for uma óbvia maneira do seu pai ausente tentar comprar sua atenção.

No embrulho rosa, diante da porta do quarto, estava escrito:

Para minha filhinha querida.
Papai Drácula

Ah, fala sério!

O presente veio junto da minha encomenda empacotada, que eu havia feito para a Madame Vodu, já que ela ia para a Vila dos Abutres com uma grande frequência (comprar suprimentos, segundo me informaram). Coloquei tudo sobre a cama desarrumada. No pacote havia duas calças, uma jeans comunzona e outra saruel cinza; algumas camisetas, a maioria preta; alguns tênis cano alto vermelhos e pretos; e também pequenos apetrechos como brincos, alargadores e *piercings* (Adam certamente me ajudaria com estes).

Muito provavelmente, a Vila dos Abutres não tinha nenhuma loja para jovens descolados, pois não havia jovens por lá, mas, segundo a Tafari, existiam alguns brechós, então já dava para o gasto. Eu insisti que gostaria de ir junto, porém ela me dispensou sem mais delongas, o que me deixou encucada. Mistérios e mistérios. Por que não O Castelo do Mistério Eterno?

Sobre as peças encomendadas, havia o tal embrulho feito com um cuidado que eu não imaginaria que Drácula fosse capaz de fazer. O presente dele se revelou uma jaqueta vermelha feito couro, com capuz. Tinha o pequeno emblema prateado do Baluarte da Ordem do Dragão (que basicamente era um dragão medieval com asas, meio enrodilhado sobre um escudo) estampado do lado esquerdo do peito, discretinho.

Não vou dizer que era o meu tipo de jaqueta predileta, mas desfeita não era um defeito que eu tinha. E provavelmente o vampirão estava preocupado com o frio que eu poderia passar nos altos Cárpatos da Transilvânia, já que aquele couro todo parecia aquecer muito bem.

Em certo momento, tive a impressão de ouvir uns grunhidos. Será que vinham monstrinhos de brinde naquela jaqueta? Verifiquei, virei ela do avesso e de ponta-cabeça, mas nada. Era só impressão minha, obviamente, eu ainda estava meio sonolenta. Pela janela, ainda não havia "amanhecido". O negrume cobria toda a área oeste e o silêncio predominava, com exceção, é claro, dos gritos lá fora, que ecoavam vez ou outra. Eu ficava toda arrepiada, mas internamente buscava me acostumar àquilo.

Como eu tinha acordado antes da hora, para passar o tempo, resolvi eu mesma customizar aquelas roupas e comecei rasgando e furando algumas partes de uma calça jeans. Depois tentei copiar aquela estampa cara-de-caveira com um sorriso maligno do Misfits para uma camiseta preta e ficou bem parecida com uma oficial que eu tinha deixado no Lar das Meninas. Graças aos monstros, eu voltava a ser eu mesma e não precisaria mais andar com o pijama de bolinhas vermelhas!

— Vai ficar lindona assim!

— Mas que diabos! — Depois do susto, reparei na cabeça em cima do criado-mudo, com aquela expressão morta. — Quer me matar do coração?

— Quem dera você pudesse me fazer companhia, amiga — disse Lucila.

— Me explica isso direito: você dorme?

— Claro, branquela.

— Certo.

— Qual a boa de hoje?

— Vou descobrir agorinha. Tire outro cochilo, Lu.

Seguindo a rotina, desci para o desjejum na sala de jantar assim que amanheceu e depois voltei para me trocar. Para o meu primeiro dia de aula, vesti jeans com Misfits e tênis vermelho, passei um batom roxo sinistrão, fiz grandes sombras sobre os olhos e apliquei um perfuminho qualquer na nuca, para não fazer feio. Coloquei a jaqueta, mais por falta de opção para o frio que tinha recaído sobre o castelo e menos para agradar o Drácula.

Quando saí para o corredor, encontrei um movimento semelhante à rotina escolar, com Adam, Tyrone, Navas e Lenard saindo de seus quartos ou já descendo as escadas, em direção a Torre de Ensino. Eu fiquei um tanto quanto constrangida ao lembrar do sonho com o cigano, e não sei se ele lia mentes, mas ficou me dando sorrisos contagiantes. Para disfarçar, antes que eu pegasse fogo ali mesmo, puxei assunto com Adam, que começou a explicar sobre os últimos experimentos que ele havia realizado com ratos, parafusos e um *pen drive*.

O hino naquela "manhã" era menos melancólico e mais otimista de alguma forma, mas eu ainda não havia identificado sua origem. Ao entrar na sala de aula, alguns outros fantasmas passaram por mim pedindo *licença, licença*, e esses momentos sempre me davam um gelo no estômago. Chiara Keli já estava sentada, instalada em sua carteira na primeira fileira, tendo chegado antes de todos, com um sorriso arrogante no rosto. Algo nela me deixava bastante desconfortável.

Sentei-me em uma carteira no meio da sala, mas perto da parede, ao lado da janela, mais ou menos como eu fazia na escola em Cruz Credo. No fundão, como era de esperar, estava Navas e Tyrone, que parecia me encarar. Percebi pelo canto do olho.

— Caramba, Bafo de Sangue, cê tá uma gata hoje!

— Só hoje?

Rimos e logo paramos, porque Adam pediu que fizéssemos silêncio com um forte "xiu", seguido de uma carranca. Ele também se sentava na primeira fileira e notei uma evidente rivalidade entre ele e Chiara. Navas estava entediado, quase dormindo sobre sua mesa, enquanto Lenard se alojava atrás da *banshee*, mas parecia que ele não sabia bem ao certo o que estava fazendo ali. Os demais fantasmas "ocuparam" os outros lugares, o que era bastante bizarro e implausível, por isso procurei não me atentar muito a isso e nem a olhar para eles, porque realmente me davam arrepios.

Duas meninas gêmeas e loiras saídas diretamente de O Iluminado sentaram-se lado a lado na mesma fileira que eu. Mesmo sendo novinhas, eram menores do que a anatomia permite, meio atarracadas como os anões, mas *diferentes* mesmo assim, sabe? Suas orelhas eram pontudas, inclusive. Já no canto oposto, se instalava um garoto peludinho com cascos e chifres. Usava óculos escuro e terninho. Cheirava a bode molhado misturado com perfume Dimitri, porque deu para sentir de longe.

Apenas uma única carteira estava vazia, com uma rosa negra sobre ela.

Tyrone começou a jogar papel nos outros, até que acertaram um pedaço de borracha na minha orelha. Navas cuspiu água no aluno chifrudo, uma das gêmeas correu em volta da sala (numa velocidade anormal e tudo por ali vibrou) e alguns fantasmas brincavam de mover cadeiras de um jeito bastante... *poltergeist*. Somente Yürei não estava ali.

Meu estômago roncou. Que estranho, eu tinha tido um desjejum e tanto, com café sem açúcar (do jeito que deve ser!), ovos mexidos, gororoba marrom de Dona Ganush e suco de beterraba. Ouvi um grunhido novamente e a minha pele formigou. De repente, minha boca se encheu de saliva. Eu sabia o que aquilo significava, mas precisava me distrair para não piorar a situação.

Logo a professora chegou e o silêncio foi instaurado. Sua pele parecia feita de bronze, os olhos eram como caramelos e ela era larga como um caldeirão. Bastante deslumbrante, ostentando joias de ouro diversas nos dedos, pulsos e pescoço, ela ainda usava uma túnica cor de oliva com riscas douradas e sandálias de salto bem alto, que a deixavam maior do que não era, também cobrindo seu tornozelo com tiras entrelaçadas.

Seu cabelo preto encaracolado ia até os ombros, onde existia um tipo de gola branca integrada com um peitoral em V, incrustada de pedras preciosas. O mais impressionante mesmo era aquilo que ela usava na cabeça, um tipo de "coroa egípcia" em forma de naja, dourada e branca. Lembrava muito uma sacerdotisa e, por que não, uma rainha?

— Bom dia, garotada — sibilou a mulher cinicamente. — Agora chega de baderna, não é?

Ninguém respondeu. Todos a olhavam atentamente.

— Notei que temos uma garota nova na sala e pelo menos dois fantasmas que não estavam aqui antes, estou enganada?

— Isso mesmo, professora — confirmou Adam, impassível e prontamente. — A garota é filha de nosso senhor. E os dois novos fantasmas são Anne e Crowe, mas não exatamente "novos" no real sentido da palavra...

— Obviamente, jovem Frankenstein. Obviamente — disse a mulher, enquanto se recostava sobre sua mesa, que em nenhum momento vacilou pelo excesso de peso. — E vocês dois já passaram pela Madame Vodu antes de virem para a aula? Basta que apenas um de vocês responda, para economizarmos tempo.

Não demorou e logo um giz flutuou e riscou a resposta na lousa:

SIM.
ELA NOS APROVOU
E NOS LIBERTOU.

— Ótimo, então. — Ela bateu palminhas e suas pulseiras tilintaram. — Agora, antes de começarmos a aula, para quem ainda não me conhece, pode me chamar de Professora Bahiti. — Os dois fantasmas acenaram e um pouco do pelo do meu braço levantou. Ela olhou diretamente para mim e deu seu sorriso enorme de batom vermelho salpicado de dourado. — E você querida, como se chama?

— Betina.

— Somente Betina?

— Betina Barb… — Adam se virou discretamente e me encarou em alerta, dizendo "não" com os olhos.

— Betina Barb?

— Não. Eu…

— Betina Vlad, professorinha — disse Tyrone de repente.

Betina Vlad? Mas que diabos ele tinha inventado agora?!

— Acredito que a senhorita Betina possa ela mesma dizer o próprio nome, estou certa? — Concordei com a cabeça, mas continuei sem nada a dizer. Olhei para o cigano e depois de volta para ela. Estava nervosa. — Por favor, levante-se e venha até aqui. Apresente-se para a sala. Conte-nos sua história e como chegou até nós.

Ótimo.

Engoli em seco e fiquei de frente para os monstrinhos. Todos me olhavam na maior parte com curiosidade, com exceção de Tyrone, que parecia rir de canto, em seu habitual deboche. O cheiro dela era forte e doce, invadindo minhas narinas com todo o frasco de Paradisiac, o que me deixou um pouco atordoada. Respirei fundo e comecei a falar.

— Olá. Meu nome é Betina *Barbosa*. Sou brasileira, nasci em Cruz Credo e perdi minha melhor amiga, que foi morta por caçadores infiltrados e pelos próprios pais, depois de começar a se transformar em vampira. A cabeça falante dela agora tá no meu quarto. Já eu, até onde sei, sou meia-vampira, pois minha mãe era humana e meu pai... bem, é o Drácula, como já devem saber, né. — Ouvi burburinhos e sons de surpresa. Continuei: — A Tafari... Madame Vodu apareceu pra me ajudar e me salvou, senão agora eu seria uma fantasminha e não uma vampira. — Acredito que a piada não tenha funcionado, porque com exceção de Tyrone, mais ninguém estava rindo ali. — Parte deste castelo voou até o Brasil e nos resgatou. Então vim parar aqui, coisa e tal. — Agora, a tacada de mestre, para manter as boas relações sem ofender ninguém: — Fui Betina Barbosa. Mas agora que tô no Castelo da Noite Eterna, podem me chamar de Betina Vlad. É. Podem. Mas prefiro só Betina, ok?

— Prefiro *Bafo de Sangue!* — gritou o cigano do fundo. Um lobo palhaço ao que parece. Espero não ter ficado vermelha diante de todos!

— Comporte-se, garoto Talbot — ordenou a Professora Bahiti e ele se reclinou para ela, exageradamente, como se tivesse reverenciando uma rainha. Um palhaço mesmo.

— Posso me sentar, professora?

— Ainda não, senhorita Vlad.

Putz. "Senhorita Vlad" é de revirar o estômago. Mas tenho certeza de que ela estava esperando o momento de me torturar com esse novo apelido. A Professora Bahit analisou cada aluno com demorada atenção e deteve seu olhar sobre a carteira vazia, quando sua expressão se fechou. Ninguém entendeu nada, então ela se recobrou e disse para a sala:

— Hoje iniciamos oficialmente o ano letivo no Castelo da Noite Eterna para vocês, jovens discentes sobrenaturais. Não somos um orfanato, apesar de abrigarmos entre nós órfãos e abandonados e os alimentarmos sem cobrar nada em troca; nem tampouco somos uma escola, apesar de lecionarmos por aqui também. O fazemos mais com o intuito de orientá-los para o perigoso mundo que os aguarda lá fora do que para um aprendizado teórico de fato. O mundo não nos entende e por isso nos odeia e nos oprime. Alguns felizmente não tiveram tempo de descobrir isso em sua vida lá fora. Outros, infelizmente, sim. Para a humanidade, somos como insetos. Eles pisam sobre nós porque os assustamos ou somos diferentes deles ou do que eles acreditam ou pregam. E existem aqueles, ainda mais perigosos, que se especializaram em nos destruir.

Ela tinha conquistado a atenção da sala com seu discurso. Continuou:

— Vocês possuem um grande poder e, sem treinamento, esse poder é perigoso. Aqui, nós ensinaremos a controlá-lo e também vamos instruí-los em outras práticas para quem precisa sobreviver como um sobrenatural. — Ela ficou de costas para nós por um instante, encarando a lousa branca. Depois nos olhou seriamente por cima dos ombros. — Não acreditem em tudo que escutam por aí. Os monstros romantizam demais a situação, que é sempre pior do que parece. A verdade é que nem mesmo os sobrenaturais são inofensivos, ninguém é. — A Professora Bahit voltou-se a nós. — Todos vocês são *perigosos*. Por isso estão aqui.

Onde foi que eu me meti?, eu perguntaria, em vez disso:

— Hã. Posso sentar agora?

— Tsc. — Fez que não com a cabeça enfeitada.

A mulher colocou a mão entre seus seios, cada um maior do que minha cabeça, e dentre eles retirou um *smartphone* rosa cheio de adesivos de desenhos das pirâmides de Gizé. Colocou em discagem rápida e...

— Por favor, Renfield, traga a Vítima.

Foi então que percebi algumas pessoas desconfortáveis ali. Chiara cruzou os braços e fechou o cenho, enquanto que Lenard parecia se recolher por trás dela, meio assustado. Tyrone parou de fazer gracinhas e fez um bico enorme, evitando todos os olhares. Navas afundou as duas mãos contra o rosto. As Gêmeas estavam prestes a chorar. Os demais alunos estavam inquietos em suas carteiras e somente Adam carregava um brilho no olhar, ao que me pareceu, de ansiedade.

Mas afinal, o que estava rolando ali?

Alguns minutos depois, a minha resposta chegou.

Um rapaz um pouco mais velho do que nós, meio maltrapilho e fedorento em seu terno surrado, usando óculos fundo de garrafa meio torto, cabelo emaranhado e algumas moscas sobrevoando sua cabeça, entrou na sala empurrando um caixote de madeira de quase um metro.

— Obrigada, Renfield — disse a Professora Bahiti, enquanto lhe entregava um besouro vivo como pagamento. Céus, ele colocou na boca, o mastigou como se fosse uma bolacha e saiu do local extremamente satisfeito, lambendo os beiços. — Adam, por favor.

O menino gênio veio até nós e ajudou a mulher a retirar todas as pequenas e muitas trincas da caixa. Depois, puxou um fecho, mais um, então outro, e a caixa se abriu. De dentro dela, uma criança capotou. Pálida e magricela, eu nunca soube se era menino ou menina. Os cabelos eram enormes, até a cintura, meio cinzentos. Usava apenas uma bermuda gasta. Aquilo tudo me deixou com um forte mal-estar e explicava a reação de todos quando ela anunciou o que aconteceria.

Eles provavelmente já tinham passado por aquilo antes.

— Para os novatos, esta criança é Vítima.

— Uma... Refém humana? — perguntei, incrédula.

A Professora Bahiti me deu outro daqueles seus sorrisos cínicos e perguntou se eu gostaria de começar. Obviamente não entendi a pergunta e não consegui responder, então Navas se ofereceu, vindo até nós meio que a contragosto.

— Muito bem, senhor De La Garza. Pode começar — ordenou a professora.

Adam colocou a criança de frente para ele e saiu de perto. Afastei-me também. O engraçado é que a tal Vítima não esboçava nenhuma reação. Estaria dopada? Ou sob efeito de alguma hipnose? Aquilo tudo estava me deixando agoniada.

A sede aumentava e agora arranhava minha garganta também.

O rapaz anfíbio ficou de cócoras e começou a inflar seu peito, muito parecido como um sapo fazia mesmo. De repente, Vítima recuou e começou a tremer. Medo, é claro. Aquilo já era estranho para um monstro como eu, imagine o quão assustador não seria para um humano?

Então, o rapaz anfíbio começou a coaxar e inchar cada vez mais. Ele já estava o dobro do tamanho quando a criança soltou um berro terrível e saiu correndo da sala. Navas se virou e saiu saltando, a perseguindo pelos corredores do castelo.

— Mas que diabos é isso? — falei mais alto do que gostaria. Fiquei furiosa de repente. — Como podem colocar uma criança numa situação dessas?

— Acalme-se, Betina — interviu Adam, se colocando diante de mim. — Não é nada disso que você está pensand...

Não consegui ouvir direito o que ele tentou me dizer, porque o joguei contra a lousa e corri atrás do outro. Eu não sei o que estava acontecendo comigo, mas uma fúria descontrolada assumiu minhas ações. Uma raiva viciante e enervante, que deixava a minha vista turva, a bile com forte sabor de sangue, ao mesmo tempo que me dava uma energia que eu não sabia ser capaz de possuir, porque corri muito rápido e sabia, não sei bem como, exatamente onde o monstro estava e para onde a criança corria. Os segui.

Ao fundo, ouvi os berros da Professora Bahit tentando me impedir, mas nada me deteria agora. Eles colocaram uma vida humana em perigo e isso eu não podia permitir.

Fui encontrar Navas encurralando Vítima contra a parede próxima de uma escada que levava para o saguão. Ele parecia uma bexiga inflando e crescendo, enquanto a criança se encolhia sob sua sombra, em prantos e desesperada de pavor.

— PARE, ATELOPUS! PARE!

Ele me ignorou.

— Não faz isso, cara! — insisti. Toquei seu braço, mas ele me deu uma cotovelada e eu caí. Um grande erro, mas, no final das contas, eu acho que queria que ele agisse primeiro, para poder justificar o que eu faria a seguir.

Saltei sobre suas costas e, mais uma vez, não me pergunte de onde tirei essa acrobacia toda. A pele dele era meio escamosa e oleosa, por isso escorreguei e acabei ficando pendurada, com as duas pernas fechadas sobre seu pescoço. De ponta-cabeça, o encarei e percebi o mundo vermelho. Certeza que eram meus olhos mudando de cor novamente. Girei com força e ele rodou no ar, indo trombar contra uma pilastra. Mas o rapaz anfíbio não perdeu tempo e, naquele estado enorme, saltou sobre mim. Perdi o ar por alguns segundos.

— O que pensa que tá fazendo, novata? — Passou a inflar suas bochechas. Ele disparou um jato de água contra meu rosto e agora eu também estava me afogando. Comecei a me debater em desespero e ele cessou. — Mais calminha...?

— Seu idiota! — consegui dizer enquanto me recobrava. O cara era pesado demais e eu não conseguiria sair dali debaixo, a não ser que ele quisesse.

Então, raciocinei e logo me desfiz em fumaça, evaporando minhas partículas pelo ar, enquanto Navas olhava para tudo espantado demais para perceber eu me refazendo bem atrás dele. Fiquei de cócoras, tomando impulso, enquanto o piso se rachava um pouco aos meus pés. Saltei com tudo e a força do meu impacto contra suas costas fez com que o rapaz anfíbio se arrebentasse contra a parede.

Ele desinflou por completo e caiu desacordado. Partes da parede, como pedras e terra, caíam onde havia tido o impacto. Eu ainda estava em pé, mas meio tonta. Quando notei melhor, vi que Vítima também tinha sido atingida naquilo tudo. Puxei a criança de debaixo dele e dos escombros e somente seu braço saiu em minha mão.

— Caramba, meu! O que foi que eu fiz?!

Senti algo pequeno acertando meu ombro, sem efeito. Uma cápsula caiu, do que parecia um tipo de projétil. Para minha sorte, descobri naquele momento que a blusa que Drácula havia me dado de presente era à prova de balas.

— Você gerou um enorme caos, Betina — disse Adam seriamente, às minhas costas. Apontava um tipo de pistola. — E eu acabei de errar um tiro. Mas nenhum desses eventos voltará a se repetir.

— O quê?

Quando me virei, já era tarde demais. Um projétil acertou meu pescoço e o mundo girou, depois escureceu. Isso já estava virando uma rotina.

Diário de Betina, 07/11/17

TOMO FITOTERÁPICOS DE SANGUE

NO SONHO, EU VIA UM HOMEM ATÉ QUE RAZOAVELMENTE BONITO, o cabelo comprido e castanho amarrado num rabo de cavalo, os olhos acobreados e pequenos escondidos atrás de uns óculos discretos sem aro aparente, como de alguém que analisa tudo atentamente. Sua pele clara não tinha pelo algum e ele mais me pareceu com um manequim do que com uma pessoa de fato.

Vestindo *blazer* e calça cinza chumbo, ele ainda usava uma camiseta branca em que havia um cérebro verde mastigado estampado e tênis vermelho cheio de pequenos relâmpagos desenhados infantilmente, que não combinava com o restante do figurino.

O homem sorriu para mim de um jeito artificial, deixando uma chave de fenda sobre a mesinha de centro. Eu peguei e sabia que aquele objeto seria a única lembrança que eu teria dele por muito, muito tempo. Ele acenou e notei que não tinha os dedos mindinhos. Logo partiu com sua maleta. Fiquei bastante triste, uma amargura tremenda tomando conta de mim. Permaneci no silêncio por um longo tempo, até que passei por uma câmara cheia de frascos e ferramentas, com um enorme espelho do outro lado. Quando me aproximei, vi...

— Adam?

— Você teve um daqueles seus sonhos, suponho — disse Adam.

— Sim. — Eu estava em um colchão que, de tão duro, parecia ser o chão. Levantei e me sentei na cama, ainda meio aérea. — Sonhei com você, cara.

Ele continuou me encarando da penumbra, sem esboçar qualquer reação, então entendi que ele esperava por algo a mais.

— Bom, na verdade só fui descobrir que era você um pouco antes de acordar. Sonhei com um homem de cabelo comprido, sem os dedos mindinhos.

— Interessante.

— Ele estava indo embora, sabe? Algo assim.

— Certo. Você sonhou com um momento que vivi anos atrás. A partida de meu pai, que saiu em turnê pelo globo, para suas intermináveis palestras sobre Física Quântica, Criação e Ressurreição.

— Sonhei com o Dr. Victor Frankenstein? Uau.

— Sim. E o que se comprova com este átimo é que eu e você temos um elo.

— Quê? Tipo... Uma ligação mental e coisas assim?

— É isso o que "elo" quer dizer entre os monstros.

— A Tafari tava falando sobre isso comigo outra noite mesmo... Será que faz parte da minha sobrenaturalidade?

— Provavelmente. Você vem tendo sonhos com outros sobrenaturais também?

— Sim, sonhos e visões, coisa e tal. Tô conectada com muita gente por aqui, pelo visto.

— Interessante. Mas creio que isso se deva pela sua condição especial de mestiça.

— Você fala do fato de eu ser filha de uma humana, né?

— Talvez. — Adam se levantou de repente e disse para o ar: — Luzes. — E todo o lugar se iluminou, uma lâmpada por vez.

Nada de lampiões ou velas. Ali a iluminação não era do século retrasado, ainda que fosse mais do tipo que se vê em mansões tecnológicas de filmes, com tudo funcionando com comando de voz.

O espaço na verdade era um caos, do retrô ao futurista. De um lado, monitores brancos enormes com tela LED de mais de 60 polegadas, conectados a teclados, *tablets* e outras aparelhagens, tudo da Apple, é claro. Levantei-me e comecei a andar por lá. Eu estava deitada no que era, na verdade, um caixote de metal. Havia algumas tomadas do lado da "cama", com cabos USB pendurados.

Uma coruja estava empoleirada em uma prateleira. Quando me aproximei, ela levantou suas asas mecânicas e suas plumas, que na verdade eram placas de metal, e partiu em disparada, crocitando automaticamente, sumindo de vista.

— Bubo — disse Adam.

— Quem é *bobo*? — perguntei, arqueando uma sobrancelha.

— Bubo. Nome da minha coruja.

— Ah.

Na grande mesa de computadores, com várias cadeiras executivas dispostas, vi uma xícara com óleo fervente em vez de café, livros empilhados, muita papelada, lápis e canetas. Ao lado, dois armários poeirentos e uma geladeira enorme e larga. Xereta como sou, fui abri-la buscando Coca-Cola e encontrei cabeças, braços, pernas, mãos e outros membros humanos caindo sobre mim. Gritei. A princípio, pensei que fossem próteses, mas eu sabia que não. Simulei normalidade rapidamente e continuei a desbravar o local.

Um dos computadores estava a mil por hora. Por um monitor, vi o sistema tentando rastrear o homem encapuzado do meu sonho, com base no retrato falado que eu havia passado para o Adam noites atrás. Nenhum rastro por enquanto.

Do outro lado, havia algo parecido com uma oficina, com todas as ferramentas que poderiam existir, penduradas na parede, jogadas em caixas ou no chão, e um cheiro forte de graxa, óleo e pneu queimado. No centro, em uma plataforma sobre molas grossas, onde poderia ser colocado um carro, estava deitado um humanoide robótico sem cabeça, com vários fios desencapados e alguns tubos conectados, que vinham de caixotes de metal dispostos ao redor e que não paravam de zunir.

No teto, com a tubulação do encanamento exposta, tinha um emaranhado de correntes e mais ferramentas (essas eu não reconheci e me pareceram bastante assustadoras). O piso era um pouco grudento, coberto em parte por fuligem, sujo um tanto por óleo seco (eu realmente torcia para que fosse óleo e não sangue).

Adam se aproximou com suas vestes de sempre, mas agora sujo de graxa e com um hematoma do lado esquerdo do rosto. Os óculos manchados. Ele não estava com a melhor das caras.

— Vamos, faça a pergunta que quer fazer — disse o menino gênio.

Eu me senti um pouco mal por esse elo todo. Era uma habilidade involuntária e um tanto quanto invasiva. Afinal, eu agora sabia como ele se sentiu quando seu pai partiu. Isso era bastante íntimo, do tipo de coisa que as pessoas não gostam de expor tão facilmente.

— Olha, sobre o sonho, sobre seu pai, eu...

— Não.

— Por que ele não tem os mindinhos?

— Meu pai sempre afirmou que oito dedos lhe bastavam para realizar tudo que lhe fosse necessário. Mas não é esta a pergunta que você realmente quer fazer.

— Isto tudo é seu quarto, cara?

— Sim. Era o antigo laboratório de meu pai, que foi deixado aos meus cuidados quando ele partiu. — Ele retirou um pano sebento e começou a limpar as lentes. — Agora vamos, pergunte.

— Você me deu um tiro?

— Sim. Um dardo tranquilizante ou você teria matado Atelopus.

— Tá louco, meu?

— Não. Meu HD é evoluído demais para isso. Sou incapaz de enlouquecer, a não ser que ocorra alguma pane grave em meu sistema, o que é bem improvável, dado meus programas de segurança inúmeros. Mas vocês, os demais sobrenaturais, podem enlouquecer sim. Assim como você enlouqueceu na aula da Professora Bahiti.

— Eu... Eu não enlouqueci! Qualé, Adam? Você viu, o Atelopus estava assustando uma criança e a perseguindo pelo castelo. Ninguém mexeu um dedo. Como podem não reagir? E você... — eu me aproximei, apontando o dedo para ele, com aquela fúria tomando conta de mim novamente. — Você participou daquilo tudo. Tirou a criança da caixa e a colocou de frente pro Atelopus! Vocês a chamavam de *Vítima*... O que pensou que tava fazendo?!

— É melhor você se acalmar, Betina. — Ele pegou uma pistola sobre a mesa. Eu não tinha reparado nela ali. Era a mesma pistola que ele havia apontado para mim antes. Recuei. — Estou ciente de seus traumas em relação ao ataque de caçadores na residência da família Machado, e também ao incidente com sua amiga Lucila, por isso aquela sua reação na aula. Algo que eu devia ter previsto e a preparado antes. Por isso, também tenho parcela de culpa em todos esses eventos recentes. Mas agora acalme-se e eu explicarei tudo. Sente-se.

— Tá. — Eu ainda estava respirando com força, meu coração batendo loucamente, o gosto de sangue na boca me enlouquecendo...

Joguei-me sobre a cadeira próxima à mesa. Notei o mesmo caixote da aula embaixo dela. A cabeça da menina virada ao contrário, sem um olho, o braço para fora com os dedos quebrados. Meu estômago embrulhou, mas Adam foi mais rápido e esclareceu:

— Vítima é um *construto* meu, Betina. Não é uma pessoa de verdade.

— Ai, céus! — O alívio bateu forte e relaxou toda a minha musculatura subitamente. — Por que diabos não me falaram isso antes?

— A intenção dessa parte da aula da Professora Bahiti é transmitir o máximo de realismo, para que nossas ações sejam verdadeiras, com o mínimo de culpa. Por isso, como seria sua primeira aula de Intimidação, optamos por não lhe revelar a verdade, a fim de tirar e desvendar o máximo de sua sobrenaturalidade perante a Vítima, que é algo que construí especialmente para essa aula. Ela foi meu quinto projeto e o que mais se aproximou da fisionomia de um ser humano normal. Causar desconforto em vocês é justamente o propósito do construto.

Isso explicava o incômodo de todos. Mas eu ainda tinha dúvidas, por isso perguntei:

— E por que nós temos aulas disso? De assustar um boneco?

— Tudo o que aprendemos no Castelo da Noite Eterna é para que possamos usar no mundo real, caso seja necessário.

— Então entendi errado — Eu não pude ver minha cara naquela hora, mas devia estar fazendo mil caretas. — Porque achei que aqui aprendêssemos a sobreviver ao mundo lá fora, que quer nos destruir porque somos diferentes.

— Também.

— Então? — Cruzei os braços.

— Bem, vejamos — começou Adam, levando as duas mãos à boca em forma de triângulo, pensativo. Ficou assim por alguns segundos. — Em 1933, em Salônica, uma das maiores cidades da Grécia — (eu nunca tinha ouvido falar) —, uma jovem sobrenatural mais ou menos da nossa idade foi encurralada por humanos de seu bairro que descobriram o que ela era, então a aprisionaram e começaram a torturá-la...

— Tadinha.

— Eles a teriam matado, mas queriam primeiro a informação da localização de seu ninho, para que pudessem destruir todas as outras também. Por isso, quando soube que seria torturada, ela precisou usar de sua sobrenaturalidade para sobreviver. Assim, então, a jovem revelou suas plumas e mostrou as garras, profetizando maldições, espantando seus captores, que fugiram de medo, o que lhe deu oportunidade de escapar depois.

— Saquei. Então nós fazemos medo pras pessoas quando a coisa apertar pro nosso lado e somente assim?

— Mais ou menos isso. As aulas de Intimidação são importantes para evitar situações de risco e até mesmo para que possamos interrogar algum caçador. Meu construto possui uma escala que nivela a intensidade de medo da intimidação recebida em seu HD. Por isso projetei Vítima para ter comportamento semelhante ao dos humanos, assim saberemos se estamos aplicando um terror efetivo no outro.

— Tá certo. E você escolheu o formato de uma criança pra que isso seja mais difícil pra nós, né? Porque mesmo sendo humano, ainda é uma criança.

— Exato.

— E que tipo de sobrenatural era a tal jovem grega?

— Uma harpia.

— Temos alguma por aqui?

— Infelizmente, não. Acredita-se que todas foram extintas.

Eu não conseguia parar de pensar nessa mocinha harpia que conseguiu salvar seus iguais tendo de se subverter para isso. Ela intimidou outros por instinto. Eu fiz o mesmo para salvar uma suposta criança. Comportamentos opostos, mas com intuitos semelhantes: salvar alguém do perigo. No final, tudo o que nos resta é o instinto. Estaria ele acima da razão e da moral?

— Betina? — indagou Adam de repente.

— Oi?

— Tudo bem?

— Eu... Por quê?

— Está tremendo.

Não havia notado, mas estava tremendo mesmo. Muito. Não era frio, a oficina era um lugar bem quente. O que seria? A sede. Isso, a sede. Sabor de sangue na bile. De vez em quando essa sensação terrível voltava, geralmente após eventos traumáticos, mas em outras ocasiões simplesmente acontecia sem motivo.

Eu precisava de sangue.

— Seus olhos estão vermelhos, suas presas expostas.

— Ai minha nossa! — Levantei exaltada, abraçando meu corpo e fiquei tonta de novo. — O que tá rolando comigo?

— Calma, Bafo de Sangue! — gritou Tyrone subitamente, invadindo o laboratório de Frankenstein e vindo até meu encontro. Ele me abraçou e seu corpo aqueceu o meu. Não consegui me mover por um tempo, em parte porque estava à beira do colapso pela sede, em parte porque fiquei meio sem graça pelo ato dele, em parte porque gostei mesmo. — Você vai ficar bem, Frank?

— Oh, sim. Sintomas da Crise de Sangue. Ela está tendo um ataque.

— Não pedi diagnóstico, mané! — Tyrone rosnou. — Passa aí o remedinho!

— Claro, me dê alguns segundos.

Adam foi até um de seus armários de metal e vasculhou a bagunça, até encontrar uma pequena caixa de madeira. A colocou sobre a mesa e, quando a abriu, notei vários comprimidos vermelhos.

— Cimegripe? — perguntei, batendo os dentes, sentindo a garganta irritada. — Olha, não acho que eu esteja com grip...

— Não. Isto é um fitoterápico feito à base de sangue em conserva — respondeu o menino gênio prontamente. — Guardo alguns aqui, mas não se preocupe, pois temos um largo estoque no...

— Tá, tá, passa aí! — O cigano retirou dois comprimidos das mãos do outro e os colocou em minha boca. Quase o mordi. Peguei um copo de água e consegui engoli-los.

Tyrone me soltou e eu sentei, percebendo a adrenalina baixar pouco a pouco.

Um silêncio chato e constrangedor caiu sobre a oficina.

Revirei os olhos. Dei meu melhor sorriso amarelo.

— Pronto. Relaxem. Tô mais calma.

Eles ainda me encaravam, como se duvidassem.

— Tô. Mais. Calma.

— Ok.

— Uhum.

— Agora, você — Apontei para Tyrone, ele ganiu. — Que diabos foi aquilo de *Betina Vlad*, hein?

— Pô. É coisa do Sr. D. As ordens são para abandonarmos nosso nome humano e assumirmos nosso nome sobrenatural quando *despertamos* e chegamos ao castelo, saca?

— Eu gosto do meu Barbosa.

— Mas ele não diz quem você é. Por isso sugeri o Vlad. Vem de Vlad Tepes. De

Vlad Dracul. É muito impressionante. Seus inimigos vão se mijar todos quando ouvirem! Há! Há!

— Eu sei de onde vem. E não quero ninguém fazendo xixi quando me ver, cara.

— Sou bom com apelidos e nomes, admita. E siga as regras. Se não fosse eu, poderia ser outro, até mais brega. Pense nisso.

Tyrone tinha razão. Provavelmente, Baba Ganush poderia me nomear Betina Querida. Ou Betina Torta de Frango. Adam colocaria Betina Paracelso. Se fosse Madame Vodu, ela me chamaria por Betina Morcego. E Drácula, com certeza, ia me dar o nome de Betina Drácula. Com certeza.

— Eu mesmo tenho por nome humano Tyrone Leoni.

— Ah, é?

— É. Leoni por parte de mãe. Que foi *humana*. Vindo pra cá, assumi o nome do monarca do vale, também conhecido como *meu coroa*. Talbot. — O cigano me deu uma cotovelada, seguida de uma piscadela charmosa. — Vai, larga mão de ser chata, Tina! Cê logo se acostuma.

— Eu espero que sim. — Fiz um bico enorme para combinar com a minha careta. Depois, apontei para o menino gênio, que estava analisando alguma coisa no sistema. — Ei. Cadê minha jaqueta?

Agora que minha raiva havia passado, o frio da madrugada me abraçava novamente.

Não tive resposta.

— Adam?

Ele piscou duas ou três vezes e achei que tivesse dado pane. Então disse, meio abobalhado:

— Oh, sim. Me desculpe, Betina. Eu havia pego seu colete enquanto estava desacordada. — O menino gênio foi até o fundo da oficina e logo voltou com minha jaqueta, enquanto o cigano permanecia ao meu lado, como se cuidasse para eu não fugir dali.

— Colete, não. Jaqueta, cara.

— É praticamente um colete à prova de balas e à prova de outras armas mais perigosas.

— Se você diz. Mas pegou ela pra quê?

— Estava estudando o material que seu pai utilizou para criá-la. É bastante impressionante, para falar a verdade.

— Não enrola, Frank! — grunhiu Tyrone. — Diz logo pra gente o que você descobriu.

— O Senhor Drácula utilizou as fibras da própria capa para fazer esta vestimenta.

— Uau. Então, minha jaqueta aqui é filhote da capa dele? Que poético! — eu disse, enquanto a vestia.

— Cê não sabe, Bafo de Sangue?

— Quê?

— A capa do seu coroa é um organismo vivo, que vive em simbiose com ele.

— Portanto... — Adam começou, levantando o indicador, mas ele não precisou continuar, pois logo a jaqueta se transformou num camisão.

O negócio foi mais ou menos o seguinte: sacando que muitas coisas poderiam rolar somente com a criatividade e a imaginação (como o fato de eu me transformar em fumaça, por exemplo), resolvi testar isso com a jaqueta e pedi, em pensamento, que ela virasse um camisão. Logo algo esfriou no tecido, que se retraiu inteiro, encurtando as mangas, diminuindo a gola e se esticando até os meus joelhos. Os garotos ficaram boquiabertos.

— Maneiro!

— Impressionante, Betina.

— Transforma em maiô agora, pra eu ver uma coisa!

E não é que o tecido também se converteu em luva de boxe?

Diário de Betina, 07/11/17

NOVA MENSAGEM	X

para: diretor@omosteiro.org

de: contatovh1890@omosteiro.org

data: 07 de nov. (há 7 horas)

assunto: Re: Ocorrência 13666 URGENTE

Diretor,

A nociva narrou toda a história dela para mim e eu poderia me arriscar a lhe escrever uma biografia, mas, por enquanto, não cedeu o suficiente para dar a informação que tanto buscamos.

Durante a última madrugada, também recebemos uma inesperada visita de dois clientes, que se revelaram nocivos depois. Vieram em resgate da garota. Um deles era capaz de esticar os membros como se fosse feito de borracha. O outro conseguia disparar raios de energia pelos olhos.

A princípio me questionei como eles haviam descoberto nossa localização. Mas, ao que parece, a garota foi esperta o suficiente para deixar rastros. Ainda que trazida vendada até a base, ela fez crescer rosas negras mesmo no concreto, mesmo nas calçadas sujas e sem vida dessa cidade. Eram como as migalhas de João e Maria, que trouxeram outros monstros até a nossa unidade.

Nossos acólitos e ninjas conseguiram abater o disparador óptico depois de uma longa luta, a qual trouxe perdas para o nosso lado também. Mas o monstro de borracha resistiu e conseguiu chegar até seu propósito.

Como venho me dedicado à investigação da morada do Herege há muitas semanas, eu estava honestamente parado desde a missão em Lahore. Por isso, eu precisava me exercitar e vi no heroico nocivo uma oportunidade para isso.

Lutamos, ele foi bravo e inteligente, mas nunca existiu chance. Depois de derrotá-lo, precisei despedaçá-lo para que não tornasse a se juntar. Eu nem sei se ele poderia realmente fazer isso estando morto, mas eu não quis arriscar. Os dois corpos foram desovados em uma lixeira container. Esta devia ser a tumba de todos os monstros, aliás.

Enquanto isso, decidi deixar a nociva sem água e sem comida. Ela não vai resistir muito tempo assim. E caso venha a resistir, passarei para o uso das facas e martelos.

Maiores informações em breve.

VH.

Clique aqui para Responder ou Encaminhar

15
EU FAÇO MIAU

AS OUTRAS AULAS NÃO FORAM TÃO RUINS ASSIM. Resolvido meu mal-entendido com a Professora Bahiti (que mesmo assim parece ter pego alguma rusga de mim a partir daquele evento), ainda tivemos a disciplina sobre a Psique do Monstro com o Dr. Jekyll, que, por gaguejar demais durante as quase três horas de falação sem fim, que mais pareciam um monólogo e ainda bem no meio da madrugada, fez com que eu dormisse na maior parte do tempo.

Chiara comentou que, apesar de não parecer da primeira vez, as aulas dele eram interessantíssimas e logo eu me iria me acostumar a elas. Torci para que sim.

Em seguida, assistimos a uma palestra gravada em vídeo do Dr. Frankenstein, que esteve presente no TED no mês passado, em que falou principalmente sobre reanimação e das incríveis possibilidades da vida prolongada que seus mais recentes e avançados estudos estavam alcançando. Eu não fiquei surpresa ao ver que Adam não estava presente nessa aula.

Para encerrar, fomos levados ao Salão de Ginástica, onde um homem com quase três metros de altura, seminu e besuntado em óleo, nos esperava em sua postura rígida e imponente. Ele era escuro como ônix, de expressões severas e seu enorme nariz lhe dava um aspecto bovino, mas isso era só eu impressionada. Usava uma sunga prateada, da qual descia um tecido igualmente lustroso até o chão, encontrando seus pés descalços, com um anel em cada dedo.

Na testa, uma pintura branca desenhava formas de chifres, que subiam das sobrancelhas até o topo da cabeça. No peito e braços ele também tinha pinturas espiraladas de branco. Usava ainda um chapéu prateado e extremamente comprido sobre a cabeça, com uma bolota na ponta. Eu nunca tinha visto alguém tão esquisito.

— Baal! — disseram todos ao mesmo tempo, meio que reverenciando o cara. Ajoelharam-se, mais ou menos como se estivessem prontos para algo.

Nessa disciplina os fantasmas não apareceram, logo entendi o porquê.

Saíram todos em disparada, correndo como se fosse por suas vidas, pela longuíssima pista circular. Baal me encarou severamente e resolvi correr também. Eu não estava muito acostumada a exercícios físicos, mas era magra o suficiente para aguentar o tranco (e já tinha lutado com robôs-aranha), por isso logo deixei Chiara, Navas e o menino peludinho para trás, ficando emparelhada com Adam, que corria com as costas eretas (quem corre assim?!). Ele não ofegava nem suava, também pudera!

Como era de se esperar, Tyrone e Lenard estavam anos-luz à frente de todos nós. Mesmo sendo grandalhões e supostamente pesados por conta disso, o lobisomem e o ieti contavam com uma selvageria sem igual e pés ou patas feitos especialmente para correr. Não tinha como competir contra aquilo. No máximo tentar chegar em segundo lugar.

Foi então que a corrida maluca começou. Navas, que estava ficando para trás, resolveu usar seus saltos de sapo e, com isso, fez Chiara e o outro comerem poeira, e após vários impulsos em sequência, me alcançou. Ela protestou, gritando como uma louca, o que me deixou bastante agoniada, enquanto o chifrudo parecia gerar pequenos acidentes usando a flauta pendurada em seu pescoço, de onde cuspia uma fumaça com cheiro de bode molhado.

Comecei a cogitar a possibilidade de transformar a jaqueta-simbionte em um tênis com mola no salto, mas a ideia me pareceu muito absurda e a abandonei. Nesse meio tempo, Tyrone ganhou vantagem sobre Lenard ao assumir uma meia forma de homem-lobo e usar as quatro patas para correr. Ele uivava pela quase vitória.

Adam mexeu alguma coisa no seu relógio de pulso bizarro e de repente tubinhos se projetaram de seus tornozelos, cuspiram faíscas e ele tomou grande velocidade. Eram miniturbinas, que maldito! Navas começou a assumir uma boa posição, quicando loucamente, quando recebeu um golpe invisível pelas costas e se esborrachou contra o chão. Foi aí que eu notei que tinha sido o grito de Chiara, que formava ondas de som poderosas o suficiente para derrubarem um cara daquele tamanho. Ela finalmente me passou, rindo, e o alcançou.

Quando eu o ultrapassei, notei que ainda estava atordoado e perderia posição.

Eu já estava começando a ficar vermelha e sem ar, quando vi Adam parando de repente. Suas turbinas queimaram, assim, do nada. O menino peludinho passou trotando por ele, com um aceno de deboche. O chifrudo havia feito algum encantamento com aquela flauta mesmo, uau!

Assim, Navas e Adam agora eram os últimos colocados. Acontece que os dois não deixaram barato. O rapaz anfíbio logo se recuperou, se emparelhou a mim e então esticou sua língua até que ela grudasse no calcanhar de Chiara, que perdeu o equilíbrio e caiu, puxando ele para próximo dela no acidente. No final das contas, ambos rolaram por metros, até que caíram para fora da pista.

Sem perder tempo e mesmo sem suas turbinas, o menino gênio ainda era rápido, mas acho que ele sabia que não tinha mais como ganhar aquela corrida, por isso retirou um apito da gola e o assoprou. Não demorou para que Bubo, a coruja mecânica, viesse voando do horizonte. A criatura circulou pelos cascos do peludinho até que ele perdesse o equilíbrio e caísse. Adam aproveitou a carona com sua mascote, se pendurando nas patas da ave e seguiu corrida adiante.

Foi quando tive outra ideia. Se tudo ali era permitido, então... Por que não, não é?

Assumi a forma de fumaça e disparei veloz como um jato, sem dó nem piedade, ultrapassando o menino gênio e também o ieti. Acho que foi a primeira vez que me transformei cem por cento consciente do ato, por isso a sensação de liberdade foi maior e mais agradável.

Em todo aquele mundo turvo e escuro que era ser uma fumaça, eu vi Tyrone de relance, ficando boquiaberto enquanto eu o superava, até que finalmente ele se tornou apenas uma bolinha preta lá atrás. A pista diante de mim sumia aos poucos, revelando apenas manchas pela alta velocidade.

Mas e agora, como que eu ia parar?

Depois de realizar duas curvas completas em pouco tempo, vendo todos os competidores como retardatários, eu pensei em frear. Raciocinei isso e de repente a fumaça deu lugar ao meu corpo, que foi jogado para frente com força. Caí rolando e ralando cada parte de mim. Se não fosse pela jaqueta-simbionte, eu teria ficado seminua por ali, porque boa parte da minha roupa de ginástica rasgou. Pensei que fosse desmaiar, mas a adrenalina era maior e fez com que logo eu me colocasse de pé.

Tomei um comprimido para saciar a vontade de sangue.

Uma enorme sombra se projetou. Baal se aproximou, com seu sorriso cinzento. Achei que fosse me devorar, mas ele apenas me deu um biscoito da sorte e disse, com sua voz de profundezas da caverna:

— Parabéns, Betina Vlad. A vitória de hoje lhe pertence.

Minutos mais tarde, próximo à arquibancada, Tyrone e Adam vieram me dar os cumprimentos. Achei meio bobo aquilo, afinal eu nem sabia por que estava correndo e competindo, mas aceitei as parabenizações de bom grado. Ninguém tinha se machucado pra valer, já que, como sobrenaturais, além de grande resistência, nossa recuperação era realmente mais acelerada.

— Então temos um deus pagão entre os professores, quem diria! — Eu disse.

— Baal foi adorado como deus na antiguidade, entre vários motivos, também por ser um sobrenatural bastante atípico, fisicamente falando. Mas ele é tão divindade quanto eu sou humano.

— Hum... Saquei.

— Minha Santa Sara Kali, Bafo de Sangue! — Riu o cigano, enquanto sorvia um *squeeze*. — Cê tirou minhas duas vitórias invictas desde que entrei pro castelo!

— Vá se acostumando, Bola de Pelo, que eu não vou deixar barato daqui em diante. — Sorri.

Eu estava muito cansada, era verdade, mas aquela maluquice toda me fez realmente bem.

Olhei ao redor e vi meu pai me aplaudindo de um assento distante, com um sorriso bobo. Desviei o olhar e notei Lenard massageando as costas de Chiara, como se aquilo fizesse parte da rotina de ambos (tipo o pajem e seu patrão). Do outro lado, o garoto peludinho (descobri que se chamava Gregory e era um fauno, veja só) discutia com Navas sobre a ida de Neymar para o Paris Saint-Germain, seja lá o que isso significasse.

Não demorou para que Baal nos passasse mais exercícios físicos, algo que durou por mais três horas, ai céus! Pelo menos dessa vez ninguém precisava matar ninguém, só puxar ferro mesmo, fazer abdominal, essas coisas *fitness*.

Quando a aula terminou, eu corri para um demorado e quente banho (que ficou gelado por alguns segundos, depois normalizou). Ao sair do chuveiro, vi que tinha uma mensagem no espelho embaçado de vapor. Forcei a vista e consegui ler.

NÃO CONFIE NO ASSASSINO

Yürei entrou quando eu estava no banho? Ai, céus!

Revirei os olhos. Não era noite para interpretação de texto. Vesti o roupão e encontrei Drácula sentado sobre minha cama-caixão.

— Você se saiu muito bem hoje, Betina. Estou orgulhoso.

— Obrigada, Drácula.

— Nada de "pai" por enquanto, pelo visto, hum? — Ele levantou as palmas das mãos num gesto sutil, se detendo. — Sem problema. Tudo ao seu tempo.

O silêncio durou longuíssimos dez segundos e achei que o papo fosse descambar para o clima e o tempo, se ia chover ou não.

— Então, esta é sua amiga morta pelos inquisidores? — Ele perguntou, levantando Lucila pelos cabelos. Ela parecia dormir, por isso não percebeu.

— Qualé, cara! Não pega ela assim.

— Desculpe. — Drácula colocou a cabeça de volta no criado-mudo e afastou a poeira dos cachos dela com as mãos. — Você tem de limpá-la melhor, hum?

— Do que precisa?

— Saber se você gostou do presente...

— Sim. Valeu! A jaqueta é estilosa e muito útil.

— ...e perguntar se você já assumiu sua *forma feral*?

— Quê?

— Ao que parece, não. Bem, vou lhe mostrar.

A luz oscilou por um instante. Então, os lampiões do quarto se apagaram de repente, nos deixando completamente no breu. Em seguida, toda aquela escuridão foi sugada pelo corpo do Drácula que, teatral como sempre, estava de braços abertos, os olhos fechados em uma expressão de superioridade. Fiquei com calafrios e recuei.

Ele explodiu em névoa e assumiu a forma de um morcego grande como um condor.

— Mas que diabos!

Meu pai batia as asas com dificuldade, já que o quarto não foi projetado para um zoológico. Outra explosão de névoa e ele agora era um lobo do tamanho de um cavalo. A transformação foi tão exagerada que minha cama-caixão caiu. Era impressionante e assustador ao mesmo tempo.

Por último, ele se transformou em uma coruja que, acredito eu, tinha a medida normal de uma coruja mesmo. Então voltou ao normal, meio trôpego a princípio, mas logo recuperado, apoiando-se em sua bengala.

— Compreendeu, hum?

— Olha que bagunça! — Foi a primeira coisa que consegui dizer, enquanto ele me ajudava a colocar a cama de volta no lugar. — Achei bem louco isso. Você já tinha comentado sobre essa possibilidade, mas agora eu entendi.

— Ótimo. Sua vez.

— Ok. — Revirei os olhos e comecei a me concentrar. — Mas vou virar que bicho, hein?

— Quando me tornei um vampiro, séculos atrás, e estando impedido de me aproximar do sol, pensei em situações em que eu precisasse me esgueirar sem ser notado, de fugir ou alcançar algo e alguém de outras maneiras, por isso desenvolvi a técnica feral. Escolhi os tipos de animais noturnos. E como já havia comentado antes, somente eu posso assumir qualquer desses tipos. Os demais vampiros só conseguem uma única criatura e você vai descobrir assim que se transformar.

— Saquei. E é como virar fumaça?

— Mais ou menos. É mais parecido com a meditação. Tente ao máximo limpar os pensamentos, esquecer de tudo ao redor. Em algum momento, a sombra irá até você. O restante você deixa com seu instinto.

Assenti. Eu já havia meditado duas ou três vezes, ou algo parecido com isso, quando precisava desestressar no meu quarto do Lar das Meninas após uma prova chata ou alguma provocação de aluno. Aquilo não seria difícil para mim, pensei, mas é claro que eu não consegui de primeira. Nem de segunda, terceira, sétima, décima. Ainda que ficar parada pudesse parecer simples, o esforço de limpar a mente e me entregar à selvageria exigiu muito de mim e logo eu estava exausta. Tentei pela última vez.

Em um primeiro momento, foi como das outras tentativas. Uma calmaria no ambiente, o silêncio na mente, a paz de espírito. Eu inspirava e expirava. Algo tocava meus pés e logo recuava. Insisti. A coisa tocou meu dedão, depois subiu pela minha perna, até que senti como se estivesse sendo coberta por aquilo, ora quente, ora frio, e me reconfortava como um abraço de mãe. Estava leve, algo diferente em mim.

Drácula parecia bem maior agora, mas minha visão era como nos filmes da Hammer de 1930: tudo em preto e branco.

Ele retirou um pequeno espelho de mão da gaveta do criado-mudo e colocou diante de mim. Ali, eu vi um felino preto adulto, de olhos amarelos e apenas uma mecha branca no topo da cabeça, ao lado de uma das orelhas pontudas. O rabo era enorme!

Meu pai me afagou e honestamente achei aquilo muito bom. Comecei a ronronar e de repente notei que estava esfregando em sua perna, então parei.

Que coisa ridícula, ai céus!

— Mas é claro, não poderia ter sido outra coisa — concluiu Drácula com um sorriso. — Você é uma gatinha.

— Eita! — eu disse, mas o que saiu foi *miau*.

Diário de Betina, 07/11/17

16
NÓS BISBILHOTAMOS OS ADULTOS

EU ACABEI ME AFASTANDO DE TI NOS ÚLTIMOS DIAS, QUE-RIDO DIÁRIO. Mas você não perdeu nada de mais. Estava bastante ocupada com as aulas de sempre e algumas outras novas, como Estudo das Espécies (os humanos!), Alquimia Especulativa, Religião e Preconceito, e a mais comum de todas, Redação.

Também fizemos outra visita n'O Rancho, onde passamos uma tarde com Sir Karadoc, que nos colocou para carpir! Foi bem engraçado ver Chiara Keli descer do salto de vez em quando para suar um pouquinho, mesmo que Lenard tenha feito a parte mais trabalhosa com a enxada. Outra coisa divertida foi que Karadoc passou o tempo todo grunhindo, mas eu não entendi bem sobre o que ele reclamava. De vez em quando ouvia-se um "Maldição".

Tyrone sussurrou que era algo relacionado à maldição de cavaleiro em javali pela bruxa Hecate e que ele detestava bruxas e feiticeiros com todas as forças. Por isso passava dia e noite praguejando sem parar.

Na aula de ginástica, Adam teve o ombro direito deslocado, mas logo ele mesmo o reparou com uma chave de fenda. O grande vencedor da corrida foi novamente o lobisomem, com Lenard em segundo e o menino gênio em terceiro, por pouco. Nos bastidores, comentavam que as Gêmeas esquisitas não participavam porque, quando juntas, eram capazes de quebrar a barreira do som e correr em velocidade inigualável.

Descobri que se chamavam Macha e Morrigan e eram um tipo de... *fada*!

— Mas e quando elas ficam separadas? — perguntei.

— Elas nunca se separam!

De volta à aula de Intimidação, procurei abstrair a aparência infante de Vítima e fiz o que pude para assustá-la, mostrando minhas presas e até me transformei em gata (o que gerou certa comoção na sala, com exceção da Professora Bahit, que fingia não me notar). Mas o resultado final foi um fiasco, pois a construto achou bonitinho e começou a me afagar. Nessa disciplina, os fantasmas sempre tiravam as maiores notas.

No Salão do Pesadelo, enfrentei novamente os dois médicos, Dona Edna e o Sr. Machado, além de Cunha, o cão. Suas projeções eram impressionantemente realistas, a não ser pela brancura translúcida. Recebi vários cortes dos doutores do mal, mas ali minha forma feral fez mais efeito, porque consegui me esgueirar pela escuridão e voltar ao normal, para atingi-los por trás.

O Sr. Machado não foi tão fácil, pois era muito forte. Nada que uma cada vez mais aprimorada versão Betina-fumaça não resolvesse. Deixei a Dona Edna e Cunha, o cão, por último. Adorava surrá-los e confesso que passei a frequentar mais o Salão do Pesadelo só para ter essa oportunidade repetidas vezes. Cogitei levar a cabeça de Lucila para assistir, mas não me autorizaram, poxa!

Certa noite, eu e Adam tivemos nossos nomes escritos na parede ao mesmo tempo, e depois de jogar Dona Edna pelos ares pela enésima vez, vi Adam sofrendo na mão de um grandalhão com punhos de marreta. Era quase uma versão adulta do menino gênio. Então, compreendi.

A *criatura*. Era o primeiro filho do Doutor Frankenstein.

Quer dizer então que Adam tinha problemas com o irmão mais velho? Ele nunca havia comentado isso comigo. Era bem reservado em assuntos familiares. Não ousei perguntar. Não ainda.

Ficamos sem a lição de Ciência Inumana na última noite, porque o Dr. Jekyll havia sido chamado às pressas para uma reunião emergencial dos tutores, por isso encerramos mais cedo. Também notei uma movimentação estranha de Baba Ganush, que parecia apressada em seus afazeres na cozinha.

Fui chamada de canto por Tyrone enquanto lanchava.

— Psiu, Bafo de Sangue.

— Fala.

— Me encontra na biblioteca em meia hora. É importante. — E partiu.

Meu coração ficou saltitante de repente. Tentei afastar qualquer tentação da cabeça naquele momento e, assim que terminei de lanchar, corri para o quarto dar um tapa no visual. Passei um batom vermelho que era um arraso, borrifei um pouco do Ekos Moça, coloquei minha meia-calça preta e um vestido gótico básico, numa pegada meio Vandinha Addams, sabe?

Saí pelo corredor em meia-luz, ouvindo o coro fantasmagórico agora mais próximo. O hino estava agitado e perturbador, como se fossem lamúrias. O arrepio começou na base da espinha e subiu até a nuca. Acabei me perdendo pelo caminho e achei estar sendo observada do escuro. Olhei por cima dos ombros, mas não havia ninguém. Era só eu impressionada, é claro.

Demorei a encontrar a torre que levava para a biblioteca e levei mais tempo ainda para identificar Tyrone no mar de histórias, com tantas estantes empilhadas, com fantasmas ocupados e imersos em seus livros. Vi um vulto numa das últimas mesas ao fundo, mas fui puxada para um canto escuro de uma estante de repente.

Era ele, me encarando a poucos centímetros de distância, seu hálito de enxaguante bucal misturado com sangue invadindo minhas narinas, com uma expressão bastante animada. Suas mãos estavam firmes contra meus braços. Eu não esperava uma investida daquelas tão cedo. Respirei fundo, enquanto meu rosto ardia e procurei não tremer.

Então, finalmente ele me disse:

— Quê?

Não era bem o que eu estava esperando.

— Que o quê?

— Que cê tá fazendo com essa roupa? — Ele levou as mãos à cintura, com uma cara de bobo. — Tá rolando alguma balada secreta aqui no castelo e eu não tô sabendo?

— Não, n-nada disso. — Não era hora de ficar nervosa, Betina. Por favor, vai. Desvencilhei-me dele. — Eu, eu só quis me vestir assim, tá bom?

— Beleza. Foi mal.

— Você me chamou aqui. Por quê?

— Porque tá rolando algo de estranho no castelo hoje.

— Sempre tá rolando algo estranho por aqui, cara.

— Mas agora é diferente. Olha, ele vai te explicar melhor.

Tyrone estalou os dedos e Adam surgiu por detrás de outra estante. Ele parecia concentrado na leitura da Ilíada em uma mão, enquanto que a outra estava enfiada no bolso, tudo bem performático.

— Algum baile de gala, Betina? — O menino gênio perguntou, sem tirar os olhos do livro.

— *Ai*! Não, meu! O que você tem pra explicar?

— Oh, sim. — Ajustou os óculos calmamente sobre o nariz torto. — Percebemos uma movimentação atípica no castelo hoje e Tyrone sugeriu que investigássemos melhor. Já que reuniões entre tutores são raras por aqui e podem significar que algo grave está acontecendo, que talvez nos interesse.

— E se não for da nossa conta, hein? — perguntei um pouco acima do tom e alguns fantasmas pediram silêncio. Algumas cadeiras se moveram sozinhas, coisa e tal. — Eles são adultos e devem estar se reunindo pra definir qual será a merenda da semana que vem. Ou discutir a nota de algum monstrinho, sei lá!

— Qualé, Bafo de Sangue! Isso não é uma escola!

— Improvável, Betina. — O menino gênio virou uma página da Ilíada e seguiu com sua leitura, enquanto falava conosco. — Foi o seu próprio pai quem convocou todos os tutores do castelo para uma reunião de emergência. Algo importante está acontecendo neste momento.

— E por que precisamos saber o que é? Se for algo grave, eles vão nos dizer.

— Nem sempre — grunhiu Tyrone com uma expressão sombria. — Mas eu tenho audição aguçada e escutei uns burburinhos entre a madame e a professorinha pelos corredores. E parece que tem algo a ver com *você*.

— Tipo? — perguntei, cruzando os braços.

— Tipo o seu resgate, saca?

Perguntei por mais detalhes, só que ele não tinha escutado o restante da conversa, por isso queriam investigar melhor.

— Cara, o que ele tá fazendo? — perguntei irritada e mais alto do que gostaria. Os fantasmas voltaram a protestar. As luzes da biblioteca oscilaram por um instante.

— Lendo. Me entedio fácil se for fazer apenas uma atividade. Mas me desculpe. Já terminei o capítulo aqui, continuo depois. — Fechou o livro colossal, deixando a poeira se espalhar.

Atchim!

— Tá certo, garotos. Eu aceito xeretar sobre o assunto, mas é porque agora vocês me deram um motivo pra isso. Quais os motivos de vocês?

— Na real? — começou Tyrone, sem esperar pela resposta. — Tô atrás do meu coroa bem antes de vir pro castelo. Desconfio que essa reunião pode me dar alguma pista.

— No dia em que você foi trazida para o nosso castelo, eu acordei *diferente* — disse Adam, olhando para os pés, um pouco perturbado. — Mesmo que eu seja quase humano, ainda não o sou. Minhas lembranças ficam armazenadas em placas de memória embutidas no meu HD. E tenho motivos para acreditar que alguém mexeu... mexeu com a minha cabeça.

— Que horror, cara! Isso é muito invasivo!

— Sim, Betina. Mas se eles extraíram algo de mim, foi para que eu não me lembrasse e, assim, o segredo deles fosse preservado. Há mais mistérios nessas paredes do que blocos de pedras.

— Também acho! — eu disse, estimulada. — Como vamos fazer?

— Tubulação — respondeu o cigano.

— Fala sério.

— Tô falando. Adam e eu não cabemos. Vai ter de ser você, Bafo de Sangue.

— Fique com isto — O menino gênio me entregou um aparelhinho para colocar no ouvido. — É uma escuta que eu construí hoje cedo, com saída e entrada de som. Tudo o que você ouvir, nós ouviremos. — Eles apontaram para suas respectivas orelhas, onde havia um ponto em cada uma.

Saímos da biblioteca. Adam nos guiou pelo corredor até o almoxarifado. Ali havia uma entradinha para a tubulação, lugarzinho maldito onde provavelmente só passariam ratos, crianças ou caveiras como eu. Cogitei assumir meu lado feral, mas eu ainda não controlava bem a forma de gato, então descartei a ideia.

Eles me ajudaram a subir. Com cuidado, empurrei a tampa de metal e entrei. A tubulação fedia a vassoura molhada e escaldada em óleo de peixe. Se eu soubesse que ia me esgueirar num cubículo grudento e sujo, não teria colocado meu melhor vestido.

Adam Frankenstein conhecia quase toda a arquitetura do castelo, por isso foi me guiando pelo ponto — "à esquerda", "esquerda novamente", "agora vire à direita, Betina" etc. Não demorou para que eu chegasse na parte da tubulação que dava para a Sala da Lareira. Através da tampa com furinhos, eu observei a movimentação que rolava lá embaixo.

Drácula encarava as chamas da lareira com preocupação, segurando uma taça de vinho com uma mão e a bengala com a outra. Ele estava imponente com sua capa vermelha cobrindo-o quase por completo, arrastando pelo tapete cor de oliva. A "mãe" da minha jaqueta-simbionte ondulava sozinha e vez ou outra devorava um rato que passava por ali.

Num canto do cômodo, havia um relógio pedestal de cordas, todo trabalhado em mogno, imponente. Eu nunca tinha visto um desses pessoalmente! Os ponteiros indicavam 11:55.

No centro da sala, os móveis foram dispostos de maneira circular, provavelmente para todos ficarem em igualdade. Na poltrona bordô da direita, com as mãos traçadas sob o queixo, sentava-se o Dr. Henry Jekyll, agora trajando um paletó de *tweed* marrom bastante elegante, com a cartola sombreando o rosto cheio de nervosismo. Na poltrona amarela à esquerda, a Professora Bahit sugava um narguilé, que dominou o ar com um cheiro doce.

Um sofá azul em forma de "U" dava continuidade ao círculo, onde os demais se acotovelavam. Numa ponta, a Madame Vodu toda maravilhosa com um vestido longo de linho cinza e flores estampadas na borda. Seu turbante hoje era azul com riscas amarelas.

Ao seu lado, o estranho Renfield sentava-se reto e desconfortável, como se estive constipado, comendo suas lesmas e moscas de um potinho com molho *curry*. No centro do sofá, um pequeno aparelho projetava um holograma verde, que depois identifiquei como sendo a cabeça de Dr. Victor Frankenstein, que, mesmo a distância, achou uma maneira de participar daquela reunião.

Os outros dois lugares estavam vagos.

Baal estava sentado no chão logo atrás do sofá e sua cabeça encostava no teto. Era o que parecia menos preocupado. Apoiado na janela ao lado, uma figura que não reconheci encarava a Floresta Nebulosa lá fora, tão perdido em pensamentos quanto meu pai com o fogo. Usava um chapéu Pralana marrom que ocultava seu rosto barbado. As roupas estavam meio surradas, com aspecto típico de um viajante. Ele foi o primeiro a falar, depois do que imagino que tenha sido um longo silêncio desde que eu havia chegado ali.

— Não. Não. Não podemos arriscar tudo assim. — Sua voz era grossa, rouca e familiar. — Perdemos uma cabeça, mas não sacrificamos o corpo.

— Este lema está ultrapassado, Caninos — disse Tafari.

— A-Acalmem-se. Ainda te-temos opções.

— Meu colega doutor tem razão — falou a voz sintetizada de Dr. Frankenstein. Na escuta, o silêncio de Adam dizia mais do que qualquer reação.

— Estou com Caninos. — Foi a vez da Professora Bahit, enquanto cuspia círculos coloridos de fumaça no ar.

Drácula suspirou longamente, mas continuou em silêncio. Renfield espirrou. A professora continuou:

— Não fico feliz com a decisão, mas é o certo a se fazer.

— Isso ainda não é uma decisão, Bahit!

— Ora, senhora Mashaba, acredita mesmo que uma condenada como ela teria qualquer chance?

Ela? Ok. Estavam se referindo a uma mulher. Até que enfim algo começava a fazer sentido nessa conversa maluca. Continuemos.

— Eu acredito que ela é uma alma que se perdeu, como qualquer uma das outras crianças, e precisa ser resgatada com o mesmo empenho.

— Você é muito otimista, minha velha amiga — disse o homem de chapéu, a quem eles se referiam por Caninos. — Tanto tempo depois, ela já deve estar morta!

— Eu duvido.

— Mas não é esse o problema — interferiu Frankenstein. — Não vejo o resgate dela como a questão desta reunião. E sim a revelação de informações e outros de nossos sigilos.

— Si-sim. Provavelmente eles a tor-tor-torturaram antes de m-matá-la. — As mãos de Dr. Jekyll começaram a tremer. — E cre-creio eu que, a essa altura, a I-Inquisição Branca já saiba do no-nosso esconderijo!

— O castelo não é um esconderijo. É o nosso lar.

— Lar, esconderijo, refúgio, chamem como quiserem. Se os inquisidores descobriram nossa localização, tudo vai ruir!

— Ela não nos entregaria.

— Já fui torturado por eles uma vez — Caninos falou sombriamente. — E não só eu, não é, Morcego? — Drácula continuava impassível. — Guardo as cicatrizes até hoje e vejam bem, depois de fazer o que eles fazem conosco, qualquer um abre a boca.

— Pode até ser. Mas já se passou mais de um mês. Se eles tivessem descoberto nossa localização, por que ainda não invadiram?

— Ora, Frankie! Estratégias, meu caro. Estão armando o cerco, preparando pra nos atacar. Vão nos pegar desprevenidos. Enquanto conversamos aqui, eles já podem estar queimando o castelo.

Tafari balançou a cabeça com um sorriso nervoso; Bahit revirou os olhos; Renfield espirrou. Eu acho que ele era alérgico a narguilé.

O relógio agora indicava 00:00.

A porta se abriu e Baba Ganush entrou arrastando seus Crocs azul-bebê, empurrando um carrinho de metal com taças, uma jarra, porções de carne e outros petiscos, que foram colocados sobre a mesinha de centro, ao lado da garrafa de vinho que já estava por ali. Ela estava nitidamente triste. Caninos saiu da janela e foi até ela, lhe dando um abraço demorado e reconfortante.

— Compreendo e posso sentir sua dor, minha cara! Mas o que foi, foi e não pode voltar atrás.

— Obrigada, querido. — Sua voz estava trêmula, como de alguém que chorava por longas noites. — Sei que vocês farão o melhor nessa situação.

— Faremos, sim. Agora sente-se conosco. Vamos lá!

A governanta sentou-se ao lado da projetação de Frankenstein e o homem de chapéu ficou ao lado dela, oposto à extremidade onde Tafari se sentava.

— O trouxe consigo?

— Oh, sim — respondeu Baba Ganush. — Pode vir agora.

Batuques ressoaram no corredor além da porta. Alguns pareciam curiosos e apreensivos, enquanto que outros, como Tafari e Baal, ficaram mais confiantes de repente.

Das sombras, Sir Karadoc se projetou.

— Mas o que significa isso? — protestou a Professora Bahit, visivelmente alterada.

— Eu achei que ele estivesse banido — disse Frankenstein.

O Cavaleiro Porco havia tomado banho. Seu costumeiro macacão enlameado agora dava lugar a uma cota de malha lustrosa e feita na medida para seu lombo, com ombreiras de ferro gastas pelo tempo. Usava calças de couro, que deixavam seus cascos livres, e um elmo projetado para seu formato de rosto. Nas costas, pendia uma espada que tinha quase o seu tamanho.

— Cala a boca, cabeção verde! — grunhiu Sir Karadoc.

— Olhe os modos, querido! — alertou a governanta.

Tafari e Baal seguraram a risada.

— Já entendi a coisa toda! — disse Caninos. — Chamaram você para que resgatasse a garota?

— Isso aí! — O suíno cruzou os braços e encarou meu pai, desviando dos demais olhares.

— Na-não acredito que o resgate da-da garota ainda s-seja uma pauta. Pensei que ti-ti-tivéssemos preocupados em s-salvar o ca-castel...

Foi a segunda vez que citaram "garota". Então não era uma mulher e só de pensar que alguém da minha idade, ou até pior, mais nova, pudesse estar passando algum apuro na mão dos inimigos, começou a me apavorar. A tentativa de assassinato que sofri em Cruz Credo me voltou à memória com tudo de repente. Limpei o suor da testa, lambi os lábios e tentei me focar naquela conversa novamente.

— Uma coisa não exclui a outra, xará! — Sir Karadoc se ajoelhou no centro da Sala da Lareira e colocou sua espada sobre o tapete. — Estou preparado para a missão, milorde.

— Você conhece os riscos desse resgate, Sir? — perguntou a Madame Vodu.

— Sim. Não temo a morte. Temo daqui a pouco ter mais habilidades com a enxada do que com a espada se ficar muito tempo sem utilizar a Rachada aqui — Acredito que ele tivesse se referindo ao nome de sua arma.

Alguns riram, outros continuaram nervosos.

— Certo. Mas, antes de qualquer decisão, falta um.

— Não falta. — Tafari levantou uma aliança de ouro e mostrou para os presentes. — Precisei trazê-lo até aqui também.

Fui tomada por um frio súbito. O ar saía gelado da minha boca. Os pelos da nuca arrepiaram e eu fiquei terrivelmente agoniada.

Um forte vendaval irrompeu pela janela e invadiu a sala, apagando as chamas da lareira. Os lampiões oscilaram e ficamos no escuro por um momento, até que a luz fosse restaurada, junto do fogo da brasa. Eu pisquei para entender o que estava acontecendo e algo piscou no centro da sala. Era como uma tela de TV com defeito, sabe? Então, a janela e também a porta por onde Sir Karadoc adentrou se fecharam com força.

Um homem surgiu, meio translúcido, vestindo uma roupa de gala preta, com uma camisa branca por baixo e sobre as costas uma capa também preta, mas mais modesta que a do meu pai. Ele usava uma máscara branca sem detalhes que lhe cobria todo o rosto, apenas com buracos para os olhos.

— O que tá acontecendo por aí, Bafo de Sangue? — A voz de Tyrone se fez em meu ouvido.

— Acho que agora chegou um fantasma para a festa do monstro maluco — murmurei.

Dr. Henry Jekyll ficou bem sobressaltado, levantando-se e sentando-se sobre a poltrona, até que se aquietou. O Cavaleiro Porco ignorava a presença da entidade. Professora Bahit e Dr. Frankenstein pareciam bastante surpresos com a situação, enquanto que Madame Vodu estava mais feliz do que nunca.

— Oh, Erik, querido! Há quanto tempo, que saudade! — Tafari foi em sua direção e o abraçou. Mesmo o cara sendo um fantasma, não foi atravessado.

— Mas o que é que você está fazendo com esta aliança, *ma chérie?* — perguntou bem baixinho.

— Você a deixou a meus cuidados décadas atrás antes de partir, já se esqueceu? — Ele tentou recuperar a aliança, mas ela o afastou com delicadeza e fez que não com a cabeça. — Olha, eu compreendo que as memórias no plano espiritual vão se esvaindo com o passar do tempo, por isso vou perdoá-lo por esse questionamento, tá bom? Mas o importante é que esta aliança agora virou seu *totem* e é a minha única maneira de invocá-lo.

— Compreendo — sussurrou o fantasma, cabisbaixo. — É que ela pertenceu a Christine e eu...

— Não falemos dela agora, meu querido. Temos questões maiores aqui.

Erik cumprimentou a todos com acenos respeitosos e depois se colocou ao lado de Caninos. Os dois pareciam velhos conhecidos, pois não paravam de mexericar. Consegui escutar pedaços de algumas coisas:

— ...difícil como sempre. E cheguei faz poucos dias.

— *Je comprends et je suis vraiment désolé, mon cher.*

— Tranquilo, eu supero. Mas e você, tava por onde, meu velho? Por favor, responda no nosso linguajar sobrenatural, para que esse papo não soe suspeito aos demais.

— *Je pardonne.* Antes de *notre ami* me convocar, eu estava assistindo Cats.

— Aquele musical?

— *Oui.*

— Presencialmente?

— *Oui.* Está acontecendo agora mesmo, em Singapura.

— Você nunca deixa de me surpreender, Erik! — E caiu na gargalhada.

Foi aí que eu saquei que o tal do Erik sempre falava cochichando. Deu vontade de rir também.

— NUNCA O SOL. — Drácula finalmente bradou, botando a banca na geral.

Os demais repetiram. Parecia um lema.

— Agora que o Clube da Meia-Noite foi reunido, nós precisamos tomar uma decisão. — O vampiro se virou de maneira imponente para todos, que ficaram em silêncio. — Esqueçam o detalhe da nossa localização. Há séculos que a Inquisição Branca tenta descobrir, sem sucesso. O Castelo da Noite Eterna está em território ocultado pela névoa e é quase impossível encontrá-lo. Temos também o *encanto*. Quem sai daqui e fica distante por muito tempo, esquece como voltar. Por isso, mesmo que ela fale, eles não vão nos encontrar.

— Que seja — resmungou a Professora Bahit. — Mas lembrem-se: a garota *pediu* para ser aprisionada. Ela sabia que representava um grande perigo, inclusive para nós.

— Da mesma forma que ela *pediu* para participar do resgate da minha filha, hum?

— Temos um conflito de personalidade, então? — questionou Frankenstein. — A refém é perigosa e heroína ao mesmo tempo e agora o Clube da Meia-Noite vai despender recursos e esforços para salvá-la.

— Vamos sim, mas principalmente porque ela é uma de nós e nunca abrimos mão de um sobrenatural. Ainda mais se ele for jovem — disse Tafari seriamente.

— Só afirmei que é um investimento de risco. Não vou discutir isso contigo.

— Claro que não vai. A questão fica mais fácil para quem abandonou o próprio filho e nem sequer liga para perguntar como ele está.

— Isso não é verdade! — O holograma se distorceu por um segundo. — Você não sab...

— Senhoras e senhores, por favor. — Baba Ganush chamou a atenção dos dois como se fosse uma avó.

Fiquei um pouco preocupada com o modo que o Adam poderia reagir ouvindo aquilo tudo.

— Olha, pessoal, uma coisa é sairmos resgatar jovens sobrenaturais por aí. — Caninos se levantou, quase como se pedisse por atenção. — Outra coisa é invadirmos território inimigo para salvar um de nós. Já vimos isso no passado e sempre acabou em sangue.

— S-sangue so-sobrenatural — completou o Dr. Jekyll. Ele retirou uma cápsula de seu paletó e era muito semelhante ao comprimido que o menino gênio havia me dado da outra vez. Ele engoliu com ajuda de água e logo sua tremedeira parou.

— O que me surpreende é que estejamos discutindo esse resgate *somente* agora. — Baba Ganush suspirou tristemente. — Como foi possível não pensarem nisso durante todo esse período?

— Na verdade, o resgate dela foi uma prioridade para mim, Baba — disse Drácula, a encarando respeitosamente. — Na mesma noite em que Betina foi trazida até nós e recebi a informação sobre a garota, tratei de pedir a Browning e Whale, que estavam fazendo uma inspeção no Chile, que investigassem sobre seu paradeiro. Naquela semana, eles enviaram uma mensagem de que a localização dela era em uma unidade improvisada da Inquisição Branca em São Paulo. Os dois tinham planejado invadir o local na madrugada e resgatá-la. Por isso, assumi a forma feral, viajei pela Correnteza de Sombras e segui até lá como morcego, mas o que encontrei foram os corpos deles retalhados sobre uma lixeira.

— Meu Deus!

— Por Darwin!

Madame Vodu levou a mão à boca e começou a soluçar enquanto chorava. Renfield lhe deu tapinhas nas costas. Pela reação de todos, subentendi que somente ela tinha conhecimento desse ocorrido, além do meu pai.

— Que-que-quem?

— Van Helsing — disse Tafari e o nome congelou a minha espinha. É claro, eu conhecia o personagem dos livros, mas aqui ele surgia em contexto diferente e nada bom. Nada bom.

— Minha Santa Sara Kali! Cês tão falando sério? — resmungou Tyrone no meu ouvido, quase gritando. — Um inquisidor matou dois monstros que só quiseram salvar aquela mina? Filho da p...

— Van Helsing não é um mero inquisidor, Tyrone. — Adam estava sério. — Ele é um dos guerreiros de elite que recebeu treinamento especial pelo Mosteiro. Van Helsing integra a equipe dos Quatro Cavaleiros da Umbra.

— Mas que diabos! — Comecei a respirar com dificuldade de repente. Passei a inspirar e expirar vagarosamente para que aquilo não piorasse. Tafari continuou:

— O Morcego viu Van Helsing naquela unidade e concluiu que ele era o responsável pelo assassinato, mas como feral não pôde fazer nada.

— Browning e Whale se sacrificaram para salvar a garota, por isso eu interrompi as ações e resolvi reabrir este conselho para pensarmos em uma melhor estratégia. E não errarmos novamente — concluiu Drácula com pesar.

— Me perdoe, milorde, mas os dois pereceram porque não eram guerreiros. Eu sou. — Sir Karadoc levantou sua espada, que realmente tinha uma rachadura na lâmina. O brilho das chamas sobre Rachada a deixava com um ar perigoso.

— Por isso o convoquei, Sir.

— E-então a tré-tré-trégua...

— Ela acabou. Sim.

— Serei sincero com todos — Drácula caminhou coxamente até a mesinha de centro, despejou mais vinho até a borda da taça e virou tudo goela abaixo de uma vez. Só então continuou: — Nossa trégua se encerrou no momento em que eles descobriram que Betina, além de ser uma sobrenatural, era a minha filha.

Engoli em seco.

— Talvez a trégua tivesse se mantido se Betina não despertasse a sobrenaturalidade dela, Morcego. Afinal, me pareceu que alguns deles já desconfiavam da herança de Betina desde o seu nascimento, mas não a viam como risco até que despertasse. — Tafari complementou.

— Se isso fosse verdade, minha cara, eles já a teriam matado desde o berço e não correriam o risco de esperar o despertar dela.

— Mas, Caninos, se eles a tivessem assassinado, já não estariam quebrando a trégua?

— Isso me parece irrelevante — Frankenstein interferiu. — Tanto faz a época em que descobriram a identidade da Senhorita Vlad. A questão é que ela foi descoberta e a nossa trégua com a Inquisição Branca se encerrou.

— Minha filha não foi o único motivo pela quebra de trégua — Drácula respirou profundamente e virou outra taça, mas parecia inabalável contra os efeitos do álcool. — Ao mesmo tempo em que Betina se revelava para o mundo, algo ainda mais grave ocorreu. Um sobrenatural chacinou vários humanos em uma comunidade em Cardiff.

Baal levou uma mão à testa, Renfield engasgou com um verme, Frankenstein parecia pálido em sua projeção verde, enquanto que Sir Karadok suava como um porco.

— Isso me parece muito, muito mais grave! — atestou a Professora Bahit. — O acordo de nossa trégua com os inquisidores era justamente a de "não matar". Do nosso lado, tentaríamos fazer com que outros sobrenaturais não caçassem nem matassem humanos. E eles, por conta disso, não nos caçariam e ficariam vigilantes quanto a qualquer nova chacina. Agora, com isso, tudo ruiu. Uma nova guerra pode começar a qualquer momento.

— Uma coisa levou a outra — grunhiu Caninos, bastante perturbado. — Betina desperta, um monstro mata, a trégua acaba e, com isso, a outra garota é sequestrada. Eu não me preocuparia com uma guerra agora, mas com uma nova Caçada Selvagem, com certeza.

— Meu Deus!

— Acalmem-se todos.

Levou pouco tempo para que a Sala da Lareira ficasse tumultuada, em um mar de vozes desesperadas. Minha cabeça estava a mil, mas consegui me conter.

— Vocês sabiam dessa trégua? — perguntei para os garotos.

— Sim — respondeu Adam.

— Não — respondeu Tyrone.

— Vou ser bem sincera com vocês: o peso do mundo caiu sobre mim agora!

— Não, Betina. Não se culpe. Você não é responsável pelo fim desta trégua. — O menino gênio tentava me acalmar.

— Pelo menos não diretamente, né?

— Eu não duvido que meu pai esteja envolvido com essa chacina! — Tyrone rosnava entredentes. — É óbvio que a quebra de trégua se deva muito mais pelo sangue nas mãos do monstro do que pelo seu despertar, Bafo de Sangue!

— Isso é bem verdade. Mas não vamos tirar conclusões precipitadas, ainda mais quanto ao seu pai. Desconhecemos o paradeiro do sr. John Talbot.

— Qualé, Frank! Tenho certeza de que foi ele!

Agora o tumulto vinha dos dois lados e eu estava à beira de um colapso. Foi quando eu lembrei de um dos meus primeiros sonhos esquisitos, daqueles lúcidos, que parecia que eu participava da situação. Alguém matava pessoas, mulheres e crianças. Um monstro, talvez. Será que eu havia sonhado com o próprio?

— Esperem. Antes, vamos votar sobre esse resgate! — Caninos bateu sobre o peito com furor. — Eu voto *contra*!

Em algum momento, os adultos mudaram o rumo da conversa. Resolvi direcionar minha atenção para eles de novo.

— Que pena, meu amigo. Voto a *favor*. — Drácula foi enfático.

— Contra. — A Professora Bahit e o Dr. Frankenstein responderam ao mesmo tempo.

— Por Deus. Sou a favor, queridos — disse Baba Ganush.

— Eu também — era Tafari. — A favor.

— A favor. — Foi a única coisa que Baal falou em toda aquela reunião.

— Sou completamente a favor! *Óinc!*

— Co-co-contra.

A Professora Bahit fulminou Renfield com os olhos e parecia que ela exercia algum tipo de poder sobre o comedor de vermes, por isso, como ele não era um cara de muitas palavras, se bastou a negar com a cabeça, indicando que também era contra.

Então tínhamos um empate, que seria decidido pelo fantasma. Quando se deu conta de que só faltava ele responder, cogitou desaparecer, mas a aliança nas mãos de Tafari o segurou mais um pouquinho por ali. O homem era o estereótipo daqueles que ficam em cima do muro quando rolam debates sobre esquerda e direita, sabe? Mas ali ele precisaria responder.

Todos o encaravam, esperando por algum resultado. Tyrone ficou bem agitado no meu ouvido e Caninos parecia muito impaciente na Sala da Lareira. De repente, a janela se abriu, o vento gritou para dentro e a poltrona de Henry Jekyll foi arrastada para longe, mesmo com o doutor sobre ela.

Esfriou bastante mais uma vez.

— *Merde.* Eu não sou mais um membro participativo como antes. Não quero me responsabilizar por decisões de risco.

— Mas você vai.

— Qual sua resposta, Erik?

— Tudo bem, *mes amis.* Sendo assim... *Je suis en faveur.*

Eu não precisava entender francês para sacar que ele tinha votado a favor.

Os membros que tinham votado contra protestaram, como era esperado.

Os que tinham votado a favor comemoraram, como era esperado.

Penso se por um segundo eles não se esqueceram de que se tratava da vida de alguém ali e não de uma competição futebolística.

Aos poucos, se recobraram e quando voltaram aos seus lugares, a Professora Bahit questionou:

— Certo. Então quem vai acompanhar o Exilado Karadoc nesse resgate suicida? Porque para mim não vai dar. Tenho que preparar as provas finais do semestre.

— Eu poderei.

— Você acabou de voltar da missão de minha filha, Taf. Não, não irá.

— A resposta me pa-pa-parece ó-óbvia, caros membros. — O Dr. Henky Jekyll se levantou e acenou para o outro lado da sala.

O gigante meneou a cabeça positivamente.

— Obrigado, Baal.

Era uma escolha sábia, de fato, considerando que o grandão era praticamente um atleta olímpico. Junto de um cavaleiro da Távola Redonda, as chances de sucesso nesse resgate seriam maiores. Eu já começava a sentir mais esperanças pela garota, ainda que algo me cutucasse por dentro.

— O castelo irá guiá-los até o local?

— Não, doutor Victor. Pensei em outro recurso.

— Me desculpe, mas o senhor envia metade do castelo para salvar sua filha e quando se trata da outra, não pode fazer o mesmo? — Foi a primeira vez que vi Baba Ganush nervosa. Ela chegava a tremer.

— Não se precipite, Baba — Drácula se aproximou e a tocou nos ombros. A governanta abaixou a guarda. — O castelo só pode se mover daquela forma uma única vez a cada cinquenta anos. E não podemos esperar todo esse tempo para salvá-la, hum?

— Não mesmo, senhor.

— Por isso, vou reabrir a câmara da última torre.

— Sério, Morcego?

— Sim. Valerá o risco e não temos outras opções.

Eu achei que ele fosse comprar passagens para o Aeroporto Internacional de Guarulhos, mas talvez não existisse uma "classe sobrenatural" no avião, Baal não coubesse e Sir Karadoc pudesse se tornar o jantar, por isso guardei esse pensamento só para mim.

— Que seja!

— Você é louco mesmo, meu amigo.

— Boa sorte na missão, garotos.

— Então está decidido. Passaremos todas as informações de localização e de quantidade de membros inquisidores presentes na unidade aos dois, que terão o prazo de 48 horas para resgatar a garota e trazê-la em segurança para o castelo. Enquanto isso, todos os presentes se comprometem a não revelar as informações aqui debatidas. Sir Karadoc e Baal partirão daqui a dois dias. Preparem-se, senhores.

— Óinc!

— A sessão de número seiscentos e sessenta e seis do Clube da Meia-Noite está encerrada. NUNCA O SOL.

— Nunca o sol. — Todos repetiram por fim.

Na escuta, Tyrone e Adam comemoravam a sua maneira, até que ouvi alguém dizer "Mas o que está acontecendo por aqui?" e o som foi desligado abruptamente.

O relógio *ainda* indicava 00:00.

Espera. Eu entendi certo e o tempo realmente parou naquele lugar enquanto rolava a reunião?

Os presentes começaram a se dispersar pouco a pouco da Sala da Lareira. Renfield ajudou a Professora Bahit a se levantar da poltrona. Dr. Frankenstein encerrava sua projeção e o outro doutor, o Jekyll, recolhia o equipamento.

Com dificuldade, Baal saiu do local, meio que engatinhando, até ganhar espaço para lá do corredor, seguido de Baba Ganush, que voltava com seu carrinho (agora vazio), e Sir Karadoc, que parecia empolgado como uma criança que acabou de sair de uma loja de doces.

— Obrigada por votar a favor, Erik. — Tafari lhe deu outro abraço apertado. — Mais uma vez, você fez toda a diferença.

— Todas as almas merecem a salvação, *ma chérie*. Agora, por favor, liberte-me. Não quero perder o próximo concerto.

— Wagner, suponho? — disse Madame Vodu com um sorriso, enquanto fechava a mão sobre a aliança dourada, permitindo assim que o fantasma partisse num piscar de olhos.

O ponteiro finalmente se moveu para 00:01.

Drácula apagou as chamas da lareira com um gesto e colocou um pé para fora da sala, onde só restava o homem de chapéu, ajoelhado abaixo da janela, mexendo em sua mochila.

— Você vem, Caninos?

— Uma última taça e depois terei de partir, velho amigo.

— De acordo. E não vai nem ao menos tentar... — Meu pai se deteve. O que ele ia dizer, caramba?

— Não. *Ainda* não. Tudo ao seu tempo.

— Por experiência recente e própria, afirmo que não será fácil, mas compensará no final.

— Não duvido. Mas vá na frente, estou terminando de guardar as coisas aqui.

— Estarei esperando em meu terraço. — E partiu coxeando pela escuridão.

Caninos começou a rir sozinho, mas quem sou eu para julgar as pessoas felizes, não é?

Então, ele também começou a *falar* sozinho. A princípio eu não entendi bem, até que:

— Estou impressionado, menina! — Com quem ele estava falando? Era comigo? Não. Não era comigo. Isso era impossível! — Ouço seus batimentos agitados agora. Sim, tenho uma audição e tanto! Mas o que lhe entregou foi o cheiro. Moça Bonita, não é? Pois é, também tenho um ótimo olfato! — Riu de novo. Nossa, ele sabia que eu estava ali, provavelmente desde o começo. — Acho que ninguém mais percebeu, ouviu? O perfume horroroso da Gorda Bahit dominou a sala e sufocou a todos, o que, sem querer, foi ótimo pra você, já que ocultou seu cheiro característico. Mas não se preocupe, não direi a ninguém que esteve nos bisbilhotando. Faça o que quiser com essa informação, agora preciso ir beber umas com seu pai. — Ele colocou a pesada mochila sobre as costas e foi até a porta. Eu estava paralisada de medo. — Acho que não nos veremos tão cedo, por isso se cuide e vê se não morre.

O jeito de falar, a barba e aquele olhar. Eu finalmente havia me lembrado. Era o mesmo homem que encontrei no bar na Vila dos Abutres.

Quem diabos era o tal do Caninos, afinal?

Diário de Betina, 13/11/17

MINHA ESCOLHA PERIGOSA

EU SAÍ DA TUBULAÇÃO PARECENDO UMA MENDIGA E LOGO ENCONTREI PROBLEMA. Navas De La Garza estava na porta do almoxarifado com uma cara péssima. Tyrone parecia despreocupado, sentado em um canto ao lado de um barril com várias vassouras, as mãos por trás da cabeça. Adam permanecia paralisado, um pouco tenso.

— Perdão, Betina, foi um *acidente*. Atelopus veio buscar toalhas novas para sua natação e nos encontrou aqui.

— É. Vi esses dois encarando a entrada da tubulação. O que foi estranho pra caramba! — coaxou o rapaz anfíbio.

— Nada de estranho, cara! — falei de maneira indignada, começando a atuar. — O Adam me contou que uma gatinha estava presa ali e eu fui ver. Só isso!

— Ah, é? E o que o outro tá fazendo por aqui? — Ele perguntou, apontando para o cigano, que continuava se fazendo de bobo.

— Ele? Oras, Tyrone é *louco* por mim. Não sai do meu pé! Aonde vou, ele vai atrás!

— Eu o *quê?* — Finalmente Tyrone se levantou, exasperado. — Que cê tá falando aí, sua louca?

Eu não podia rir de jeito nenhum. Só não sabia se a risada, caso escapasse, seria normal ou de nervoso. O menino gênio fez que não com a cabeça e suspirou.

— É tarde demais, Betina. Mesmo que as escutas sejam pequenas, elas não são tão discretas assim. Atelopus as viu e compreendeu tudo o que ocorria por aqui.

— Você não tá ajudando, Adam! — murmurei pra ele.

— Eu tava só esperando você sair dali, princesa. Agora vou ter de contar à Bahit e ao Jekyll que vocês estavam xeretando! — Gargalhou.

— Oras, seu! — Eu comecei a ir para cima dele e não sei bem de onde veio essa coragem toda, mas Adam me deteve e resolveu a situação de uma maneira que eu não havia cogitado:

— A não ser quê...?

— ...A não ser que vocês me contem o que ouviram por lá e não me deixem fora do clubinho da fofoca — continuou Navas, como o esperado. — Odeio ficar por fora das coisas!

Sem muitas opções e confiando no plano do nosso amigo golem, fosse ele qual fosse, nós concordamos e Adam resumiu tudo para o outro, da maneira mais objetiva possível, enquanto voltávamos às pressas para o Salão de Ginástica, que era onde deveríamos estar se não estivéssemos no almoxarifado fuçando o que não devíamos. Encontramos com os outros sobrenaturais ali, um pouco desconfiados, mas acredito que ninguém fazia ideia de nada.

— Nossa, eu nem sabia dessa outra monstrinha! — disse Navas depois de escutar toda a história.

— Nem nós!

Fomos para um canto próximo da entrada d'O Rancho, onde não poderíamos ser ouvidos.

— A última turma de discentes se formou e debandou já tem algum tempo. Nós somos a nova geração. Eu fui o primeiro sobrenatural a integrar o castelo para a nova turma, antes de vocês todos, há pouco mais de dois anos. — Adam revelou. — Como certamente retiraram um dos meus *chips* de memória, agora não vou me recordar, mas é provável que essa garota fosse a primeira da turma, junto de mim.

— Mas isso não explica porque não a conhecemos depois.

— Concordo, Tyrone. Por isso, creio que ela possa ter se isolado do restante de nós durante esse período, até o evento do resgate da Betina, quando então ela foi capturada pelos inimigos.

— E onde é que ela poderia ter se escondido durante todo esse tempo, hein?

— Escondida, não. *Aprisionada* — concluí de repente. Até eu fiquei surpresa com meu *insight*. — Teve uma vez que eu e Tyrone fomos pro Calabouço e uma das celas estava aberta. Você se lembra, Bola de Pelo?

— É verdade! — latiu, exaltado. — Será que...?

— O que é que vocês dois estavam fazendo lá, hein?

— Não é da sua conta! — falamos ao mesmo tempo.

— Ah, seus danadinhos! He! He!

— Esta teoria faz sentido. — Adam levou a mão ao queixo e isso significava que ele teria um grandioso raciocínio. — Na reunião, nossos tutores usaram as palavras "condenada" e "alma perdida" e, em outro momento, a Professora Bahit afirmou que a garota "pediu para ser aprisionada". A princípio, achei que ela se referisse ao fato da sobrenatural ter sido feita de refém. Mas agora, com sua teoria, Betina, me parece coerente acreditar que a garota estava aprisionada no Calabouço.

— Pois é. E o Drácula ainda disse que foi ela quem pediu para participar do meu resgate.

— Espera. Isso quer dizer que ela estava presa porque *quis?* — questionou Navas.

— Provavelmente.

— Na boa, pessoal? Sei que os mistérios coçam, mas, neste momento, o passado dela não importa tanto. Essa garota me ajudou e acabou se dando muito mal. Eu já perdi uma amiga para esses caçadores, não vou deixar que outra pessoa morra da mesma maneira. — Sim, era isso o que eu precisava fazer, agora eu sabia. — Fui uma das responsáveis pelo fim da trégua e, sinceramente, sinto que preciso fazer algo a respeito disso tudo.

— Então...? — Adam provocou.

— Então eu pretendo resgatar essa garota.

— A princesa ficou louca de vez!

— Pensem direito — Posicionei-me com firmeza diante deles, mais ou menos como Drácula parecia fazer com os membros do Clube da Meia-Noite. — Farei tudo na surdina. Entro, pego ela e saio, sem que ninguém perceba. Assim, Sir Karadok e Baal não precisam resgatá-la nem enfrentarem o inimigo, o que vai evitar uma possível guerra entre os dois lados. O sumiço da garota vai ser interpretado como fuga, não como resgate.

Eles ficaram em silêncio por quase um minuto. Nesse meio tempo, Navas capturou uma mosca azul no ar com sua língua comprida, a mastigou, depois cuspiu, porque não estava tão adocicada quanto eram as moscas verdes.

— O plano de Betina tem seus méritos. Se tudo correr bem, evitam-se retaliações e a trégua pode até mesmo ser restaurada.

— Tô dentro! — Tyrone se colocou ao meu lado. Parecia empolgadíssimo com a ideia de sair em missão.

— Nossa, vocês realmente estão namorando?

— Cala a boca! — gritamos ao mesmo tempo... de novo.

— Vocês sabem que sair nesta missão secreta vai contra todas as regras do castelo? — perguntou Adam. Confirmamos. — Vocês sabem que termos bisbilhotado o Clube da Meia-Noite foi um erro grave? — Confirmamos. — Vocês sabem que correrão um alto risco ao tentar resgatar a garota de uma base inimiga em outro país? — Confirmamos. — Vocês sabem que Van Helsing estará lá e pode nos matar? — Confirmamos. — Pois bem. Então não vão sobreviver sozinhos. Eu terei de acompanhá-los.

— O quê?! Perdeu um parafuso, foi?

— Cale-se, Atelopus. Foi você quem quis participar deste conchavo. Agora lide com as responsabilidades dessas informações.

— Não querem que eu vá com vocês, querem?

— Eu não — respondi sem pensar duas vezes.

— Mantenha-se calado sobre nossa missão secreta, é só o que lhe peço. No mais, venha conosco somente se quiser.

— Beleza. Estou fora dessa, então! — coaxou firmemente, saindo a passos duros pelo pátio e em seguida mergulhou em sua piscina escura, de onde não saiu tão cedo.

— Esquece ele, Frank. Me diz como iremos até o Brasil, hein? — perguntou Tyrone.

— O Senhor Drácula citou uma câmara na última torre. Passarei as próximas horas pesquisando melhor a planta do castelo para tentar compreender onde esse cômodo se localiza exatamente. Na verdade, eu já comecei a fazer isso, usando meu HD interno. Possuo um sistema de rastreamento arquitetônico *on-line*, que já está vasculhando cada detalhe. Me deem um tempo e logo terei a localização. Enquanto isso, sugiro que vocês descansem bastante e se preparem para a viagem. Tudo será bem complicado daqui em diante.

— Tá bem.

Adam correu para sua oficina, enquanto eu e Tyrone voltávamos para nossos quartos. Ele parecia vibrar muito com tudo aquilo.

— Vou estraçalhar o Van Helsing, você verá!

— Não vamos lá pra estraçalhar ninguém, Bola de Pelo. O foco é resgatar a garota.

— Aquele maldito vem nos destruindo como moscas. Preciso dar um basta nisso.

Revirei os olhos e resolvi acreditar que ele só estava falando da boca para fora, buscando coragem para aquela loucura que iríamos fazer.

Saindo do Salão de Ginástica, passando pelo saguão até o corredor dos aposentos, não encontramos mais nenhum tutor pelo castelo. A porta do Cenáculo estava fechada e um cheiro forte de cordeiro dominava o ar, então supus que os adultos estivessem jantando.

Vi apenas Sir Karadoc saindo do repartimento de armas, outro que estava empolgado.

O coitado mal sabia que não iria mais naquela missão.

Diário de Betina, 13/11/17

PARTE 3

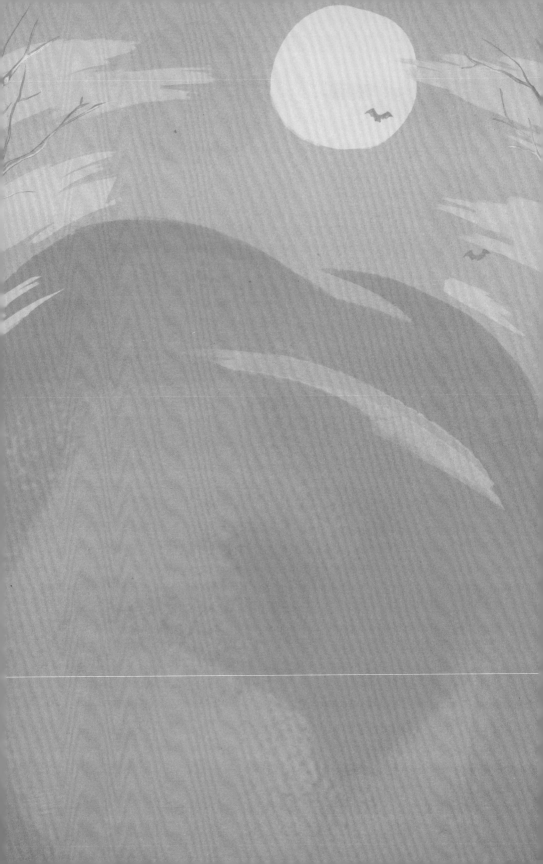

18
MEU ENCONTRO COM UMA CORUJA DE LUTO

RAÍZES PENDIAM PELO BANHEIRO COMO UMA CORTINA DE TENTÁCULOS. A porta estava bloqueada por teias. As plantas murchavam à medida que o dia avançava. A garota dos cabelos de fogo estava quebrada em uma cadeira velha, acorrentada por elos inquebráveis de uma fé inabalável. A última pétala da rosa negra caía sobre o piso sujo, por onde passavam baratas e ratos. Sua cruz não podia mais ser carregada, pesando sobre o pescoço. Das mãos, onde antes nasciam gavinhas, agora queimavam as chamas.

Então ela me olhou, uma mistura de medo e coragem, e sussurrou:

Me ajude, por favor.

Levantei sobressaltada, mas rápida demais, e bati a cabeça contra o tampo da cama-caixão, que não se abriu num primeiro momento. Eu não devia ter dormido nem três horas de sono quando acordei no meio daquela noite. Respirava com dificuldade, suando e tremendo, a cabeça girando loucamente e com um terrível aperto no peito.

Lucila me encarou do criado-mudo e questionou alguma coisa que não entendi, porque logo perdi o ar e caí com força. Sangrei um pouco o lábio, mas nem o sangue me deu forças para voltar. Arrastei-me pelo chão até o banheiro, então consegui subir até a torneira da pia para lavar o rosto. Apaguei e acordei algumas horas depois encostada no vaso, como alguém que acabou de chegar de uma balada após uma longa bebedeira.

Saí com meu macacão ridículo para o corredor do castelo, mas ainda era o horário de sono dos outros sobrenaturais. O silêncio sufocava na escuridão, sem coro incorpóreo nem nada (até os fantasmas dormiam, afinal!). Um pirilampo se aproximou demais do fogo do candelabro e morreu num instante. Eu estava melhor, mas sem sono, então usei minha adrenalina repentina para procurar a câmara misteriosa, assim ganharíamos tempo.

Por isso, ao invés de descer até o saguão, resolvi explorar as torres e subi na primeira escadaria que encontrei. Seus degraus começavam à esquerda da oficina de Adam e seguiam incansavelmente em um espaço estreito com janelas minúsculas a cada cinco metros. Supus que ali fosse uma das várias torres do Castelo da Noite Eterna. A escada me levou até um topo aberto à luz da lua, onde o vento soprava cortante e gelado.

Alguém passou correndo atrás de mim. Olhei e nada vi.

O local era espaçoso e dava vista para a ala sul da fortaleza de Drácula, onde eu conseguia enxergar bem ao longe o jardim do cemitério que ficava na entrada, por onde cheguei. Do outro lado, a silhueta de duas outras torres mais próximas, mas diferentes desta em que eu estava, eram fechadas em seu topo, como cabines particulares. Numa delas, vi luzes acesas através da janela.

O ar gelou bastante ao meu redor de repente.

Desci a escadaria de onde eu tinha vindo e atravessei um corredor menor com alguns bancos de madeira, que ficava em paralelo ao corredor dos alojamentos. Eu havia passado neste lugar somente duas vezes. A primeira foi com Chiara, quando ela me explicou que gostava de se isolar ali para se concentrar nos estudos, pois era um espaço mais silencioso, onde poucos transitavam. Da segunda, com Tyrone, que deu uma dica oposta à da banshee, dizendo que ali era um ótimo lugar para cochilar entre uma aula e outra e que ele fazia isso sempre que podia. Ambos chamavam o corredor de Passagem Solitária.

Ouvi algo parecido com uma risadinha, que ecoou por um bom tempo. Fiquei arrepiada.

Eu nunca tinha ido até o final da Passagem Solitária e, agora, a única coisa que eu encontrei ao fazer isso foi uma porta que dava para outra escadaria, de uma das duas torres que eu havia visto. A entrada estava fechada com um portãozinho, onde tinha uma velha placa dizendo PROIBIDO DISCENTES, que era um ótimo indicativo para uma câmara proibida, não?

Num piscar de olhos, Yürei se projetou diante de mim. Abafei meu grito.

Ela fez que *não* com a cabeça, mas tomei coragem.

— Deixa eu passar, menina.

Coloquei meu braço sobre ela, mas claro, como o esperado, o corpo da japonesinha esvaeceu e eu o atravessei. Minhas mãos formigaram no instante seguinte. Recuei.

— Mas que diabos!

Ela fez que *não* com a cabeça.

— Se você tá impedindo a minha passagem, é porque tem algo importante aí.

Ela fez que *não* com a cabeça.

Uma cadeira velha, abandonada num canto, de repente se arrastou sozinha e veio até mim, colidindo contra o portão.

— Então você é capaz de mover objetos? Eu deveria imaginar. Isso é bem legal! — Fingi meu segundo melhor sorriso amarelo. — Era só isso que queria me mostrar?

Ela fez que *não* com a cabeça.

Na parede ao lado, um pedaço de carvão escreveu o conhecido aviso:

Fiquei inquieta. O que a menina muda estava querendo me dizer, afinal?

— O assassino. Ele está logo após esse portão, não está?

Ela me encarou, cabisbaixa, e fez um bico de quem ia chorar.

Ajoelhei-me e me aproximei, como se fosse para abraçá-la, mas quando meus braços a envolveram, e mesmo que eu esperasse naquele ato nada além de mais formigamento, notei que ela havia desaparecido.

Deixando uma dúvida no ar.

Mesmo eu sendo uma menina-esqueleto, não conseguiria passar por entre as grades, então joguei no Cara e Coroa entre a fumaça e a gata e respirei fundo, assumindo meu lado felino, que atravessou aquele portão de um jeito gracioso e ronronante. É claro que a subida triplicou comigo daquele tamanho, mas resolvi manter a forma feral por questão de segurança e discrição (as patinhas não emitiam nenhum som), até que, quase meia hora depois, eu havia chegado ao topo, que terminava em uma cabine minúscula, com uma antiga porta de madeira enegrecida, entreaberta.

Invadi o que parecia ser um quarto bastante escuro, iluminado por uma única tocha próxima à única janela do local. Olhando ao redor, percebi silhuetas de uma grande cama-caixão de casal desarrumada, de uma mesinha de canto com flores mortas sobre um vaso, uma estante com livros e alguns baús dispostos pelo chão.

O restante não consegui identificar e nem deu tempo, pois, antes de tudo, só consegui ouvir um "uhuu", "huuu" ou algo assim e imaginei que tinha alguém ali comemorando algo, até que fui atacada por um enorme pássaro predador, que agarrou minhas costas felpudas e me levou para o alto. No desespero, voltei a minha forma normal e caí com tudo no chão.

Quando me levantei, estava sozinha no quarto novamente.

Pelo menos foi o que pensei.

— É você, então. A *bastarda* de Drácula — ressoou das sombras uma voz azeda e estrídula, como a de uma atendente de lanchonete com má vontade, sabe?

— Quem?

— Você invadiu meu quarto e ainda pergunta?

— Desculpa, tá? Foi sem querer!

— Como pode ter sido sem querer, se essa torre está *fechada* para visitas?

A voz da mulher vinha do lado oposto à porta do quarto, por isso não consegui pensar em nada melhor e corri de volta para a saída. Mas ela surgiu de repente ali e fechou a porta diante de mim.

— Como fez isso? — Que pergunta idiota a minha, ai céus!

Fiquei paralisada de medo. A presença dela trazia um mau agouro inexplicável. Seus olhos me encaravam com um ódio ancestral. Ela agarrou minha garganta e me levantou do chão sem dificuldade.

A mulher era pálida como eu e tão alta quanto Drácula. Seus cabelos escuros como a sombra estavam presos acima da cabeça. O rosto fino e triangular tinha lábios miúdos, nariz afilado e maçãs ossudas que lhe davam um aspecto quase cadavérico. Sobre o corpo delgado, usava um vestido longo e preto, que parecia fazer parte daquela escuridão. Era sofisticada e assustadora ao mesmo tempo.

Segurei em suas mãos, frias como as pedras do castelo, na tentativa ridícula de me desvencilhar dela.

— Mina Murray? — perguntei, quase sem ar.

— Eu sou.

Sem nenhum gesto, ela abriu a mão que me agarrava e, dessa maneira, fui atirada até o outro lado do quarto. Colidi com tanta força contra um dos armários de livros que, quando cheguei ao chão, já estava preparada para desmaiar. O sangue jorrava da boca. Um embrulho terrível dominou meu estômago e logo ela estava diante de mim novamente.

Que diabos!

Passou o dedo fino como uma varinha sobre meu queixo e levou meu sangue até sua boca, de onde o sorveu com prazer e ódio. Revirou os olhos, não da maneira que eu faço, mas daquele jeito terrível que deixa os globos brancos, sabe? Depois voltou com a pupila, agora dilatada.

— O seu sangue é *podre*, como o da sua mãe.

Eu queria tê-la xingado e desafiado, mas estava completamente sem forças para isso.

Então, a mulher sumiu novamente. No lugar dela, voando diante de mim, surgiu uma enorme coruja preta, de olhos vermelhos e dois "chifrinhos" de pluma. Provavelmente foi essa a ave que me atacou quando cheguei ao quarto.

— Você sabe que tenho autorização para matá-la só por ter invadido minhas acomodações?

A Coruja Diabo não era sua mascote, era a própria Mina Murray.

— Deixe eu ir e nunca mais volto pra esta torre, prometo!

— Estou em meu direito.

Ela avançou e fincou suas garras em meus ombros. Ainda que a feral de Mina tivesse um tamanho normal, sua forma de ave predadora ainda tinha força suficiente para me levantar do chão, mesmo em minha forma humana.

Depois de rodar o quarto comigo suspensa, ela me jogou contra a janela e o vidro quase se quebrou. Caí, novamente atordoada, alguns cacos cortando minhas costas. Mina voou mais uma vez em minha direção, prestes a dar o bote.

— Espere! — Consegui detê-la por um segundo. — Eu estava procurando pela câmara da última torre e vim parar aqui por engano.

A coruja desfez-se em névoa e deu forma novamente à Mina Murray, que se aproximou com um inédito sorriso congelante e disse:

— Compreendo. Interessante. — Ela me ajudou a levantar, como se nada tivesse acontecido, e inclusive retirou alguns cacos de vidro do meu corpo da maneira mais gentil possível. — Bastarda, você vê?

Mina apontava para algo além de sua janela. Aproximei-me e observei, notando a silhueta do que seria uma outra torre, de cabine escura e que tocava as nuvens, muito acima de onde estávamos. Era uma das duas que eu tinha visto antes.

— Então é ali a última torre?

— É como meu esposo a intitula. Mas sim, é.

— Como que eu...? — Antes que eu pudesse terminar a pergunta, ela respondeu:

— Para se chegar ao topo, você antes deve descer. No passado, Quincey brincava assim. Ele foi o primeiro a descobrir, fuçando aqui e ali, curioso como só ele era capaz de ser. Oh, Quincey, meu pequeno. Meu perdido garoto. — Seus olhos brilhavam, mas antes da primeira lágrima cair, ela a deteve e me encarou: — Para alcançar a última e mais alta das torres do castelo, você precisa afundar até as profundezas.

— Tá certo, entendi. Obrigada, viu, e desculpe pelo mal-entendido.

Mina não disse mais nada e me deu passagem, então a porta do quarto se abriu. Depois de atravessá-la até a escadaria, voltei-me a ela uma última vez.

Sinceramente? Eu sentia pena daquela mulher.

— Sobre seu filho, Quincey. Eu sinto mui...

A porta se fechou diante de mim e o silêncio tornou a cobrir a escuridão.

Diário de Betina, 14/11/17

| NOVA MENSAGEM | X |

PARA: contatovh1890@omosteiro.org

DE: diretor@omosteiro.org

14 de nov. (há meia hora)

ASSUNTO: Ocorrência 13666 URGENTE

Caro VH,

Como estamos? Novamente não tive mais notícias suas.

Quero respostas. Quero a localização.

O Diretor.

Clique aqui para Responder ou Encaminhar

| NOVA MENSAGEM | X |

para: diretor@omosteiro.org

de: contatovh1890@omosteiro.org

data: 14 de nov. (há 4 horas)

assunto: Re: Ocorrência 13666 URGENTE

Diretor,

Perdão pela demora dos últimos dias.

Estive bastante ocupado, como deve imaginar.

A garota não cedeu, mesmo quando a deixamos sem comer ou beber.

E ela continua assim.

Agora minha estratégia mudou. Minha intuição diz que os monstros não desistirão e tentarão, mais uma vez, resgatá-la.

Não direi mais nada, portanto.

Ainda que estes e-mails sejam seguros pelo sistema d'O Mosteiro, prefiro não revelar mais nenhuma informação até que eu consiga colocar meu plano em prática. O senhor terá atualizações em breve.

Atenciosamente,

VH

Clique aqui para Responder ou Encaminhar

TYRONE PARTICIPA DE UM UFC MONSTRO

O CÉU ESTAVA CARREGADO COM NUVENS DE CHUVA, EM UM TOM CARACTERÍSTICO DE AZUL-ESCURO, o que indicava o amanhecer no Castelo da Noite Eterna.

Sir Karadoc e Baal partiriam em menos de doze horas para o resgate.

Depois de um demorado banho e com Band-Aid por todo o corpo, coloquei minha melhor calça jeans, a camiseta do Misfits e a jaqueta-simbionte, além de um punhado de trocados em Reais do que me restou da fuga de Cruz Credo.

Fui me encontrar com os garotos nas profundezas d'O Rancho. Adam estava encostado sobre uma árvore, com um cabo em sua nuca se conectando ao notebook em seu colo, onde estavam ligados outros três celulares colocados sobre a grama. Parecia imerso, fosse o que fosse que estivesse fazendo.

Ao lado, Tyrone sorvia sua vitamina matinal pelo *squeeze*, tentando não apagar de tanto sono. Ele trajava apenas uma calça de cetim marrom com uma faixa vermelha amarrada à cintura, a bandana vermelha sobre os cabelos compridos e uma regata camuflada, com todos os seus penduricalhos de sempre. Aos seus pés, Sir Karadoc tirava uma longa e invejável soneca, babando pelo canto do focinho e roncando alto, o que gerava incômodo nas galinhas.

— O que você fez, Bola de Pelo?

— Ofereci um café com uma boa dose de sonífero para o Sir Bacon aqui. Quando ele acordar, já teremos retornado com a moça.

— Hum. E o Baal?

— Mesma coisa, mas sem querer troquei o sonífero por... laxante.

— Ai, céus!

— ...e o grandão vai passar a noite em sua privada gigante. — Riu, depois bocejou.

— E você, Adam?

— Perdão? — O menino gênio finalmente voltou sua atenção para nós. — Ah. Então, Sir Karadoc estava em posse de uma carta lacrada, com o endereço em São Paulo da localização da garota. Eu estava mapeando aqui e cruzando com outras informações.

— Qual é o endereço? — perguntei.

— Rua da Glória, 226, bairro da Liberdade, próximo ao cent...

— Sei onde fica.

— Sabe é, Bafo de Sangue?

— Sim. Fui umas duas vezes para esse bairro com a Lucila e os Machado uns anos atrás. Eles iam fazer compras na feira da Liberdade, enquanto a gente aproveitava pra passar as tardes nos karaokês. Adivinha de qual rua?

— A tal da Glória.

— Essa mesmo. Muitos karaokês por lá.

Contei a eles também como descobri sobre a última torre, mas omiti parte da conversa que tive com Mina Murray.

— Ótimo, Betina — falou Adam, em um esboço de sorriso que parecia dizer que ele estava satisfeito. — Todas essas informações facilitam meu mapeamento e essa sua descoberta se alinha com minha pesquisa. A planta digitalizada do castelo indica que a entrada da última torre fica na cela 09.

— O Calabouço. — *Para se chegar ao topo, você antes deve descer.* — Isso faz sentido.

— A essa hora, todos devem estar dormindo. Vamos aproveitar pra ir logo! — O cigano começou a nos puxar para fora de lá.

Adam pediu que esperasse, enquanto recolhia seu equipamento. Ele usava um macacão de brim azul, com camiseta branca por baixo, estampada com mil rostos de Nikola Tesla. Uma mochila presa às costas parecia carregar um tipo de cabo ou tripé, com uma ponta que não cabia projetada para fora.

O tênis era verde de cano alto e os óculos estavam bem presos com uma fita através da protuberante nuca. Vestindo luvas de couro, não sei bem para que, o menino gênio nos entregou novamente as escutas, o que facilitaria nossa comunicação caso nos separássemos.

Sem perder tempo, seguimos sorrateiramente até o alçapão alternativo usado por Tyrone, que levava até o Calabouço, atravessamos o corredor frio de pedras e grades e encontramos o Dr. Henry Jekyll no meio do caminho.

Usando seus elegantes trajes típicos, com a cartola sombreando parte do rosto sem sono, as mãos no guarda-chuva azul girando ao lado do corpo impacientemente.

Não era para ele estar ali.

— Minha Santa Sara Kal...

O médico interrompeu Tyrone com um gesto. As tochas que iluminavam o local mostravam seu rosto sério.

— C-Crianças no-na-não deviam estar-ar n-neste lugar a essa-essa hora.

— Vim mostrar a Gaiola pra eles, fêssor. Como sempre faço.

— Você m-mente mal, jovem Talbot.

Não demorou para notarmos uma sombra atrás dele, sentada em uma cadeira, que logo se revelou um cabisbaixo Navas.

— Foi mal, pessoal. Não sou bom com interrogatórios — coaxou tremulamente.

Eu queria sentir raiva do rapaz anfíbio naquele momento, mas não consegui. Havia algo de estranho no olhar do médico, que conseguia oprimir a todos por ali. Não se ouvia protesto nem mesmo dos monstros encarcerados. Eles o temiam por alguma razão.

— E-encontrei o senhor De La Garza após a natação-ão de ontem. Ele pa-pa-parecia bastante p-perturbado. Achei tudo m-muito suspeito e co-comecei a fazer p-pe-perguntas.

— Desde ontem? E ainda o trouxe até aqui? Isso é tortura psicológica, cara! — falei, indignada.

Dr. Jekyll retirou um lenço do bolso do paletó e enxugou a testa. Ele salivava sem parar.

— Na-na verdade, eu e-estava investigando mo-movimentações estranhas aqui no Calabouço. Algumas tra-trancas vêm sendo me-me-mexidas. Descobri o plano de vo-vocês por acaso — disse enquanto pegava o relógio de cobre do bolso, evidentemente preocupado com o horário.

— Todos já estão sabendo? — perguntei.

— Não. E nem será necessário, pois vou detê-los aqui e agora.

— Epa! Alguém reparou que o fêssor parou de gaguejar de repente?

Tyrone tinha razão e até mesmo a maneira do homem falar havia mudado.

O médico alargou a gola da camisa, como se precisasse de espaço para respirar. Transpirava como se estivesse com muito calor, mas o Calabouço era definitivamente frio.

— O senhor não tomou os comprimidos hoje, por um acaso? — perguntou Adam, e pela expressão que Navas e Tyrone fizeram, eu finalmente entendi o que estava acontecendo.

— O seu pai ficará muito desapontado com suas ações, Quarto Frankenstein. — Ele arfou. Depois urrou. O som foi aberrante e ecoou por todas as paredes do corredor.

— Corram — pediu Adam. — Corram. Corram agora. — Mas de nada adiantou. Ficamos paralisados de medo assistindo àquilo.

O médico caiu de joelhos, deixando seu guarda-chuva e relógio rolarem pelo piso. Apertava o peito com a mão enquanto gemia terrivelmente. Deu um soco no chão, que se rachou como se aquilo fosse fácil. Mais urros e agora uma gosma verde descia pela boca, enquanto seu corpo crescia de maneira descomunal, meio torto e desfigurado, maior de um lado do que do outro, até que ele ficasse parecendo com um fisiculturista que tomou bomba de cavalo.

Os cabelos arrumados caíram, a testa e o queixo ficaram protuberantes e a pele ganhou um tom pálido e esverdeado, com dezenas de veias expostas. Seu olhar era de puro ódio e insanidade.

— Doutor... Henry Jekyll, você tá bem? — Não, Navas, por que você foi perguntar?

— MISTER HYDE! — trovejou a voz cavernosa do monstro, que deu um safanão tão forte no rapaz anfíbio que ele foi jogado para longe, até colidir contra uma das celas do outro lado.

É óbvio que justamente a cela 09 que procurávamos era aquela que Mister Hyde estava guardando. Para chegarmos na última torre, precisávamos atravessá-la.

— Vão na frente. Eu seguro ele.

— Tá brincando, né?

— Não.

A estratégia dele tinha sentido. Tyrone em forma de lobisomem podia ser surpreendentemente forte. Eu ainda não tinha visto isso, mas era o que falavam pelos corredores do castelo.

— HYDE FORTE! — Hyde arrancou um bloco de pedra da parede e quebrou sobre a própria cabeça, em uma demonstração descomunal de força e resistência. E maluquice.

— Evite um embate direto o máximo que puder. Leve isto e tente aplicar no professor-doutor. Se conseguir, ele deve voltar ao normal em instantes — instruiu Adam, entregando uma seringa para ele. — E antes que perguntem, sim, aí tem uma dosagem triplicada da mesma substância do sangue comprimido que vocês tomam. Eu trouxe por precaução, caso um de vocês saísse do controle.

— Podexá! Agora, saiam daqui.

Tyrone se concentrou e seu corpo logo estremeceu e novos tufos de pelos começaram a crescer nos braços e partes do peito onde dava para ver. Seu corpo passou a sofrer alterações da transformação, mas, com a meia-luz do corredor, eu não consegui ver muito mais do que acontecia com ele.

— Ei, Bola de Pelo. Toma cuidado, tá bom?

Eu queria ter feito mais do que apenas ter dito aquilo. Não sabíamos o que poderia acontecer a partir daquele momento, mas o relógio estava contra todos nós e eu não era exatamente muito romântica...

— Uhum. — Ele estava de costas para mim, a caminho do monstro, se transformando aos poucos e não se virou. Sua voz parecia um pouco diferente, meio rouca, meio agressiva. — Não quero que me veja assim. Vá!

Não pensei duas vezes e corri com Adam pela beirada do corredor, próximo da cela, a caminho da número 09. Hyde estava comendo pedaços de uma grade enferrujada, quando:

— Ei, sua coisa estúpida!

— GROOUUU...

— Vem pro pau!

— HYDE ESMAGA!

O monstro largou o que estava fazendo e avançou com tudo para cima de Tyrone, que também parecia maior daquela distância, mas foi só o que consegui enxergar, pois me arrastei até onde Navas tinha caído e o puxei para dentro da cela 09, enquanto Adam destrancava a grade com uma chave-mestra.

O rapaz anfíbio não estava desacordado e a adrenalina pela situação logo fez com que se levantasse e corresse conosco (meio atordoado, é verdade) até o fundo daquele cubículo, onde havia uma portinha que dava para uma escadaria íngreme torre acima. Ali, as escutas ficaram com interferência.

O chão estremeceu. Prisioneiros gritavam em torcidas polarizadas pela luta que acontecia lá embaixo. O monstro urrava. O lobisomem uivava. Coisas eram quebradas. Um caos completo. Até que tudo ficou em silêncio.

De repente, uma mão gelada apertou meu coração.

Diário de Betina, 14/11/17

20
O JOGO DAS TRÊS CHARADAS

O SILÊNCIO SUFOCANTE NÃO DEMOROU PARA SE TRANSFORMAR EM MURMÚRIO.

— A cela 09 nunca foi uma prisão de verdade, só fingia ser — concluiu Adam, que seguia na frente da fila indiana. — Acredito que ela tenha sido construída propositalmente no meio das outras celas, para servir como entrada da última torre, sem que ninguém percebesse.

— Será que o Tyrone tá bem?

— Não adianta pensar nisso agora, princesa. Eles que são brutamontes que se entendam.

Navas seguia no meio da fila. Colocamos ele ali para que não fugisse com o calção entre as pernas e desse com a língua nos dentes novamente.

— Nós só nos metemos nessa por *sua* causa, Atelopus!

— Ei, não tô afim de brigar. Só quero sair dessa vivo.

— Egoísta.

— Acalmem-se, vocês dois — sussurrou o golem, mas até agora eu não sabia por que estávamos falando assim. — Atelopus, você nos deve uma explicação.

— Olha, Jekyll realmente me abordou depois da natação de ontem, dizendo que ia interrogar todos os alunos e começaria por mim. Ele tinha acabado de sair do jantar com os outros tutores e eu estava no lugar e na hora errada, só isso.

— Mas o que foi que você disse para o Dr. Jekyll, afinal?

— No começo, eu o enrolei. Consegui levá-lo com a minha conversinha até onde pude. Então, ele me trouxe até o Calabouço e foi quando quebrei. Não gosto deste lugar e o Jekyll sabia disso. Foi realmente muita pressão. Mas eu menti, tá bom? Falei que você e o lobinho estavam se encontrando às escondidas na Gaiola com frequência.

— O quê?! — Devo ter ficado corada, mas me contive. A mentira de Navas mais parecia uma fofoca do que qualquer outra coisa e ela poderia ser sustentada, já que Dr. Jekyll tinha nos flagrado uma vez por lá. — Tá, ok. Não disse nada sobre o resgate mesmo?

— Nada, nadinha.

— E sobre o que o professor-doutor o interrogava, então?

— Sobre as trincas e trancas das celas, que estavam sendo mexidas, algo assim. Jekyll desconfia que alguém infiltrado no castelo planeja soltar os prisioneiros.

— Uau. Então ele não sabe que pretendemos salvar a garota, mas, por outro lado, deve achar que nós quatro estamos envolvidos em uma conspiração pra libertar os presos.

— Nossa, verdade! — coaxou, inflando as guelras. — Olha só no que vocês me meteram!

A conversa morreu quando a escadaria morreu e nos deparamos com uma porta do tamanho de Baal, toda esmaltada de branco, com diversos hieróglifos grafados sobre ela, de cima a baixo.

— Consegue ler o que tá escrito aí, Adam?

— Claro. Mas, resumindo, trata sobre "O Enigma da Esfinge".

— Quê?

— É um jogo, Betina. Deve ser alguma intervenção da Senhora Bahit para bloquear o caminho de curiosos como nós até a sala secreta.

A porta era pesadíssima e precisou que nós três empurrássemos para que ela se abrisse e, mesmo assim, demoramos até conseguir. A cabine circular onde chegamos era um pouco menor do que os aposentos de Mina Murray e provavelmente ficava no meio da torre. Se era uma intervenção, ainda estávamos longe do nosso objetivo.

Sem janelas, só havia pequenos buracos no rodapé. O local era escuro, como tudo na última torre, e somente uma parte estava bem iluminada por um holofote de LED preso ao teto: um fliperama bem no centro da cabine, todo azul e dourado, com mais hieróglifos estampados. Ao redor do monitor, estava desenhada uma mulher negra com corpo de leão, de olhar sério e um sorriso intrigante típico de Monalisa.

A Esfinge.

— Mas que diabos!

Enquanto eu ficava surpresa, Navas foi até o outro lado da cabine, mas a porta que dava para a continuidade da última torre não tinha maçaneta.

— Se quisermos continuar, teremos de jogar — afirmou Adam, se colocando diante do fliperama. O monitor ligou de repente e disse, com uma voz feminina e sintetizada:

> Bem-vindo ao enigma da esfinge
>
> o jogo trará três problemas
>
> se você resolver dentro do tempo
>
> a porta se abrirá
>
> se você não resolver dentro do tempo
>
> a cabine te matará

— Que legal, hein? — Eu disse, aflita. — Como a Esfinge pretende nos matar, aliás?

— Está vendo os orifícios ao redor? Provavelmente o sistema do game ativará a soltura de veneno por ali. Se inalarmos, morreremos. Vamos jogar e tentar ganhar. — Adam clicou em um botão verde maior no painel do fliperama. — Estou de acordo e pronto para começar.

Fiquei mais aliviada que Adam estivesse conosco ali naquele momento. Eu nunca fui boa com enigmas e charadas, e o Navas... Bem, o Navas estava olhando pelos buracos do rodapé, colocando o dedo, um pouco distraído, essas coisas, sabe?

Surgiu o logotipo "O Enigma da Esfinge" no monitor, com algumas pirâmides no deserto, tudo em 8 bits, bem retrô mesmo, e então apareceu a imagem pixelizada da Esfinge de perfil, que abria e fechava a boca repetidamente, e nos questionou:

> um assassino é condenado à morte e
>
> tem de escolher entre três salas:
>
> a primeira está tomada por labaredas furiosas;
>
> a segunda cheia de assassinos armados; e a
>
> terceira repleta de leões que não comem há meses.
>
> qual sala é mais segura para ele?

Uma contagem regressiva de 30 segundos iniciou no monitor.

— A terceira — respondeu Adam no primeiro segundo, sem ao menos hesitar. — Leões que não comem há meses já estão mortos.

CORRETO.

Uau. Pensando bem agora, realmente não era um enigma muito difícil, mas eu teria levado quase todo o tempo para concluir isso.

> Um bruxo, antes de morrer, deixou um presente para cada um dos seus três filhos.
>
> O mais velho recebeu um espelho, através do qual ele podia ver qualquer pessoa no mundo.
>
> O segundo ganhou um cavalo que ele poderia montar e ir a qualquer lugar no mundo em apenas um dia.
>
> O terceiro recebeu uma maçã mágica que nunca iria apodrecer e que, quando ingerida, iria curar qualquer doença.
>
> Um dia, os irmãos ouviram falar sobre uma princesa em uma terra distante que estava morrendo de uma doença desconhecida. Rumores falavam que o rei deixaria o homem que salvasse sua filha se casar com ela. Os irmãos entraram em ação.
>
> O primeiro olhou no espelho e viu a princesa doente e o lugar onde ela morava. Todos os três montaram no cavalo do segundo irmão e rumaram tão rápido que chegaram à terra da princesa na manhã seguinte. Em seguida, o terceiro filho levou sua maçã para a princesa, que a comeu toda e recuperou a saúde plena instantaneamente.
>
> O rei era grato e de fato tinha a intenção de deixar um deles se casar com a princesa. Mas foi necessário a cooperação de todos os três irmãos para salvá-la.
>
> Qual deles o rei escolheu para se casar com sua filha?

Uma contagem regressiva de 20 segundos iniciou no monitor, o que significava que a cada pergunta, o fliperama nos tirava dez segundos de tempo.

Aos cinco segundos, Navas se levantou e veio até nós, preocupado. Eu achei a história linda e não consegui me concentrar na lógica da resposta, até que, aos nove segundos:

— O rei decidiu que o mais novo dos irmãos era mais digno de se casar com sua filha, porque fez o maior sacrifício para salvar a princesa: ele havia abdicado de seu presente mágico, enquanto os outros dois ainda tinham o espelho e o cavalo.

CORRETO.

Ufa.

Adam era incrível mesmo. Esse enigma não envolvia uma lógica exatamente, mas sim questões de bom senso. Fiquei sinceramente surpresa ao conhecer esse outro lado do menino gênio. Pensei em dar tapinhas em suas costas, mas depois achei que não fosse muito prudente naquela hora.

A Esfinge, então e sem demora, nos passou seu último enigma:

> Eu aqueço sem brasa.
> Abro feridas sem corte.
> Estou em qualquer lugar.
> Mas nem sempre.
> Eu cicatrizo, porém.
> E sobrevivo no final.

— Eu... Eu não sei — murmurou Adam, perplexo e ansioso. Eu nunca tinha visto ele assim antes.

Agora a contagem regressiva era de apenas 10 segundos.

— Assim você vai nos matar, Frankenstein!

7 segundos.

— Não o atrapalhe, Atelopus!

4 segundos.

— Eu não sei. Não sei a resposta.

Sua testa estava encharcada de suor.

2 segundos.

Mas então, algo me ocorreu.

Arrisquei:

— O amor. — A contagem pausou. Engoli em seco. — Quando amamos, sentimos um calor por dentro. Mas o amor também machuca quando não é correspondido ou quando o outro nos trai. O amor está em qualquer lugar, porque todo mundo ama. Mas nem todos amam, né? E mesmo depois de algumas decepções, mesmo que fiquemos um tempo sem amar, por medo de sofrer novamente, voltamos a amar de novo, algum dia. Você é o amor.

Os garotos ficaram em silêncio, meio surpresos, meio tensos.

CORRETO.

O silêncio novamente foi a nossa melhor resposta.

Um alívio que veio em forma de despressurização de artérias, percorrendo meu corpo como um relaxante muscular dos bons. Respirei aliviada, meio abalada, apoiada sobre o fliperama, deixando escorrer meu suor frio.

Navas deitou no piso de braços abertos, rindo de nervoso. Adam simplesmente caminhou cabisbaixo até a porta de saída, quando por fim ela se abriu, subindo automaticamente e rangendo muito.

A Esfinge concluiu:

CONGRATULAÇÕES!
FIM DE JOGO.
SIGA ADIANTE.

Diário de Betina, 14/11/17

21
BETINAS DE VÁRIOS TAMANHOS E MODELOS

A LONGA ESCADARIA EM UM CORREDOR APERTADO RECOMEÇOU APÓS A CABINE DA ESFINGE. Novas surpresas desagradáveis surgiram pelo caminho.

As primeiras delas foram os enormes machados pendulares, que cortavam o trajeto (e quem passasse por ele) em intervalos diferentes, não permitindo assim qualquer brecha. Adam, que seguia o caminho desde então mais quieto do que o normal, só comentou que aquela armadilha foi provavelmente ativada depois de termos superado o desafio anterior.

Do outro lado do corredor, tinha um painel de controle. Precisávamos chegar até ele para desligar os machados.

— Olha, posso tentar me transformar em fumaça e...

— Para com isso, princesa — Navas interveio com desdém. — Existem maneiras mais simples de resolver isso. Deixa que eu vou.

Fiquei CHO-CA-DA com essa iniciativa súbita, gente. Sério.

Ele colocou uma mão na parede, depois outra, então um pé, seguido do outro. De repente, estava escalando a parede!

— Achei que você só cuspisse água, cara!

— Minhas habilidades vão além da sua limitada imaginação.

Com cuidado e tranquilidade, ele seguiu para o teto, atravessando entre os cabos dos machados que balançavam a partir dali e se moveu até o outro lado, então saltou de volta ao corredor e desativou a armadilha no painel de controle. Eu e Adam finalmente conseguimos passar entre as lâminas ameaçadoras e recomeçar a subida pela torre.

Como especulado, assim que um desafio era resolvido, outro era ativado logo em seguida, então, de repente, as paredes do corredor começaram a se estreitar e tivemos de correr muito para não virarmos pasta de monstro. Nessa hora fiquei feliz pelas aulas de corrida que Baal nos dava toda semana.

Depois, Adam e Navas se uniram para resolver o próximo obstáculo, envolvendo uma escadaria que ficaria em chamas se alguém pisasse errado. No chão, um grande desenho em mosaico, com números aleatórios. Tinham tubos do tamanho da minha cabeça nas paredes ao redor, de onde provavelmente viriam os jatos de fogo.

Enquanto o menino gênio parecia saber exatamente onde pisar, escolhendo o bloco de pedra no piso de acordo com uma ordem matemática específica (que, confesso, eu não entendi), o rapaz anfíbio acabou com as duas garrafas de água que eu carregava na mochila, para abastecer ainda mais seu reservatório interno caso algo saísse errado. E se ainda não ficou claro, o que quero dizer é que Navas realmente armazenava litros de água *dentro* dele — especificamente na larga papada, que em sua natureza servia exclusivamente para esse fim.

Como o esperado — afinal nada pode ser fácil nessa vida, né? —, Adam cometeu seu segundo erro naquela noite. Não que ele tenha errado o cálculo, não creio que tenha sido isso, mas ao invés de pisar no bloco da direita, ele se confundiu e pisou no da esquerda. Então, um som que parecia vir das profundezas das trevas rugiu de um daqueles tubos, deixando o ar mais quente e sufocante.

Uma rajada de fogo foi cuspida da parede, mas o golem saltou a tempo de não virar churrasco, não sem antes ser lambido por uma chama no braço, que deixou uma queimadura feia, que ele ignorou. Navas já estava aderente na parede oposta quando as chamas vieram e ele conseguiu apagá-las golfando um jorro de água como se fosse uma mangueira. Só depois dessa confusão resolvida, com cheiro de queimado no ar e piso escorregadio, é que consegui atravessar esse trecho sem risco algum.

Mais uns trinta lances de escada acima, nos deparamos com Vulto guardando uma entrada. Uma porta qualquer, comum e com tamanho normal, de madeira velha, pintada de vermelho para esconder suas rachaduras. O cão gigantesco dormia despreocupado, mas ele logo acordou e latiu para nós. Permanecemos imóveis, enquanto uma boa ideia não vinha.

— Pelo menos não é o Cérbero, né? — eu disse, porque quando ficava nervosa, eu tinha de fazer alguma piada ou referência.

Vulto babava de sua bocarra, que parecia sempre faminta. Levantou-se e lembrei-me de que ele tinha o tamanho de um cavalo. Veio em nossa direção, a passos lentos.

— Acalmem-se. Vulto é o cão que guarda o castelo. Ele protege os sobrenaturais, não os ataca.

— Não é o que tá parecendo, Frankenstein!

— Por outro lado, estamos invadindo um local proibido. Se ele foi colocado aqui, deve ter recebido ordens do Senhor Drácula para atacar qualquer invasor.

— Pois é!

— Olha, caras, eu vou me odiar por isso, mas vou distrair o Totó.

— Você vai o quê?

— Você disse "Totó", Betina?

Pois é. Eu havia dito. Drácula havia me avisado para não fazer isso de novo, mas foi sem querer. O impulso é sempre mais forte.

Totó.

O cachorro enlouqueceu e veio correndo para cima de nós. Não estávamos tão distantes assim dele, então, em poucos segundos nos alcançaria. A melhor ideia era correr o caminho de volta e tentar não ser pego por ele. Mas nunca usamos as melhores ideias, não é? Por isso só relaxei o tanto que podia e fiz o que tinha treinado tanto nas últimas semanas: limpei a mente, esqueci do mundo e assumi minha forma feral, a de uma gatinha preta, fofa e magrela, que conseguiu desviar a atenção de Vulto para ela enquanto seus amigos seguiam até a porta vermelha.

O que mais eu poderia fazer? Agi como um felino ou como achei que um felino agiria e corri para os degraus, nesse mundo onde tudo era maior do que eu agora e também em preto e branco.

Quando as presas do cão vieram com tudo para cima de mim, saltei contra a parede, usei meus quartos traseiros e dei um impulso, que me jogou para a parede oposta, onde consegui usar as garras para escalar um pequeno trecho e então, de lá, saltar de volta para a escada. Vulto havia colidido contra o bloco de pedras e estava meio atordoado, mas isso não o impediu de continuar me perseguindo degraus abaixo. O que ele não esperava era que eu fosse me camuflar em uma sombra, saltar dela e arranhar seu focinho, para então subir para o topo da torre novamente.

Ele veio em meu encalço e conseguiu me encurralar um pouco antes de eu atravessar a porta vermelha. Foi quando torci para que gatos realmente tivessem sete vidas, porque uma ia acabar naquele instante.

— Chega, Vulto. Senta — grunhiu Tyrone, de repente.

Vulto obedeceu de imediato e se sentou, com o rabo abanando.

Fiquei tão atônita que voltei a minha forma normal no minuto seguinte. Conferi se não tinha urinado nas calças e, céus, ainda bem que não. Eu estava sentada e toda largada naquele canto do corredor, com o cachorrão diante de mim, mas ele não parecia mais se importar com qualquer coisa, mesmo com seu focinho arranhado.

Pelo menos deixei minha marca em você, maldito!, pensei. Só pensei.

Tyrone se projetou das sombras, chegando ao último degrau. Ele tinha um olho roxo, um filete de sangue escorrendo da boca, alguns outros hematomas pelo corpo e também pequenos arranhões aqui e ali, coisa e tal. Sua roupa estava em frangalhos.

Ele me ajudou a levantar do chão.

— Você tá bem? — perguntamos ao mesmo tempo.

Confesso que achei bonitinho.

— Sim — respondi primeiro. — Foi só um susto com o Tot... Com o *Vulto* aqui. Obrigada. Mas como você conseguiu?

— Acalmar o Vulto, você diz? Nós, caninos, falamos praticamente a mesma língua e nos entendemos mais fácil. — Ele se virou e piscou para o cachorro.

— E o Jekyll?

— Deu um trabalho danado, mas consegui aplicar a injeção no fêssor. Ele já voltou ao normal, mas não sem antes fazer uma bagunça no Calabouço.

— Como assim?

— Ele soltou os prisioneiros, Tina! Soltou todos. O castelo tá um caos! Duvido que alguém venha atrás de nós, agora que tem tanto monstro solto por aí.

— Nossa! Então era ele o cara infiltrado que queria libertar os prisioneiros?

— Parece que sim, mas não esquenta. O doutorzinho apagou depois disso tudo. Deixei ele lá e corri pra cá tão logo pude. Vocês enfrentaram bastante coisa pelo caminho, hein?

— Nem me diga!

— Você se saiu bem, Bafo de Sangue. Foi uma bela duma gatinha.

Tyrone colocou a mão no meu queixo e levantou meu rosto, aproximando o dele. Fiquei revigorada de repente. Quando seus lábios estavam próximos, algo aconteceu.

— Que isso aí? — coaxou Navas, no pior momento de todos os tempos.

O rapaz anfíbio estava parado na porta vermelha, nos encarando com seus olhos de sapo esbugalhados e uma malícia insuportável.

— Nada! — Foi a segunda vez que falamos ao mesmo tempo naquela noite.

— Ela tava com um machucadinho aqui, eu tava limpando! — respondeu Tyrone, desesperado e forçado demais. Não colou.

— Aham. Sei. Mas vocês não vão entrar não?

Entramos. Corados. Completamente constrangidos.

O lugar tinha uma luminosidade rareada, com poucas tochas ao redor. Vi dezenas, centenas, quase milhares de Betinas por ali, de várias formas e com tamanhos diversos. A sala era enorme, circular e tinha muitos, muitos espelhos, com tipos variados e colocados em todos os cantos, o que deixava pouco espaço para andarmos.

O excesso de reflexos, meus, de Tyrone, de Navas e de Adam, que encarava sua imagem enquanto refletia a respeito, causou forte vertigem em mim e tive de me apoiar contra uma pilastra.

— Ok. Qual o desafio aqui? — perguntou o rapaz anfíbio.

— Nenhum. É uma câmara com espelhos somente — respondeu Adam. — Na borda de cada espelho há um nome de cidade escrito. Vejam.

De fato. Ali estavam Madri, Kyoto, Maceió, Los Angeles, Nairóbi, São Petersburgo, Jaipur, Wuhan, Oxford, Santiago, Auckland, Nápoles, Guadalajara e centenas de outras.

Aproximei-me de um espelho com quase três metros de altura, tão fino quanto a minha silhueta. Na sua borda estava grafado "Londres". Além do meu reflexo, pude enxergar além. Mais do que um espelho, se parecia com uma janela.

Vi um quarto escuro, mas bem organizado, com móveis planejados e coloridos apertados no espaço, no que parecia ser uma quitinete. Do outro lado, uma pequena janela mostrava que aquele lugar estava no primeiro andar, porque notei parte de um ônibus vermelho, daqueles ingleses com dois andares, passando por uma rua. Era incrível e estranho ao mesmo tempo.

— Mas que diabos!

— Creio já ter ouvido falar sobre este local. Sempre achei que fosse uma lenda.

— O que exatamente, Frank?

— O Quarto dos Espelhos. — Adam se virou para nós e parecia ter recuperado parte de sua empolgação, numa mistura de deslumbre com ansiedade. — Existiam boatos sobre esta sala. Sempre ouvi dizer pelos corredores do castelo que o Quarto dos Espelhos era guardado a sete chaves por causa de seus portais. Daqui, podemos ir para qualquer lugar usando um desses espelhos.

— São espelhos mágicos?

— Não creio que isto se trate exatamente de magia, mas definitivamente não é ciência. É sabido que existam *buracos-espaciais*, como eu nomeei ainda extraoficialmente, espalhados pela Terra. São anomalias sobrenaturais, talvez provenientes da Correnteza de Sombras. Provavelmente o Senhor Drácula comprou ou construiu propriedades sobre estes pequenos portais, facilitando assim a locomoção dele pelo mundo, em seu intuito de resgate para acolher sobrenaturais em seu castelo. Ou quando necessitou de saídas rápidas de alguma missão perigosa. O Quarto dos Espelhos, esta é a sala secreta, afinal.

— Uau!

— Adorei a aula de História, Frankenstein, mas o que é que vamos fazer com um monte de espelhos, hein? Quebrar na cabeça de nossos inimigos?

— Eu não esperava muito de você, Atelopus, por isso mesmo lhe trago uma resposta de fácil compreensão: basta atravessar o espelho e estará instantaneamente na propriedade local do Senhor Drácula. E creio que seja do conhecimento de todos que Drácula possui propriedades ao redor de todo o globo. Por isso tantos espelhos.

— Mas por que eles guardariam este lugar, se ele facilita tanto os trajetos entre cidades e continentes de maneira fácil, sem que isso custe nada a ninguém?

— Justamente por isso, Tyrone. Da mesma maneira que podemos atravessar daqui para qualquer lugar na Terra, pessoas estranhas a nós, ou pior, nossos inimigos, também podem vir de qualquer lugar até o nosso lar. E o Senhor Drácula preza muito pela segurança do Castelo da Noite Eterna. Provavelmente, correu riscos mais de uma vez com o uso dos espelhos e resolveu interromper seu uso. Só voltaria a utilizá-los em situações emergenciais, como é o caso da garota sequestrada.

— Isso é verdade. Olhem! — eu disse, apontando para um espelho que tinha o vidro quebrado. Na borda, estava escrito "An-Najaf". — Aposto que não tem mais como ir daqui pra Anajaf. Anfage. An-Najaf.

— Não mesmo!

— Olhem este. Também não! — Navas percebeu outro espelho quebrado. Dessa vez era "Vancouver".

Encontramos outras passagens bloqueadas, como Córdova, Kerman, Gramado, Coimbra, Amsterdã, entre outras.

— Poxa, sempre quis conhecer Amsterdã — lamentei.

Adam deu um peteleco num enorme espelho redondo, onde estava escrito "São Paulo", e o vidro vacilou um milímetro para dentro. Ele deixou escapar um sorriso de satisfação.

— *Eureka*.

— Quê?

— É isso. Basta empurrarmos o espelho para atravessarmos o portal. Um por vez, para não arriscarmos um acidente. Todos preparados? — perguntou meu amigo cabeçudo.

Eu e Tyrone fizemos que sim, ainda que empapados de suor e sangue.

— Não vou com vocês — falou Navas seriamente. — Mas fico aqui de guarda, caso algo saia errado, ok?

— Acho justo. Agora vamos, já perdemos tempo demais.

Adam foi o primeiro. Sem esforço, ele tocou o vidro e o empurrou. O espelho virou como se fosse uma porta giratória, o menino gênio entrou e não o vimos mais. Isso quer dizer que ele não surgiu logo atrás do espelho, ele *entrou* mesmo, atravessando o tal portal.

Empolgadíssimo, Tyrone foi o segundo.

Antes de eu partir, o rapaz anfíbio me deteve e disse:

— Ei, princesa. Obrigado por me salvar aquela hora no Calabouço. Te devo essa. — Ele não sorriu, para não ferir seu orgulho impecável, mas eu percebi que estava sendo honesto.

— Tudo bem, Atelo... *Navas*. Aqui uma mão lava a outra, estamos todos no mesmo barco. — Depois dessa construção de frase pronta, empurrei o vidro e coloquei um pé para dentro, receosa. — Só fique ligado. Acerte qualquer coisa que saia daqui que não seja um de nós.

— Beleza.

O espelho girou. De repente eu estava em um cômodo escuro e poeirento, iluminado apenas por listras de sol que atravessavam a madeira bloqueando a janela. Um fedor entorpecente de mofo invadiu minhas narinas. Pelas beiradas do teto, dezenas de teias de aranha desenhavam um mosaico macabro, como se as paredes tivessem veios e respirassem por conta própria. Carcaças de sofás e poltronas estavam espalhadas pelo assoalho, servindo de moradia a ratazanas do tamanho de cães e que não temiam nossa presença.

Uma réplica do espelho que atravessamos também estava ali, confirmando a teoria de Adam com os portais espaço-temporais.

Três degraus acima nos tiraram daquele porão, para uma propriedade pequena e sem mobília, caindo aos pedaços, onde cada passo era um rangido. Afinal, o que uma casa abandonada se torna? É um museu das vidas que se passaram ali? Ou uma espécie de cadáver em madeira e pedra como um lembrete da mortalidade?

Vozes no ar ribombavam entre as paredes descamadas. Ruídos do povo lá fora, de um centro pulsante, com o sol a pico, que socou meus olhos assim que abrimos a porta. Reconheci o local de imediato, já havia passeado por ali com os Machado antes, mas agora isso ganhava outro sentido.

Estávamos no coração de São Paulo, com dezenas de prédios nos cercando por todos os lados e centenas de pessoas se acotovelando no calçadão, em uma mistura de etnias, formas e tamanhos que impressionaram Tyrone e deixaram Adam mais à vontade do que nunca.

Consegui reconhecer o Edifício Martinelli à nossa direita e a avenida São João à esquerda. Saímos de uma casa esquecida pelas pessoas e pelo tempo, indistinta e qualquer, com divisórias cobrindo sua fachada, como se estivesse pronta para demolição. Por bem, não era isso, uma placa avisava que ali era uma morada "tombada", por isso intocável pela prefeitura, ao lado de uma lanchonete vendendo açaí a cinco reais e a dois passos do metrô São Bento.

Drácula não escolheu aquele lugar por acaso. De acesso fácil e no meio do caminho para qualquer canto da cidade.

Adam teve de pedir a um funcionário para que me "convidasse" a entrar na estação, ou eu realmente não conseguiria dar um passo além. O rapaz achou esquisito, mas acredito que ele estivesse bastante acostumado com bizarrices diárias naquele local, por isso, assim que me viu, deixou escapar um sorriso safado, que logo se desfez com a carranca de Tyrone ao meu lado.

— Hã — Ele balbuciou, desconcertado. — Por favor, moça, entre.

Entrei.

O cigano trombou contra ele de propósito assim que passamos, mas soltou um "obrigado" mesmo assim.

Gastei os trocados que havia levado para comprar três passagens, então embarcamos meio aleatoriamente em um vagão lotado, onde ninguém se importava com o estado das minhas roupas ou com a aparência amarelada e fragmentada do menino gênio.

A voz sintetizada da mulher do metrô informou:

PRÓXIMA ESTAÇÃO: SÉ

A maior parte das pessoas desembarcou ali.

Tyrone aproveitou para se sentar, um pouco atordoado pela lotação, ao que me pareceu.

— Ainda vai demorar muito até nosso destino? — perguntou Adam.

PRÓXIMA ESTAÇÃO: LIBERDADE

— Não. Acabamos de chegar.

Diário de Betina, 14/11/17

22
COMEMOS YAKISOBA

PESSOAS E MONSTROS SÃO IGUAIS QUANDO ESTÃO COM FOME.

As pessoas se acotovelam, massageando a barriga que ronca de fome; os monstros também. As pessoas ficam mal-humoradas e reclamam o tempo todo, até que aquela fome toda seja aplacada por um almoço suntuoso; os monstros também. As pessoas fazem filas quilométricas na frente dos restaurantes e lanchonetes, tão ansiosas quanto famintas, sem saber que horas vão almoçar, mas que pelo menos irão comer quando chegar sua vez; os monstros não.

Monstros não esperam para comer, eles comem, caçam sua comida e quando ela demora a vir, eles rugem, berram e uivam.

— Tá ficando louco, cara?! — repreendi Tyrone assim que desembarcamos da estação Liberdade.

Ele havia soltado um uivo alto o suficiente para ser ouvido lá da Transilvânia.

— Relaxa, Bafo de Sangue — disse, tirando minha mão de sua boca. — Olha praquele maluco tocando fole enquanto seu chihuahua late na mesma sintonia. As pessoas nem repararam no meu uivo, ele tá roubando toda a atenção!

Era verdade.

Eu só havia estado duas vezes por ali, mas os momentos ao lado de Lucila tinham sido tão significativos que, mesmo anos depois, ainda parecia como se fosse ontem.

Estávamos todos atrapalhados pelo fuso horário diferente, mas isso não afetou minha memória. Pior do que o tempo, só o sol mesmo. Adam era o menos afetado dos três e eu com certeza a que mais ficava tonta naquele ambiente. Depois de uma semana abraçada pela escuridão eterna, foi bastante estranho ser tocada pela claridade novamente.

O nosso destino era paralelo à estação de metrô, a menos de vinte passos de onde desembarcamos. Descemos um trecho no meio da multidão faminta e das filas colossais, até chegarmos à Rua da Glória. Não demorou para encontrarmos o número 226, passando por prédios comerciais, entre uma livraria japonesa e uma quitanda.

— O esconderijo supersecreto dos inquisidores é uma casa lotérica? — perguntou Tyrone.

— Você nunca assistiu filmes chineses de baixo orçamento? — eu instiguei. — É tipo uma boneca russa. Tem um comércio dentro do outro, dentro de outro e assim por diante.

— Chineses ou russos? Não entendi.

A lotérica era simples, com adornos orientais para ornar com o bairro. Duas senhoras muito, muito velhinhas, lideravam a fila, com outros homens e mulheres logo atrás, segurando aflitos suas contas de luz e água para pagar. Não precisei forçar a vista para notar que na porta dos fundos funcionava um restaurante.

Lá foi Adam novamente, voltando com uma funcionária da lotérica, que, com uma má vontade mortal, pediu que eu entrasse. Entrei, mas Tyrone não perdeu a oportunidade de explicar a ela que eu tinha TOC e que precisava sempre de convites antes de pisar em algum lugar.

Foi ridículo, mas a mulher pareceu acreditar.

Afundamos para dentro do restaurante, da maneira mais natural e insuspeita possível, e nos deparamos com um espaço maior, de luzes vermelhas e um cheiro de miojo frito e frango grelhado com molho *shoyu* que me deixou imediatamente com muita fome. Diferente dos outros restaurantes pelos quais passamos, ali ainda havia vagas nas mesas circulares bem distribuídas, com um público mais adulto e tranquilo, por isso a cacofonia era menor e o som de um programa de notícias japonês rolando na TV de tubo presa à parede puxava mais nossa atenção.

Fui capturada pelo braço de repente e o coração veio parar na boca. O susto levou somente um segundo quando notei o chinês baixinho e careca me puxando para uma mesa de quatro lugares, bem no centro do local. Antes que eu pudesse hesitar ou reagir, já estava sentada. Os garotos não puderam fazer nada a não ser se sentarem também.

— Bem-vindos ao Ukemochi! O que vão queler?

— Ah...

Antes que qualquer um de nós pudesse pedir o cardápio, o garçom voltou a disparar:

— Hoje temos plomoção de tempulá e flango xadlês. Mas nosso *yakisoba* completo também fo...

— Yakisoba. Completo. Três pratos, por favor. Com sucos de limão acompanhando. — Adam foi objetivo e o garçom logo se esgueirou cozinha adentro fazer o pedido, em um corredor com três portas (as outras duas tinham placas de banheiro). — Ah, senhor?

— Sim? — Ele colocou a cabeça para fora da porta num instante.

— Apenas dois *hashis*. Para este aqui, talheres comuns.

— Sim!

— Ei, por que você apontou pra mim, cabeção? — perguntou Tyrone, numa careta.

— Você sabe comer utilizando o *hashi*?

— Não. E o careca fala *englaçado* — riu, latiu.

— Nem todo chinês fala assim. Este senhor deve ser algum imigrante que aportou recentemente ao Brasil.

— Mas espera... Você falou com ele em qual idioma? — perguntei.

— No português. Não estamos mais no Castelo da Noite Eterna, portanto o efeito da linguagem sobrenatural não ocorre no mundo comum. E antes que pergunte, e você irá perguntar, sim, também sou poliglota.

— Ah.

— Quer dizer que eu tô falando em inglês por aqui?

— Sim, Tyrone, mas aos ouvidos dos outros. Como nós três já estamos conectados pela nossa sobrenaturalidade, compreendemos um ao outro independentemente de onde estejamos.

— Legal. Então posso sacanear o japonês à vontade!

— O senhor é chinês, não japonês, apesar de eu ter identificado dois japoneses na entrada e outro ali no caixa. Aquele cozinheiro que está passando é claramente coreano. A Liberdade, onde nunca estive até então, mas li e ouvi muito a respeito, se tornou um bairro misto em grande parte por mais de uma cultura oriental já tem algumas décadas. Nos últimos anos, alguns nigerianos também aportaram por aqui, ainda que fosse pela... — Pronto, estava demorando para o Adam começar a despejar seu conhecimento sobre nós.

Deixei rolar, o tempo passava mais rápido assim... Até que nosso prato finalmente chegou. A porção era suficiente para nós três e ainda achei que sobraria. Eu não fazia ideia de como pagaríamos por aquilo, mas o *yakisoba* parecia tão apetitoso que comecei a comer em silêncio e bastante concentrada. Então:

— A base inquisitória está logo após a cozinha.

— Belo chute, Frank, mas como...

— Como eu sei, Tyrone? Veja bem, estamos no térreo de um antigo edifício que cobre dois quarteirões. O que evidencia que existe *mais* espaço ao fundo. Bem mais espaço, considerando que a casa lotérica e este restaurante não são tão grandes assim. Com certeza as instalações inimigas se alojaram nos fundos, após a cozinha.

— Tá *cherto* — eu disse, com muito macarrão na boca. — Eu e o *Bocha* de Pelo vamos pra lá. *Vochê* fica aqui.

— Que idioma ela tá falando agora?

— Por que devo ficar, Betina?

— Olha — Desci o restante da comida com mais um gole de limonada —, se nós três formos pro corredor, isso vai ficar muito estranho e suspeito, não acha? Então, agora vou ao banheiro feminino e daqui um minuto o Tyrone vai pro banheiro masculino. De lá, entramos no corredor e resgatamos a garota. Você fica aqui e distrai o garçom e qualquer outra pessoa que possa perceber nossa movimentação prédio adentro.

— Não gosto tanto deste plano, mas dada nossa condição em um restaurante, estou de acordo. Contudo, se qualquer coisa sair errada por lá, não hesitem em me chamar, certo?

— Ok — respondi, dando um peteleco na escuta presa em meu ouvido. — Te chamo por aqui se algo rolar.

Levantei e fui para o banheiro. De fato, eu *precisava* mesmo ir ao banheiro. Depois de um minuto ou dois, saí e lavei a mão na pia que ficava no centro do corredor. Através do espelho, atrás de mim, vi Tyrone colocando a cabeça para fora do banheiro masculino e falando comigo com os olhos. Respondi e concordamos em silêncio.

Olhei para a direita e Adam capturou o chinês careca no instante exato que eu precisava (pedindo por uma Coca-Cola, coisa e tal), então deslizei para a esquerda, entrando no outro corredor anexo, mal iluminado e comprido, que dava para uma porta preta na outra extremidade. Não demorou para que Tyrone se esgueirasse por ali também. Em silêncio, caminhamos e abrimos a porta com cuidado, sem fazer barulho, e a fechamos depois de entrar.

Chegamos ao que parecia ser um depósito, com caixas e mais caixas empilhadas por todos os cantos nas muitas estantes de metal, em um espaço enorme e fedorento, com algumas luminárias japonesas despejando luz vermelha.

— Consigo farejar — murmurou o cigano, a voz cheia de tensão, a testa molhada de suor.

— A garota?

— Dois cheiros. — Ele deu alguns passos adiante e logo encostou numa prateleira, como se para ficar oculto do que estava mais ao fundo. — Um cheiro de, sei lá, rosas e hortelã. O outro me parece um perfume azedo, muito, muito forte. Tá atrapalhando meu olfato.

Abaixei-me e engatinhei até o lugar que ele tinha indicado. Tyrone ficou para trás, guardando a retaguarda, como o combinado. Comecei a ouvir sussurros na escuridão. Aumentei o volume da escuta, assim os garotos também poderiam ouvir.

Uma das pessoas parecia respirar com dificuldade, mas não havia medo nela.

— Então ele não vem? — perguntou uma voz de moça, que imaginei pertencesse a *nossa garota*.

— Oh, você realmente achou que o Diretor lhe daria essa honra, querida?

Epa. Essa voz era familiar. Mas não, não podia ser.

— Que pena — continuou a primeira e ofegante voz. — Eu só queria finalizar meu contrato com ele, depois de tudo.

— O Diretor não tem mais nenhum assunto para tratar com você, monstrinha. O que está feito, está feito. E ele não encerra contratos assinados. Você já *está* condenada.

— Compreendo. Assinei minha sentença, aceito isso.

— Pois é. Você até poderia se salvar, mas gastou muito do nosso tempo aqui, com essa conversa que não levou a nada. Nenhuma tortura funcionou, nenhuma ameaça nos levou a qualquer lugar. Então, assim que nosso carrasco voltar, você será encaminhada para o inferno que sua espécie merece, sua coisinha horrorosa.

Avancei e cheguei até a última prateleira. A luz vermelha revelava uma pequena mesa redonda de metal com três cadeiras, duas delas ocupadas. Em uma, havia uma moça gordinha amarrada, com um macacão saruel em farrapos, de longos cabelos ruivos e ondulados.

Na outra, uma velha usando um vestido amarelo fluorescente com estampas espiraladas de laranja e um chapelão verde de plumas negras. Parecia um abacaxi e fedia à naftalina com perfume barato.

— Jesus Cristo, como ele demora a chegar — resmungou Dona Edna.

Mas é claro.

Algo fervilhou dentro de mim. A bile de sangue tomou conta da minha boca. A adrenalina passou a me consumir gradualmente. Nossa, como eu detestava aquela mulher.

— Alguém sabe me dizer as horas? — perguntou a garota, de um jeito doce e aleatório.

Como assim "alguém"? Só tinha ela e a velha naquela sala, ou será que ela sabia da nossa presença?

— Hora de você morrer — disse a voz baixa e gutural de um homem. Eu não havia notado ele ali antes! Nem mesmo o superolfato de Tyrone foi capaz de identificá-lo.

Falando nele, aliás:

— Desculpa, Tina. Ele me pegou por trás. — O cigano deu de ombros, arrependido.

O Senhor Machado tinha um revólver apontado para as costas de Tyrone, que estava com as mãos levantadas, completamente rendido pela investida surpresa. Ao lado do homem, uma versão robô de Cunha, o cão, me deixou claro que aquele terrível são bernardo sempre fora um construto, por isso não morreu da primeira vez que lutamos na casa dos Machado.

Ele rosnava de maneira sintetizada, evidentemente programado para me matar.

De qualquer forma, isso havia revelado minha posição e logo todos estavam me olhando. Eu, entre os homens de um lado e as mulheres do outro, sem muitas opções.

— Por Deus! Mas o que é que está acontecendo por aqui? — Dona Edna se levantou, mas não parecia. Sentada ou em pé tinha quase o mesmo tamanho.

— São mais monstros — disse o Senhor Machado, por baixo de seu bigode severo.

— VOCÊ! — gritou a velha ao finalmente reparar em mim.

— Surpresa em me rever, sua maldita? — rangi entredentes.

— Eu não acredito que ainda esteja viva!

— Não só estou viva como vim com meus amigos salvar essa garota de pessoas como vocês! — Droga, falei *amigos*, no plural, e acabei entregando que tinha mais uma carta na manga. Paciência, não dá para raciocinar direito quando estamos em situação de risco.

— Não. Vocês três morrerão aqui e agora. — O homem foi incisivo.

— Espere por Van Helsing, querido. Não precisamos sujar nossas mãos.

Só a menção do nome do caçador já me causou arrepios.

— O almoço daquele rapaz está demorando. Não vou esperar. — Ele pressionou o cano contra a nuca de Tyrone e destravou a arma. Então, olhou para o robô e deu a ordem: — Cunha, mate Betina!

A criatura emitiu um longo zunido — que parecia internet discada —, que ressoou pelo depósito. Luzes vermelhas se acenderam nos olhos do robô-cão. Ele avançou e saltou sobre mim. Não pensei duas vezes, peguei uma caixa não tão leve assim, com sons de porcelanas tilintando lá dentro, e a bati contra Cunha, o cão, que atravessou o piso como se fosse uma lata de lixo.

E antes que qualquer outro pudesse raciocinar, fui até Dona Edna, a peguei pelos cabelos e bati seu rosto contra o tampo da mesa. Uma pequena poça de sangue brotou dali. Deu até uma fomezinha.

— Olha, não sou de bater em velhinhas, mas a senhora não se enquadra nessa categoria — rugi, controlando minha raiva o tanto quanto podia. — Isso foi pela ruiva. — Então, bati o rosto dela novamente contra a mesa e a soltei. — E essa, pela Lucila.

Ela caiu sobre o próprio chapéu, atordoada e assustada. Arrastou-se contra uma parede, passando a mão no rosto manchado de sangue e olhando para as mãos vermelhas.

— Olha o que você fez! Sua pequena vadia!

Deixei a velha esperneando sozinha e voltei minha atenção para o Senhor Machado. Inabalável, como eu esperava que estivesse; a pistola pronta sobre Tyrone.

— Belo show. Agora, vocês morrerão. — O homem sentenciou.

— Cê já disse isso, bigodudo! — grunhiu entredentes, com um intrigante sorriso no rosto.

Clic.

BANG!

A bala acertou uma pilastra do outro lado.

Foi quando percebi a situação: Tyrone havia assumido sua meia forma de homem-lobo, um pouco maior, parrudo e peludo, mas ainda não a ponto de ficar tão assustador quanto eu imaginei que seria. Ele tinha levantado a mão do Senhor Machado alguns centímetros acima de sua cabeça, por isso o disparo não o acertou.

Isso tudo deve ter acontecido num piscar de olhos, porque não vi quando e como aconteceu.

O homem não hesitou e logo apontou para mim. Disparou. A bala atingiu onde ele havia mirado: o meu peito. O impacto me jogou por cima da mesa e depois contra a parede. Bati e caí sentada.

Tyrone surtou, capturou o Senhor Machado pelo braço que empunhava a arma e o puxou, fazendo com que ele girasse no ar até cair de costas no chão. O revólver rodopiou pelo piso, indo se perder no meio das caixas. O cigano se colocou sobre o outro e usou suas garras para abrir talos e mais talos em seu peito, se banhando em sangue, uivando de fúria e prazer ao mesmo tempo.

— PARE! — ordenei com um grito.

A surpresa de Tyrone em me ver em pé, ali ao seu lado, fez com que se detivesse imediatamente.

— C-Como? — perguntou estupefato, as mãos imundas de sangue.

Dei tapinhas sobre a jaqueta-simbionte intacta, apenas com uma manchinha onde havia sido atingida, provando realmente que era à prova de balas.

— Ah. — Ele se colocou em pé, levantando o homem pelo pescoço. O Senhor Machado sangrava muito, mas ainda estava vivo. — Mesmo assim vou matá-lo.

— Deixa disso, cara. Já conseguimos o que queríamos, eles não podem fazer mais nada agora.

— Você não entende, Tina? Essas pessoas mataram e continuam matando muitos de nós. E eles não vão parar. Temos que destruir todos eles!

— Não cabe a nós decidir quem vive ou morre. Se você matá-lo, não será diferente dele. Mas nós somos melhores do que essas pessoas.

— Eu não quero ser melhor. Eu quero vingança.

O meu papo sincero e altruísta não ia funcionar com aquela versão furiosa de Tyrone, mas algo naquele momento poderia servir para eu mudar o jogo.

Por isso, quando Cunha, o cão, o robô, o maldito, saltou das caixas, novamente vindo em minha direção com sua ira assassina programada, eu resolvi arriscar:

— Não o mate, Tyrone. Em vez disso, você pode me salvar e descarregar toda sua raiva nesse cachorro exterminador do futuro, o que acha?

O cigano não pensou duas vezes.

E eu não creio que ele realmente abandonou a ideia de matar o Senhor Machado, mas quando percebeu Cunha voando para cima de mim, ele soltou o homem e se colocou na frente do robô, o estraçalhando com um único golpe. Um soco tão poderoso que não só explodiu a coisa no chão como abriu uma pequena cratera, ali mesmo.

Ele uivou, então arfou, desgastado e quase imóvel entre os destroços do que um dia foi a mascote de Lucila. Até que finalmente voltou a sua forma comum, aparentemente um pouco mais calmo.

— Valeu, Bola de Pelo! — eu disse, sem perder tempo, enquanto me dirigia até o Senhor Machado estatelado no chão. — Agora, por favor, será que você poderia soltar a moça ali enquanto eu dou um jeito nele aqui?

Tyrone não gostou muito da ideia, mesmo assim fez o que eu pedi e libertou a garota com um corte rápido de sua garra sobre o nó de marinheiro que a prendia na cadeira. Ela olhou de esguelha para Dona Edna (agora completamente em silêncio depois de ver o lobisomem em ação), como se dissesse "viu, é isso o que acontece quando você mexe com os sobrenaturais".

Voltei-me para o Senhor Machado:

— Os cortes estão feios e vão deixar uma bela cicatriz no seu peito, mas nenhuma veia ou artéria foi atingida, eu acho. O senhor vai sobreviver pra contar sua vergonha para a tal da Inquisição Branca. — Ele me encarou com ódio, em sua cara fechada e sisuda, mas nada disse. Levantei, olhei para a velha do outro lado e finalizei: — Também quero que mandem o tal do Diretor se ferrar! E sejam inteligentes: não nos sigam.

A garota estava um pouco fraca, depois de tantos dias presa ali, por isso envolvi meu braço em seu pescoço e a ajudei a caminhar. Tínhamos praticamente a mesma altura, então foi fácil.

De perto, reparei em seus olhos verdes como duas esmeraldas cintilando acima de várias sardas bem distribuídas pelo rosto redondo de porcelana. Ela era realmente muito, muito bonitinha.

— Sou Betina, este é Tyrone. Como se chama?

— Mirela. — Ela respondeu com um sorriso encantador. — Mirela Maeve. Obrigada.

Partimos os três do depósito de volta para o restaurante.

Diário de Betina, 14/11/17

23
DESCUBRO QUE O BURACO É MAIS EMBAIXO

NINJAS, MONGES *SHAOLIN* E COZINHEIROS ARMADOS CERCAVAM ADAM NO RESTAURANTE.

— Olá — ele disse encabulado. — Desculpe não ter ido ajudá-los, mas é que eu fiquei detido aqui por estas pessoas. Pelo menos elas esperaram eu terminar de almoçar.

Entre os guerreiros, vi o garçom chinês trajando bata e sapatilhas, à maneira de um monge *shaolin* (eu acho, mas minhas referências eram os filmes do Jet Li), enquanto empunhava uma lança, com outros iguais a ele, entre homens e mulheres.

Um dos cozinheiros segurava um facão bem próximo do menino gênio, acompanhado de outros cozinheiros, com garfos, rolos de macarrão e colheres de pau bastante ameaçadores. Todos os ninjas ocultavam o rosto com uma máscara preta de lã, só com os olhos para fora, usando espadas *katana* e um ou outro ali se parecia com as duas senhorinhas que eu tinha visto na fila da lotérica.

Realmente, a Inquisição Branca era como um vírus na sociedade e tinha um alcance bem maior do que imaginávamos.

Não reagimos. Adam transmitia certa confiança no olhar, enquanto retirava de sua mochila aquela coisa que a princípio eu achei que fosse um tripé. Era um cabo de metal dobrado em três partes. Rapidamente ele desdobrou e estendeu o objeto, que se transformou em um... cajado! Um cajado comprido e mais imponente agora. A ponta tinha o formato de uma nadadeira ou de cabeça de pá.

Se eu fosse ingênua, até poderia dizer que aquilo se parecia com um remo *high tech*.

— Minha Santa Sara Kali!

Tyrone foi surpreendido quando um primeiro guerreiro deu o primeiro passo. Os outros o seguiram, até que todos estavam avançando sobre o menino gênio. Então, meu amigo fez algo que eu realmente não estava esperando que ele fizesse. O objeto foi ativado, um zunido no ar indicou isso. Os vincos das cicatrizes sobre sua pele acenderam em um neon azul em resposta à arma e Adam ficou parecido com um personagem de Tron. O cajado vibrou em suas mãos, até que ficasse completamente eletrificado.

Ele nos olhou e disse friamente:

— Deem um passo para trás, por favor.

Demos três passos para trás, de volta ao corredor, e foi aí que Adam bateu com a pá de seu cajado no chão, que estourou num baque abafado e gerou um pulso elétrico muito brilhante, me cegando por alguns segundos. Minha pele formigou, escutei uns berros.

Quando a visão voltou, ainda meio embaçada, notei todos os guerreiros no chão, desmaiados, coisa e tal. A corrente elétrica ainda passeava pelo corpo de um ou outro.

— Que isso, cara?

— Um cajado elétrico que eu mesmo projetei, Betina. Só uso em emergências.

Ao redor dos caídos, um círculo de queimadura marcava o chão. O cheiro de churrasquinho empesteou o restaurante.

Deu até fome.

— *Adi* calculou certinho o raio de seu pulso elétrico, por isso não nos atingiu — disse Mirela com empolgação, em uma felicidade maior do que ela.

Então correu até ele e o abraçou.

Adam sendo Adam, não retribuiu o gesto e nos dirigiu um olhar aflito e curioso, como se perguntasse "quem é esta fã?".

— Adi? — Tyrone perguntou, segurando a risada. — Que intimidade é essa, moça?

— Hum. Mas não tiraram uma das memórias dele justamente pra que não se lembrasse dela? Então. — Eu disse e me aproximei deles, tomando o cuidado para não pisar em uma ninja com a bunda virada para cima. — Mirela, não se preocupe, o Adam não vai lembrar de você agora, mas a gente conserta isso depois, tá?

Ela apenas sorriu do jeito dela e eu me senti bastante aquecida, com o rosto quente, meu olhar perdido entre suas duas esmeraldas, coisa e tal.

Tentamos sair da maneira menos suspeita possível daquele restaurante e, mesmo feridos e cansados e suados, ainda conseguíamos cada um andar com os próprios pés sem ter de carregar ninguém, e assim atravessamos o quarteirão, passando através dos arcos orientais vermelhos da Liberdade.

Acabei trombando com um rapaz esguio bem mais alto do que eu, que vinha na direção oposta, vestindo jaqueta preta, camiseta preta, calça preta, quase uma sombra de pessoa. Seus cabelos eram negros repicados. De olhos pequenos e cinzas, mas sem brilho. O rosto pálido era lânguido e tinha algo de familiar ali, sabe?

Mas não tive tempo de dar atenção a isso e logo embarcamos na estação Liberdade, voltando para o metrô São Bento. É importante lembrar que, nesse processo, perdemos mais ou menos cinco minutos tentando coagir um velho faxineiro a me convidar a entrar no local. Ele resistiu, mesmo sob ameaças de Tyrone, e ainda começou a criticar a juventude atual, coisa e tal.

Mirela cochichou alguma coisa nos ouvidos do homem e só assim conseguimos que ele me convidasse. Eu nem perguntei.

Não era mais horário de almoço, os locais estavam menos lotados e supus que as pessoas estivessem presas em seus respectivos escritórios. Durante todo o trajeto, aproveitamos para conhecer Mirela. *Conhecer* pode ser um tanto gentil demais, já que muitas vezes as perguntas ansiosas de Tyrone, as calculadas de Adam e as supercuriosas minhas mais pareciam um "interrogatório", pobrezinha.

Dessa forma, descobrimos que ela tinha crescido no meio de uma grandiosa e tradicional família escocesa, os cristãos Maeve, que nunca aceitaram sua condição sobrenatural revelada na pré-adolescência. Depois de passar na mão de pastores, padres e exorcistas, parece que seus pais optaram por algo mais radical. Foi quando Mefistófeles entrou na história.

Os Maeve fizeram um acordo com a entidade: a "cura" da filha em troca de suas almas como pagamento. Após assinarem contrato, foram descobrir que nunca se deve fazer acordo com o diabo, mesmo no desespero. Sendo assim, Mirela continuou sendo uma sobrenatural e seus pais e irmão pequeno tiveram suas almas levadas. Agora, vivem em estado catatônico, sendo cuidados 24 horas por dia em uma clínica exclusiva da família.

Amargurada pela tragédia, Mirela vem, desde então, tentando reverter essa situação de algum modo. Uma tia distante, também sobrenatural, veio em seu auxílio e a levou para estudar bruxaria na Bélgica, onde foi acolhida por outras praticantes da *Wicca*, em um longo retiro.

Mirela tinha treze anos quando tudo isso aconteceu (pois agora tínhamos a mesma idade) e foi nesse curto período que ela se descobriu uma sobrenatural com clorocinese, capaz de controlar plantas e flores, até mesmo realizar algumas curas com poções advindas da natureza. Itinerantes, as bruxas viajavam pela Europa para ajudar doentes e crianças carentes por meio de ONGs. Assim, Mirela aprendeu a controlar melhor seus poderes.

Ou foi o que acharam.

Mirela pulou essa parte da história, mas acho que coisas ruins aconteceram. Foi quando ela pediu para que fosse aprisionada no Castelo da Noite Eterna, já que se considerava um perigo para si mesma e para toda a humanidade.

— Então você é uma bruxa. — Tyrone foi o responsável por atestar o óbvio aqui.

— Sou.

— F-foi você. — Já estávamos descendo para o porão da velha casa de Drácula naquele momento. — Foi você quem atacou os caminhoneiros para me salvar?

— Sim. De certa forma, sim.

— Uau! Obrigada, ruiva!

— Adi tentou me impedir de seguir naquela missão, pois era muito arriscada. Mas eu queria tentar usar minhas habilidades para algo bom pela primeira vez.

— Como você estava presa por vontade própria, suponho que o Senhor Drácula a tenha liberado para voar na torre pela Correnteza de Sombras e resgatar a filha dele.

— Sim.

— Pois é. Dada minha programa... Minha *personalidade*, eu realmente teria achado esse plano bastante arriscado. Assim como acho este.

— E quem diabos é o tal do Mefistófeles, hein? — perguntei.

— Isso mesmo.

— Isso o quê?

— O diabo. — Mirela respondeu, antes de atravessarmos o espelho de volta. — Não a figuração cristã e chifruda que se tem dele. Mas essencialmente, ele é o diabo sim.

— Ai, céus!

— O Compêndio Antinatural dos Primeiros Passos dos Sobrenaturais em sua Urdidura, de Tracy Spencer, publicado em 1732, aponta que Mefistófeles foi uma das primeiras criaturas a caminhar pela Terra, antes dos homens e dos animais, e que encontrou na barganha a maneira de se manter imortal. Por isso, desde tempos imemoriais, ele vem redigindo contratos para todos que se interessam em conquistar ou ganhar algo mais facilmente. As almas dos vivos que recebe nas barganhas são o que o mantém eterno. É o pai dos *djinns* das arábias e avô de todos os primeiros sobrenaturais, conhecidos como Exórdios. Esse livro consta em nossa biblioteca, caso alguém se interesse — informou Adam, encantado pela lembrança do conhecimento. — Mas sempre achei que essa história fosse folclore.

— Infelizmente não é, Adi.

— Sei que o Diretor é a principal figura que comanda a Inquisição Branca — continuou o menino gênio. — Ouvi através da escuta o que você disse quando conversava com a mulher, mas não entendi a relação do Diretor com Mefistófeles.

— Eu comecei a investigar isso no tempo livre que passava na cela. Sim, tem *wi-fi* por lá e eu era a única prisioneira com acesso a *smartphone* — sorriu bobamente, suas sardas brilhavam mesmo na penumbra do porão. — Enfim, não tenho muitos detalhes, mas cheguei à hipótese de que o Diretor trabalha para Mefistófeles. Muita coisa aponta para isso.

— E eu achando que esses inquisidores odiassem a gente — falei. — O Mefistófeles é tipo um sobrenatural, não é? O primeiro, coisa e tal.

— De certa forma, sim. Mas não seria a primeira nem a última vez que humanos e sobrenaturais se aliam por alguma razão. Talvez seja o caso aqui. — Ela concluiu.

— Sinistro.

— Por favor... — A bruxa começou, quase uma súplica. — Vamos evitar nos referirmos a ele pelo nome. O diabo não gosta de ser lembrado pelo que é. Nomes reavivam memórias. E ele ouve. Vamos apenas deixar isso de lado e tentar não morrer.

Peguei Mirela pela mão, a pele macia estava quente e suada na palma. Ela segurou firme, com todas as certezas possíveis.

Atravessei com ela o espelho, os garotos nos seguiram e não olhamos mais para trás.

A missão tinha sido cumprida, afinal.

Diário de Betina, 14/11/17

NOVA MENSAGEM   X

para: contatovh1890@omosteiro.org

de: diretor@omosteiro.org

data: 14 de nov. (há 12 horas)

assunto: Re: Ocorrência 13666 URGENTE

Diretor,

Como previmos, os monstros vieram ao resgate da bruxa e tiveram sucesso.

Eu não estava presente quando eles invadiram a base, mas os vi saindo do local e neste momento estou seguindo-os no meio da multidão, com meu disfarce.

Acredito que finalmente vamos conseguir aquilo que tanto queremos: a localização do Castelo da Noite Eterna.

Meu próximo e-mail será de dentro da fortaleza, esteja certo disso e aguarde.

VH.

Clique aqui para Responder ou Encaminhar

24
MONTAMOS UM GRUPO DE RPG

NAVAS ESTAVA CRISPADO NO CHÃO, TREMENDO DE MEDO.

— Suas pestes! — guinchou Sir Karadoc, seguido de um bocejo, ainda sob o efeito do sonífero. Ele empunhava Rachada, nos esperando assim que atravessamos o espelho, de volta para o Quarto dos Espelhos. — Não deviam ter feito isso! Óinc!

— Já fizemos — eu disse, sem paciência. — Agora Mirela precisa de cuidados médicos. Tá bem desidratada. Deixe os sermões para depois!

— Vocês terão a sua vez. — O Cavaleiro Porco estava furioso e disparava um "óinc" após o outro. — Venham comigo!

Sir Karadoc nos guiou escadaria abaixo pela última torre, atravessando todas as armadilhas desativadas, com Vulto na retaguarda, enquanto amaldiçoava Tyrone por tê-lo enganado com aquele café dos sonhos (literalmente!).

Quando chegamos ao Calabouço, saindo pela cela 09, a visão era surpreendente. A maior parte das celas estavam abertas, com a Gaiola rangendo pelas fugas, que provavelmente aconteceram por ali. Como os prisioneiros sobreviveram à queda de quilômetros naquela montanha, eu realmente não sei. Dr. Jekyll não estava ali, mas fiquei aflita me perguntando se voltaríamos a vê-lo, ou a Mr. Hyde.

Avançamos pelo corredor escuro e o coro fantasmagórico desta vez parecia aflito, com uma cantiga sem palavras cheia de urgência nos tons. Mas em vez de subirmos pelo alçapão improvisado, o cavaleiro nos conduziu até uma escada espiralada aos fundos, que todos nós desconhecíamos e levava até uma parede de madeira poucos degraus depois.

Ele empurrou sem muito esforço, a parede rangeu, soltou um punhado de poeira e girou. De repente, estávamos no meio de livros e fantasmas, na biblioteca. Uma passagem secreta, é claro.

De lá, fomos rapidamente até o saguão.

— Ei — protestei. — Por que estamos indo pra cozinha em vez da enfermaria?

— A guria aí vai querer ver alguém antes de tomar suas injeções.

Sir Karadoc bateu três vezes contra a porta da cozinha e depois se afastou de maneira considerável. Eu não tenho certeza, mas acho que ele tinha medo da cozinha como um vampiro do sol. Ver seus iguais sendo preparados para banquetes não devia ser uma visão lá muito agradável.

Baba Ganush se projetou pelo vão da porta, os olhos esbugalharam quando viram Mirela. A alegria tomou ambas, que se abraçaram por longos minutos, num misto de lágrimas e perguntas.

Uma rosa negra desabrochou num canteiro ao lado da porta.

A velha beijou o crucifixo que a ruiva carregava no pescoço.

Tyrone fuçava nas panelas fumegantes em busca de algo para comer, enquanto Adam dava voltas no próprio eixo, reclamando do sinal de *wi-fi*. Navas estava paralisado como um soldado fiel ao lado do Cavaleiro Porco. Vulto se deitou próximo ao meu pé, como se quisesse me impedir de dar qualquer passo além do permitido.

De repente, um estrondo.

Vidros estilhaçaram, as paredes vibraram, ouvi gritos. Aquele punho gelado voltou para agarrar meu coração, trazendo junto agonia e receio.

— Mas que diabos?

O chão tremeu. O estrondo foi realmente impressionante, parecido com um terremoto. O som vinha do lado de fora, provavelmente do jardim do cemitério, na entrada do castelo.

Sem hesitar, corremos até o local. Sir Karadoc tomou a frente, escancarou o portão de ferro e brandiu Rachada assim que percebeu o perigo que teria de enfrentar. Por cima de seus ombros, eu vi o inimigo sobre o monstro.

Era um homem que mais parecia uma sombra, coberto de preto e vermelho, esguio e alto. Usava capuz na cabeça, faixas nos punhos, botas firmes, além de variadas lâminas presas na cintura. Uma delas, longa como uma lança, estava cravada sobre o ombro de Lenard, abatido e estatelado no chão de pedra ao lado do cemitério.

Os mortos-vivos não vieram ao nosso socorro, talvez sabendo o que enfrentariam.

Dos céus, choviam cacos de vidro. A janela de uma das torres cuspia fumaça lá do alto. A queda devia ter sido terrível.

— A casa caiu, xará! — bravejou Sir Karadoc. — Solta o garotão.

A figura sombria finalmente resolveu nos dar atenção. Quando se virou, notei o rosto sem sorriso, de olhos coléricos, numa expressão congelada que transmitia pavor.

O homem da máscara de ferro abandonou Lenard, ainda pregado com a lança no chão, e veio até nós. Eu o reconheci, dos sonhos, da onde? Ah sim, da minha primeira vez no Salão dos Pesadelos. Foi a figura dele que se projetou para mim.

Minha visão de futuro daquele exato momento.

— Van Helsing — murmurou Mirela, os olhos estatelados de pânico.

Van Helsing caminhava sem pressa, a poucos metros de nós. Ele tinha um jeito elegante de andar, confiante como poucos, sem medo do que estava diante de si. Seus braços estavam cruzados na frente do peito, próximos aos ombros. Quando ele desceu os punhos, lâminas retráteis surgiram dali, como se presas na altura dos pulsos e prontas para matar.

Sir Karadoc trajava uma armadura completa de bronze, projetada especialmente para seu corpo suíno. O metal era leve e compacto, com ombreiras de onde se projetavam espigões de prata, e um cinturão dourado bastante vistoso. Braçadeiras, perneiras e caneleiras cobriam todos seus pequenos membros felpudos.

A pescoceira e o peitoral eram as únicas partes que pareciam mais pesadas ali, mostrando uma estampa da espada fincada na pedra sobre um círculo branco, a Excalibur de Arthur e a Távola Redonda. O elmo com crista felpuda e vermelha apertava suas gordas bochechas, mas deixava o focinho livre para revelar as presas enormes, tão perigosas quanto a espada que empunhava.

— Um caçador entre nós? Como isso tá acontecendo? — perguntou Navas, tremendo.

— Culpa de vocês, gurizada! Ele os seguiu e atravessou o espelho. *Óinc!*

— Mas é claro — adivinhei. — Isso explica por que Van Helsing não apareceu na base em São Paulo quando chegamos lá. Ele estava à espreita, só esperando a oportunidade de nos seguir até aqui!

— Droga, Bafo de Sangue. Foi tudo um maldito plano e caímos de cabeça na armadilha deles!

— Então eles estavam me usando o tempo todo só para descobrir a localização do castelo. — Mirela lamentou com a voz embargada. — Sinto muito. Vocês nunca deviam ter me resgatado. Agora o castelo será revelad...

— Pare — eu disse, tocando sua mão, a encarando com firmeza. — Apenas pare, ruiva.

— Tanto faz se o caçadorzinho descobriu ou não nossa localização. Eu não vou deixar ele sair vivo daqui hoje! — Sir Karadoc guinchou, levantou a espada e correu até o outro.

As lâminas se beijaram e eles começaram a dançar.

Van Helsing era claramente mais rápido e se movia como uma folha ao vento, desviando de cada estocada com graça e galhardia, optando por fazer suas facas longas baterem contra Rachada ou fazerem ela escorregar para o lado.

O Cavaleiro Porco, por outro lado, era menor, mais pesado e com menos paciência. Eu não faço ideia de como ele se comportava em luta na época em que era um paladino humano, mas aqui ele fazia o que podia, dado que seu alcance encurtado não favorecia bons ataques, todos eles um pouco mais lentos e maciços demais.

Mas ele não parava de estocar, disparando um golpe atrás do outro, não oferecendo oportunidades para o inimigo revidar.

— Ele não vai vencê-lo deste jeito — afirmou Adam, com uma sinceridade cortante. — Sir Karadoc é habilidoso e um combatente singular, mas ainda está sob efeito do sonífero e suas capacidades caíram para 50%.

— Verdade, cabeção! E vocês viram, o caçador derrubou o Lenard com facilidade. O ieti é tão forte e resistente quanto eu. Essa briga não vai ser fácil!

— Sir Porco só está ganhando tempo. Temos que fazer alguma coisa! — eu disse.

Mirela correu até o portão e pediu que Baba Ganush se trancasse nos aposentos superiores com os sobrenaturais menores ou que ainda não tivessem preparo para a batalha. Quando perguntou por Baal, a governanta revelou a ela que o gigante ainda estava preso no banheiro, graças ao laxante que Tyrone havia colocado em sua bebida.

Eu não pude deixar de lamentar aquilo tudo, com uma vergonha ferrenha. A velha se retirou junto de Vulto e a bruxa voltou até nós, sem dizer uma palavra, apenas nos condenando com o olhar.

Sir Karadoc rolou pelo chão e abriu um pequeno corte no tornozelo do inimigo, que desceu a faca e encontrou apenas a grama. Depois, o Cavaleiro Porco saltou, bateu com o punho da espada entre os olhos do outro e aproveitou o atordoamento causado para cravar Rachada em seu ombro, deixando Van Helsing imóvel por um momento. Eu não escutava ele gemer nem nada, era um cara de poucas palavras.

Acontece, que o caçador tinha por volta de um metro e oitenta e Sir Karadoc não passava dos sessenta centímetros, de maneira que, assim que ele deixou sua espada presa no ombro do outro, teve de voltar ao chão.

Desarmado.

Foi questão de tempo até que Van Helsing se recuperasse, retirasse a lâmina de si e desse um chute na boca do estômago do nosso pequeno amigo suíno, que foi jogado metros à frente, indo parar no meio das lápides do cemitério, enquanto seu algoz brincava com sua espada de maneira insolente.

— Não... Toque... em Rachada... — gemeu o suíno, atordoado no chão.

— Esta espada é só uma espada — disse Van Helsing. Foi a primeira vez que eu o ouvi falar. Sua voz saía abafada por baixo da máscara, era séria e fria. — No Mosteiro, não damos nome às armas porque elas são apenas instrumentos de morte. Impessoais, bebedoras de sangue, tira-vidas. Quando se nomeia uma espada, você a engrandece e glamouriza seu usuário. Mas geralmente os guerreiros que a empunham não são dignos de usá-las, por isso também a ideia de um nome perde todo o significado.

— Não me... desonre, xará! Solte... Rachada...

— Você é indigno desta lâmina, monstro. Ela agora me pertence. — O caçador embainhou a espada em uma bainha vazia que pendia da cintura. Em seguida, se ajoelhou e puxou uma faca preta de dentro da bota. Ela era diferente das outras, sua lâmina era retorcida no centro, o que a deixava com três espaços de corte. — Mas existem exceções, é claro. *Jagdkommando* é uma arma especial, que merece nome próprio.

Adam recuou três passos. Lambia os beiços ressecados e parecia suar. Estava claramente apavorado.

— Que foi?

— *Jagdkommando*, a faca mais mortal do planeta, é uma das principais armas usadas por inquisidores de alto nível, como Van Helsing — disse ele. — A vítima que for golpeada por ela terá os seus músculos cortados em todas as direções, aumentando bastante as chances de uma hemorragia. — O menino gênio rapidamente retirou seu cajado dobrável da mochila e o estendeu para modo de ataque. — Por isso, não se deixem ser atingidos por ele ou não terão uma segunda chance.

Van Helsing insinuou caminhar até Sir Karadoc, a dez metros dele, e provavelmente faria picadinho do nosso amigo suíno. Mas só insinuou.

Não conseguiu se mover. As botas estavam presas na grama.

— Cipó e raiz — revelou Mirela, de súbito. Ela tinha o braço esticado para frente, a mão tocando a grama, um pouco trêmula, usando sua sobrenaturalidade de manipulação de plantas a distância. — A não ser que eu ordene, você está *preso* aí, Van Helsing. Não tem como se soltar.

— Não tenho?

— Não tem. — Ela respondeu, numa mistura de ira e pavor. Os cabelos vermelhos voando contra o vento que uivava e atingia o topo daquela montanha com ferocidade. — Se prometer partir sem ferir mais ninguém, eu o libero e você ainda poderá levar a espada de Sir Karadoc.

— Me liberar?

— Sim. Eu... O que você...

Van Helsing cortou raiz e cipó com *Jagdkommando*.

Não, não é o que você está pensando. Ele não se ajoelhou e começou a serrar a raiz e o cipó com a lâmina preta, ou qualquer coisa assim. Ainda em pé, com apenas um gesto, leve e gracioso, ele fez com que aquelas coisas se desfizessem em centenas de pedacinhos, deixando a natureza sangrar. Sim, com aquela faca especial, ele cortou o ar. O vácuo produzido pela lâmina gerou um tipo de vento cortante, que fez todo o resto do trabalho.

Era isso que Adam estava tentando nos dizer. Por isso estava quase se borrando nas calças.

Mirela caiu sentada. Imagino que o elo que possuía com as plantas era forte o suficiente para que *sentisse* aquele corte, como se fosse feito nela própria. Ficou boquiaberta, piscando sem parar os olhos marejados, tentando pensar em uma outra solução.

O ar tinha cheiro de medo.

— Vocês sabiam que essa informação de que a prata é mortal para sobrenaturais não passa de lenda? — Van Helsing deu um passo em nossa direção. Depois outro. Enquanto passeava com os dedos de sua luva pela lâmina. — A prata mesmo, isoladamente, não serve para muita coisa. O material que usamos em nossas armas é chamado de Prata 950. Possui 5% de cobre.

— Ele vai nos enfrentar sozinho? — perguntou Navas.

— É o que parece.

— *Formação RPG*, agora! — ordenou Adam num rompante inesperado.

— O quê? — perguntei, sem entender como a reeducação postural global poderia nos ajudar.

— Sério, Frank? Vamos mesmo fazer isso?

— Sim! Agora!

Adam Frankenstein desceu seu cajado eletrificado, colocando-o à frente do corpo, preparado para a batalha, e disse "Especialista". Mirela Maeve se posicionou logo atrás dele, ficando de cócoras, tocando a grama do chão, e pronunciou "Potencializador". Navas De La Garza ficou à esquerda do menino gênio e falou "Suporte". Tyrone Talbot se colocou à frente de todos e bradou "Tanque", assumindo meia forma de homem-lobo, os pelos crescendo junto do seu corpo até um limite.

Eu tinha a impressão de que o cigano hesitava em se transformar pra valer comigo por perto. Seria vaidade? Ou receio?

— Vamos, Betina — murmurou Adam para mim sem me olhar, concentrando no inimigo que chegava adiante. — Fique à minha direita e seja a "Atacante".

— Atacante?

Antes que ele pudesse me explicar, Tyrone cumpriu sua função na formação e avançou com tudo para cima do caçador. Uivou mais de uma vez e as criaturas voadoras responderam ao seu chamado, saindo em bandos dos topos das árvores altas da Floresta Nebulosa, que circundava o cemitério.

Logo todo o local estava tomado por um enxame de corvos gigantes, que passavam por nós interminavelmente, crocitando horrores e gerando uma visão horrível da realidade. Não sei como aquilo poderia nos ajudar, mas certamente não facilitaria para o inimigo.

O cigano corria como um colosso diretamente para cima do caçador, que deu um salto preciso assim que meu amigo o alcançou, e deu um chute em sua nuca, tomando impulso até nós. Eu o vi voando na minha direção com a lâmina negra em punho, mas ele foi paralisado no ar de repente. Tyrone o pegou pelo pé, o girou no ar e o arrebentou contra o chão. Mas ele não parou por aí e repetiu o gesto mais três ou quatro vezes, levantando e esborrachando o caçador como se fosse um boneco de pano.

Em algum momento, *Jagdkommando* rodopiou para o meio dos arbustos, mas Van Helsing não desistiu, sacou a lâmina retrátil do punho e estocou o lobisomem várias vezes no peito, o que o deixou atordoado o suficiente para soltá-lo.

O caçador teve que abater alguns dos corvos que atrapalhavam seu caminho até o restante do grupo, mas antes que ele conseguisse dar o próximo passo, Tyrone saltou sobre ele e os dois rolaram pelo chão, com socos e chutes, garras e facas, abrindo cortes e talos que não sarariam tão cedo, numa confusão sem vencedores.

Até que meu amigo se colocou em pé e uivou banhado em sangue, em um momento bastante perturbador, que Adam quebrou com uma informação:

— Uma das funções do Tanque é impedir que seus aliados sofram dano. Ou seja, Tyrone é o único capaz de suportar ataques diretos e sobreviver. Sua forma de lobo é mais resistente do que sua jaqueta-simbionte, por exemplo.

— RPG de *role-playing game*, agora tudo faz sentido. — Eu finalmente compreendi. — Eu devia ter jogado mais vezes. Não tínhamos um grupo grande lá em Cruz Credo, sabe?

— Quando se é um Tanque, ou você vive como um herói, ou morre como um mártir — disse o menino gênio sombriamente, antevendo o que viria a seguir.

Tyrone voltou-se para o corpo do caçador estirado no chão, abriu sua bocarra mais do que eu imaginei que ele seria capaz e me pareceu que ia devorar o homem, mas levou um soco no focinho e rolou para o lado, com a mandíbula pendendo mole, quebrada.

Tinha algo de muito estranho em Van Helsing. Nem mesmo outros monstros conseguiam grande efeito físico sobre o lobisomem, menos ainda um humano. E como conseguiu abater Lenard, de uma queda de mais de dez metros da torre e sair ileso?

Seria ele realmente humano?

Enquanto eu raciocinava, o cigano colocou o queixo de volta no lugar com um movimento brusco seguido de um estalo, que me deixou com aflição. Pelo menos sua recuperação era acelerada, o que lhe dava certa vantagem.

Mas, quando se deu conta, Van Helsing já havia reconquistado a lâmina negra e descreveu um arco de cima a baixo, abrindo um corte imenso na transversal, mesmo sob a densa camada de pele de Tyrone. Sem perder tempo, ele voltou com a lâmina, agora de baixo para cima, e fez outro corte profundo. Meu amigo tombou com um X de sangue desenhado no peito.

— Faltou dizer — retomou Van Helsing calmamente, enquanto apreciava Tyrone agonizando — que diferente das outras armas, nesta aqui usamos a Prata 225. São 10% de cobre, o que deixa a lâmina mais escura e, principalmente, mais consistente. E letal.

Gritei por seu nome, mas Adam me impediu de correr em seu auxílio. Fez que não com a cabeça e sussurrou:

— A outra das funções do Tanque é criar uma distração para o inimigo. E ele conseguiu, Betina.

O revoar dos corvos, os ataques incessantes, todas elas distrações.

Mesmo poderoso, Tyrone estava em sua meia forma de lobo e sabia que não poderia vencer o caçador daquele jeito. Ele realmente só estava distraindo-o.

Foi quando eu vi Navas colado no paredão da amurada do castelo, espreitando o outro, que o notou tarde demais. Primeiro, ele esticou sua língua grudenta, capturou *Jagdkommando* e a pegou.

— Estou com seu estilete, Sr. Van! — coaxou em deboche. Então, jogou a arma por cima do muro, direto para o abismo verde quilômetros abaixo. — Ops! Não tô mais.

Van Helsing não surtou, como qualquer outro teria surtado naquela situação, mas desembainhou Rachada com destreza e eu apostava a minha alma que ele seria capaz de escalar aquele paredão correndo e cortar o rapaz anfíbio em mil pedacinhos, para servir ao tal do Diretor no café da manhã numa manhã de sol no Mosteiro. Afinal, o cara era incrível em tudo que se dispunha a fazer!

Mas não foi o que aconteceu e novamente ele ficou preso ao chão, graças aos cipós e raízes que Mirela invocou. Desta vez, porém, o caçador não teria a faca preta para cortar o ar e o que viesse pela frente.

— O Suporte tem várias funções, mas a principal delas é prejudicar o oponente. — Adam continuou. — Observe, Betina.

Então, observei.

Navas saltou para as costas de Van Helsing, que girou cortando o nada com a espada e, quando se deu conta, o escamoso estava de frente para ele, cuspindo uma substância verde escura muito esquisita.

Foi a primeira vez que ouvi o homem gemer. Foi um gemido bem curto e baixo, é verdade, mesmo assim ele gemeu. Isso me deu um prazer imenso, cara.

O caçador esfregou a manga de seu manto sobre o rosto, até que aquilo parasse. A luz da lua perpétua revelou que metade de sua máscara havia derretido com o ácido despejado ali. Mesmo assim, o inimigo não a retirou e ainda conseguiu acertar Navas quando este correu, fazendo um corte superficial nas costas dele, que rolou até nossos pés, quase chorando.

— Vai ficar tudo bem, sapinho. Depois preparo um unguento para sua ferida. — Mirela o acalmou com sua doçura intrínseca, como só ela sabia fazer. — Agora é a sua vez, mocinha. A Atacante.

— Que que eu faço, hein?

— O Atacante *ataca*. — Quase disse "não me diga". — Se transforme em fumaça, Betina — ordenou Adam e eu gostei de vê-lo atuando como líder. Ele tinha talento para aquilo. — Voe até ele, então assuma sua forma normal novamente, com um chute. O inquisidor será pego de surpresa.

Van Helsing já estava diante mim quando percebi.

Ele se movia de maneira rápida e silenciosa. E o fato de ficarmos conversando demais durante a batalha também não ajudava muito. Rachada desceu sobre minha cabeça e meu reflexo fez com que eu cruzasse os braços para protegê-la. Eu ficaria maneta, mas não perderia a cabeça.

Acontece que a lâmina se rachou mais um pouco, porque bateu contra uma jaqueta-simbionte à prova de armas. O homem ficou surpreso, pude ver isso através da máscara, com seus olhos vermelhos de espanto. Então tive uma ideia e ordenei para que ela interceptasse o inimigo.

A jaqueta se desdobrou, saindo rapidamente do meu corpo, indo se enrolar com firmeza como uma algema ao redor das mãos dele, que acabou deixando Rachada cair, ficando novamente desarmado.

Tentei empurrá-lo, mas ele mal se moveu. Mesmo com as mãos atadas, Van Helsing esbofeteou meu rosto e tombei com força, o mundo girando, a boca sangrando horrores. Ele não parou por aí. Comecei a receber várias e várias pancadas no rosto ou no topo da cabeça, variava conforme eu me debatia no chão.

Afinal, com as mãos presas daquele jeito, ele usava os dois punhos ao mesmo tempo, o que triplicava sua força já descomunal. A jaqueta-simbionte teve de desprendê-lo para me salvar, voltando a envolver meu corpo. Ela preferiu me servir de escudo do que de marreta. Muito esperta.

Van Helsing estava preparando um novo chute contra meu estômago, mas tomou um choque tremendo e foi alçado no ar contra o paredão, caindo atordoado. Adam empunhava seu cajado eletrificado com orgulho. Completamente maluco pela adrenalina, o garoto vociferou:

— O Especialista é quem monta a estratégia e compõe uma formação que funcione em combate. Então, desista, Van Helsing! Aqui somos uma equipe e você não vai nos derrotar! *Não vai!*

Adam correu até o inimigo e encostou novamente seu cajado sobre o corpo do outro, que tremeu pelo choque. E de novo. Mais uma vez. E outra.

Comecei a ficar preocupada com a atitude do meu amigo, pois aquilo parecia estar saindo do controle. Consegui me levantar, ainda meio zonza, mas antes que eu pudesse gritar qualquer coisa que o interrompesse... aconteceu.

— Não vou? – perguntou Van Helsing friamente, enquanto pegava a pá do cajado e a retorcia com força, até que o cabo se rompesse e toda aquela eletricidade se esvaísse.

Desculpe o trocadilho, mas fiquei chocada!

Como ele conseguiu resistir a tantos volts contra o corpo? Somente um golem seria capaz de aguentar inúmeras descargas elétricas como aquela. Sua roupa era resistente, verdade, pois trazia poucos rasgos mesmo depois de tanta luta, mas não acredito que ela fosse feita para resistir à eletricidade.

Ou seria? Quem era esse cara?

Van Helsing pegou Adam pelo rosto, sua mão ossuda cobrindo toda a face do meu amigo (que não era pequena) e o levantou do chão como se ele fosse um pedaço de pão.

— Vou rachar sua cabeça ao meio, monstro!

A sede me tomou. O gosto de sangue, dos meus lábios cortados, dominou minha vontade. A adrenalina foi tomando conta de mim novamente e pouco a pouco.

A voz da bruxa chegou por trás, como se me guiasse nas ações.

— Eu sou o Potencializador. – Ela disse suavemente, em sua mistura de medo e coragem. – Estou aqui para servir, fornecer bônus ao Atacante. Fazer com que você consiga aumentar suas chances de dano contra o oponente.

Eu me virei e então ela me beijou.

Levou as mãos sobre minhas bochechas e pressionou ainda mais seus lábios sobre os meus. A princípio, achei aquilo errado para o momento, em que nosso amigo estava prestes a morrer com os miolos saindo pelas orelhas.

Depois entendi que não era um beijo romântico. Mirela estava praticando *magia* comigo, revigorando meu corpo com sua cura, fortalecendo minha vontade, norteando minha sobrenaturalidade. Tudo durou menos de três segundos, mas pareceu uma boa, curiosa e longa jornada.

Quando terminou, eu sabia exatamente o que devia fazer.

Ainda muito perto, com seu hálito morno de hortelã, ela me encarou com suas esmeraldas e sardas e sorriso, com aquela testa molhada de preocupação e cochichou:

— Vá. Derrube aquele homem e salve Adi e o castelo, mocinha.

— Tá certo.

CRAC.

Esse barulho vinha da cabeça de Adam. A força e pressão de Van Helsing sobre o menino gênio estava mais intensa.

Não pensei duas vezes, corri até o caçador e saltei, me entregando para a Correnteza de Sombras, me unindo às trevas, permitindo ao meu corpo se desfazer em escuridão, deixando o mundo mais turvo, negro e vertiginoso. Em forma de fumaça, disparei num turbilhão, envolvendo o inimigo em dezenas de braços de névoa.

O coloquei suspenso no ar. Quando ele largou Adam, Navas saltou e o capturou antes que atingisse o chão, saindo de lá rapidamente.

Eu também não pude suportar muito aquele estado e logo voltei a minha forma normal. Van Helsing caiu com graça, como se nada o tivesse atingido, mas ao tocar o chão, notei que ele vacilou. Se eu não o feri, provavelmente havia deixado ele tonto. Era a minha chance.

Lembrei da orientação de Adam e me entreguei mais uma única vez para as sombras, disparando como uma rajada de fumaça contra o homem. Antes de atingi-lo, voltei ao normal de propósito e consegui acertar um chute bem no meio da sua fuça! Ele bateu contra a parede, soltando outro gemido.

Eu tombei, exausta pelo uso exagerado da minha sobrenaturalidade, a adrenalina já abandonando meu corpo. Estirada e impotente no chão, eu fiquei honestamente feliz por ter conseguido colaborar de alguma forma naquele combate, por mais que provavelmente terminasse com a vitória do inimigo.

Mas então o inquisidor sangrou.

Isso sim foi bastante inesperado.

Por baixo da máscara, notei os primeiros filetes de sangue escorrendo pelo queixo, tingindo sua túnica preta de vermelho.

— Ei, Betina! — gritou Adam, metros atrás, ainda pendurado nos braços de Navas, com Mirela massageando suas têmporas.

— Oi? — Devolvi o grito, olhando de ponta-cabeça para ele, ainda deitada ali.

— Bônus por Dano Massivo! — Ele me deu um joia e uma piscadela, em seu sorriso cansado. Mas no fundo eu sabia que ele sabia: nós seríamos derrotados.

SNIKT.

A lâmina retrátil saiu novamente por cima do punho de Van Helsing.

— Fim de jogo — disse o caçador, com sua voz abafada e gélida.

Eu pensei em fechar os olhos para aquele momento dramático de finitude, mas aí eu teria perdido o espetáculo tenebroso que ocorreu a seguir.

Nuvens negras se fecharam acima da Floresta Nebulosa e relâmpagos rasgaram o céu da noite, afastando as estrelas e a lua de vista. A camada densa logo deu lugar a um tufão negro, que tocou o solo com tremor, empurrando árvores, pedras e lápides para o abismo, enquanto vinha na nossa direção. Aquela força da natureza devastadora rugia como a um dragão, gutural e colérica, mas eu não a temi. Tinha algo de familiar ali, como se fosse uma "destruição do bem", coisa e tal. A voragem passou pelo corpo dos meus amigos, mas eles continuaram ilesos depois que ela seguiu adiante.

Quando finalmente aquela fumaça colossal estava sobre mim, eu apenas senti um torque tenro. Sinistro, sim, mas era como um colo com cafuné e um chocolate quente bem servido, sabe?

Van Helsing não se moveu em nenhum momento desde que aquilo havia se manifestado. Através dos buracos de olhos da máscara, eu pude notar pela primeira vez o pavor expresso neles.

Ele foi atingido com força total, alçado para os ares, suas lâminas caindo e se desfazendo como pedaços de alumínio. Tudo escureceu mais do que a noite eterna de repente. O rugido novamente, agora mais forte, de estourar os tímpanos.

Então, parou.

Assim que meus olhos voltaram a se acostumar com a situação, eu vi que a tempestade havia devolvido a lua e as estrelas. Meus três amigos ainda olhavam para o alto, incrédulos, mas pelo menos estavam a salvo. Do outro lado, Tyrone se colocava de joelhos para assistir ao show. Ainda que tivesse algumas lápides e troncos espalhados ao redor, o local não estava completamente destruído. Daria para arrumar aquela bagunça depois.

Olhei para onde todos estavam olhando, na parte mais alta da amurada do castelo.

No lugar da grande fumaça negra, agora havia Drácula, assumindo sua forma comum, flutuando no ar, a capa-simbionte ondulando contra o vento, de uma vermelho vivo singular. Com uma mão, ele prendia firmemente o pescoço de Van Helsing contra o paredão. A máscara disforme ainda estava presa no rosto, mas seu corpo havia desistido de lutar. Braços e pernas pendiam como a de um espantalho, diante da presença faustuosa de Drácula.

Nada foi dito. Daquela altura e na minha condição, mesmo que estivesse exatamente embaixo deles, não consegui perceber muitos detalhes do que estava acontecendo, mas era notável a perturbação do vampiro diante do inquisidor. Algo antigo e mal resolvido existia ali.

Drácula alçou o caçador ainda mais para o alto e o inimigo até esboçou alguma reação para escapar, mas não conseguiu, então foi jogado de lá por cima da amurada, na direção da montanha. Se desse sorte, poderia beijar a calçada da fama na Vila dos Abutres.

A batalha havia chegado ao fim.

Respirando aliviada, eu apaguei e fui contar morceguinhos.

Diário de Betina, 14/11/17

| NOVA MENSAGEM | X |

para: contatovh1890@omosteiro.org

de: diretor@omosteiro.org

data:15 de nov. (há 4 horas)

assunto: Ocorrência 13666 URGENTE

VH, o que houve?

Nunca mais tive notícias suas.

Preciso que reporte o andamento da ocorrência.

Senão, terei de acionar um dos outros três.
E então as coisas ficarão feias.

No aguardo.

O Diretor.

Clique aqui para Responder ou Encaminhar

25
EU ENCONTRO A MINHA FAMÍLIA

LEVANTEI-ME NO MEIO DAS PEDRAS E ERA DIA ONDE EU ESTAVA.

Atordoado, caminhei ladeira abaixo, um pouco trôpego, a cabeça girando, um enjoo tremendo. Minha roupa estava em farrapos e eu fedia a sangue seco misturado com terra molhada. As dores percorriam todos os meus músculos. Cortes, perfurações, mordidas, socos, chutes e outras pancadas. Meu corpo era um mosaico de cicatrizes e hematomas.

Pisei em falso e escorreguei por causa de uma pedra qualquer, rolando pelo monte, ralando cotovelos e joelhos, o tecido da roupa arruinando minha pele, até que eu encontrei novamente o solo, engolindo poeira e saliva. Foi quando eu avistei um vilarejo, ao longe. Eu não fazia ideia de onde estava, nem como havia ido parar ali.

O dia parecia estar morrendo, pois no cume da montanha já estava escurecendo, dividindo o céu em duas camadas, uma clara e outra escura.

Eu precisava me localizar, então retirei a máscara do rosto e a abandonei no sopé da rocha, caminhando a esmo até um destino qualquer.

Foi quando ela falou, com sua voz de tia descolada:

— Sonhando muito, Betina? — perguntou Madame Mashaba.

— Droga. Num é que ele sobreviveu?

— Quem?

— Ah, deixa pra lá. — Sorri pra ela. — Oi, Tafari. Bom te ver.

— Como você está?

— Melhor. — Demorei, mas notei o teto azulejado, as cortinas brancas ao redor, todo aquele cheiro de Mertiolate no ar gelado, eu novamente na cama da enfermaria. — Vou ficar melhor.

— Vai sim. — Madame Mashaba estava maravilhosa usando uma bata leve de estampas coloridas em centenas de arco-íris espiralados e um turbante verde salpicado de roxo.

— Você veio me punir?

— Hoje não. — Ela me entregou seu sorriso largo de dentes perfeitos. — Adolescentes são assim mesmo, incontroláveis, rebeldes e desobedientes. Contudo, no final das contas, o que importa é que ficaram todos bem.

— Ufa.

— Mas...

— Ai, lá vem.

— Mas eu gostaria que você confiasse mais em mim da próxima vez, Betina. Mesmo sabendo do meu papel aqui no castelo, saiba que pode confiar em mim. Inclusive em relação aos seus segredos, tá?

— Sim, Tafari. Desculpa. Foi mais impulso do que falta de confiança, na verdade. Eu me senti na obrigação de fazer alguma coisa. De levantar minha bunda da cadeira e me fazer servir pra alguma coisa nesse mundo.

— E você conseguiu.

— Não sem meus amigos.

— Com certeza. — Ela pegou em minha mão, com seu toque quente, e a acariciou. — Aliás, falando neles, saiba que Tyrone se recuperou na mesma noite, horas após o ataque de Van Helsing. E Lenard não ficou muito atrás, se recuperando algumas horas a mais depois do outro. Ambos guardarão cicatrizes da luta contra o inquisidor, mas considerando a maneira como eles vêm mostrando-as para todos, acredito que aquilo seja mais um troféu do que uma mácula.

— Ha! Ha! Não duvido.

— O menino Navas teve corte superficial. Nada que um banho em sua piscina de pântano não resolvesse. Já Adam passou um dia inteiro em sua oficina e voltou zerado.

— Que bom! Mas espera, por quanto tempo eu apaguei?

— Dois dias. — Madame Mashaba se levantou, empurrando um copo d'água com comprimido de sangue sintético para mim. Tomei e fiquei um pouco mais revigorada. — Em poucas horas você receberá alta, então será madrugada e vamos todos comemorar, tá?

— Tá. Obrigada. — Fiquei um pouco corada de repente, mas reuni forças para perguntar: — E a Mirela?

— Eis a pergunta de ouro! — *Sabia que ela ia dizer isso!* — Passou duas noites ao seu lado, revezando com Tyrone, ambos muito preocupados com seu estado. Acontece que ela não é um lobisomem e acabou pegando uma gripe. Este local é frio e tem o ar contaminado para quem está saudável. Então... — Madame Mashaba acenou com a cabeça para o lado e me deu uma piscadela.

Em seguida, partiu.

— Quero ser como Tafari quando crescer. E você, ruiva?

Silêncio. Mas a cortina branca entre nossas camas ondulou.

— Vamos. Eu sei que você tá aí.

Mirela arrastou o véu para o lado. Também vestia o roupão da enfermaria (desta vez o meu era o azul e o dela, o rosa) e parecia um pouco encabulada.

— Oi. Acabei de acordar.

— Sei. — Ri. — Mas e aí, você tá bem?

— Foi só uma gripe. Logo fico inteira. — Ela afastou uma mecha vermelha que caía em frente ao rosto lindamente rechonchudo. — E você?

— Me falaram que vai ter uma comemoração. Estarei nela.

— Idem.

Permanecemos naquele silêncio constrangedor por mais ou menos dois minutos. Não tinha nenhuma TV naquele local para ajudar a melhorar o clima, que droga!

Vez ou outra, naquele tempo que correu, alguns pensamentos invadiram minha mente. Mirela havia despertado algo novo em mim. Algo que eu nunca havia experimentado. Foi mais ou menos como daquela vez que Dona Edna me forçou a tomar uma colher de mel. O cheiro me enjoava muito, coisa e tal. Quando experimentei, não gostei. Mas com a bruxa foi justamente o contrário.

Até que ela disse, um tanto quanto nervosa:

— Olha, moça, eu...

— O beijo?

— É. Me desculpa por dá-lo sem ter pedido antes. Mas era um momento urgente e eu realmente fiz aquilo para impulsionar sua sobrenaturalidade e...

— Eu sei. Relaxa, ruiva. Não foi de todo ruim.

Se é possível uma garota de cabelos de fogo, sardas rubras e pele rosada ficar ainda mais vermelha do que o natural, eu consegui fazê-lo. E se a minha vida fosse um desenho animado, naquele instante a bruxa estaria soltando fumaça pelas orelhas. Coitada.

Achei melhor mudar de assunto:

— Mas e aí, como que fica o seu lance com o contrato e o Mefis... E o diabo?

— Não fica. Pelas leis sobrenaturais, a alma de minha família ainda pertence a ele.

— Nem sabia que existiam essas leis!

— Tem muita coisa que você ainda não sabe, mocinha.

— E o que você pode me dizer?

— Não muita coisa. Mas da minha parte, acho honesto contigo confessar que não caí daquela torre em movimento depois de salvá-la dos caminhoneiros.

— Imaginei. Você se jogou. Você quis ser pega.

— Sim. Fiz parecer um acidente, é claro. Os caminheiros ainda estavam atordoados, logo chegou a polícia no local, mas o casal veio em seguida, resolveu tudo de maneira estranhamente rápida e depois fui levada até a base da Inquisição Branca em São Paulo.

— Espera. O casal? O senhor e a senhora Machado?

— Isso. Eles estavam logo atrás dos caminhoneiros, também perseguindo vocês.

Revirei os olhos. Mas pelo menos agora eu sentia que Lucila havia sido vingada.

— Olha, ruiva, a gente ainda vai dar um jeito nesse seu contrato. Se o tal Diretor realmente tem alguma parceria com o diabo, nós vamos descobrir e derrubar todos esses caras. Logo, logo a alma dos Maeve será deles novamente.

— Espero que sim. Obrigada.

— Vamos só combinar uma coisa?

— O quê?

— Saindo daqui, você não volta mais para a prisão. Sei que tem um quarto te esperando.

— Olha...

— Os tutores são rígidos, às vezes perigosos, mas são ótimos. Eles nos ensinam a controlar nossos poderes. Digo por experiência própria. Logo sua sobrenaturalidade será tão fácil de fazer quanto é com o simples ato de manipular as plantas.

— Tudo bem.

Estendi minha mão para ela. A bruxa hesitou por um instante, depois estendeu a sua, tocando meus dedos, naquele espaço entre nossas camas.

— Aliás, prazer. Betina Vlad.

— Prazer. — Soltou uma risadinha contida. — Mirela Maeve.

Tal qual Tafari previu, logo eu estava melhor. Horas depois, voltei ao meu quarto, coloquei minha melhor roupa gótica e trevosa (um vestido preto que se arrastava pelo chão, com estampas de morceguinho, uma tiara roxa sobre o cabelo preso em coque e uma pulseira com espigões em cada pulso), lavei a cabeça falante em formol e fui até o Cenáculo, onde um jantar suntuoso nos aguardava.

Baba Ganush havia preparado pães assados fresquinhos, ganso cozido com azeite e mostarda, fatias de chouriço (que o Cavaleiro Porco evitou, alegando que poderia ser algum tio dele), arroz à grega, feijão preto com legumes, tortas de frango e um tentador pudim de limão para a sobremesa, tudo acompanhado com suco de morango, refrigerante e hidromel.

Foi a primeira vez que vi a grande mesa completa, com todos os assentos ocupados. Estavam ali Drácula, Tyrone, Adam, Mirela, Navas, Lenard e Chiara (que o mimava como se fosse seu cãozinho, depois dele enfrentar o inquisidor), Gregory Pan, as Gêmeas, Madame Vodu, Baba Ganush, Professora Bahit, Baal (um pouco ao fundo, com um prato projetado para a proporção de suas mãos), Sir Karadoc, Renfield (que misturava suas larvas com o ganso e o arroz, eca!) e até mesmo o cocheiro Igor, vejam só.

Muitos fantasmas que víamos pelo castelo passeavam por ali, principalmente aqueles que frequentavam a biblioteca. Como não comiam, ficavam pouco e logo partiam — menos Yürei, que permaneceu (ela parecia gostar muito de Tafari, por sinal).

Foi comunicado que o Dr. Henry Jekyll estava de licença após o último ocorrido, indo passar umas semanas em Londres, mas que em breve voltaria para suas aulas e palestras. Também não identifiquei entre eles aquele por quem chamavam de Caninos. Provavelmente já havia partido.

E nada de Mina Murray, é claro.

Drácula sentava-se numa das extremidades da mesa, com Vulto deitado aos seus pés. Ele trajava sua majestosa capa vermelha, que drapejava como se respirasse, vestindo um terno preto elegante, com um lenço vermelho se projetando pela gola.

Levantou-se e bateu com o garfo sobre a taça de vinho quase vazia.

— Senhoras, senhores — Olhou rapidamente para o dogue alemão. — E cão. — Vulto ganiu como um trovão, mas era apenas sua maneira de expressar carinho. — Fico feliz de ter essa mesa cheia hoje. Fico feliz que quase todos os sobrenaturais tenham conseguido se reunir para uma comemoração. Fico feliz que as crianças tenham sobrevivido a terrível provação e que uma de nós tenha retornado a salvo, hum? — Ele dançou com a taça na direção de todos, um por um, até que a parou diante do suíno. — Mas antes de partirmos para o jantar, gostaria de parabenizar um dos nossos mais valiosos guerreiros, que, ao lado de alguns promissores discentes, lutou bravamente contra o inimigo. E que agora também recupera seu posto de direito, como tutor no Castelo da Noite Eterna!

O vampirão retirou Rachada de algum lugar dentro de sua capa, recuperada após a batalha contra Van Helsing, e a jogou para Sir Karadoc, que a pegou no ar com precisão, disfarçando os olhos marejados com uma postura heroica. Apenas grunhiu:

— ÓINC!

E todos gritaram por seu nome (ou seus inúmeros apelidos: Sir Bacon, Lombinho, Javali da Távola Redonda, entre outros), levantaram suas taças e brindaram em comemoração à sua memorável recompensa. Na verdade, a Professora Bahit não parecia honestamente feliz por aquela decisão de Drácula e nem gostava muito da ideia de se sentar à mesa com um javali, mas, para o bem da ocasião, ela fingiu alegria e até abraçou o nosso amigo suíno.

O jantar foi incrível e Chiara não parava de fazer perguntas sobre nossa missão. Tyrone foi o que mais gostou de responder, sem se preocupar com a reação dos tutores. Em dado momento, percebi Adam tendo uma longa e interessada conversa com a cabeça de Lucila, que eu tinha levado comigo para a celebração. Não deu para ouvir muito, mas ele enxergava ali a oportunidade de conceber um corpo para ela, coisa e tal.

Quando a música começou graças a uma inspirada orquestra fantasmagórica, Drácula tomou Madame Vodu nos braços e ambos dançaram incrivelmente pelo salão. A química de irmandade que existia entre os dois se fazia notar com os passos certeiros.

A Professora Bahit ordenou e Reinfield veio para dançar com ela, algo que foi bem engraçado de assistir, pois ela gritava com ele a cada pisada que o coitado lhe dava no pé. O chifrudinho puxou Mirela para o meio do salão (ela ficou vermelhíssima de vergonha, mas foi mesmo assim), enquanto que Adam se contentava com a alegre cabeça de Lucila, em uma dança macabra.

As gêmeas estranhas também davam seus passos (em uma sincronia surreal), assim como Lenard e Chiara, que não faziam feio. Baba Ganush e Igor faziam uma dupla estranha, mas ainda dançavam melhor do que eu. Baal roncava, Sir Karadoc continuava a comer, Yürei cavalgava em Vulto (eu acho que ele não estava gostando muito daquilo).

Tyrone me puxou para o salão e eu devia ter esperado por aquilo; mesmo assim, fiquei meio sem jeito. Ele me acalmou com as palavras de sempre, dizendo que era só eu seguir seus passos que daria tudo certo. Não vou afirmar que foi uma maravilha, porque não foi, e meu salto encontrou os tênis dele várias vezes, mas pelo menos eu me diverti, como não fazia há muito tempo, sabe?

O cigano aproveitou para revelar quem, naquele punhado de monstros, foram os que participaram do meu resgate na torre ao lado de Mirela: Lenard, Renfield e Baal. Os fantasmas fofocavam bastante, dizia ele. É claro que eu fui agradecer a cada um depois que o coro se recolheu.

Quando a celebração chegou ao fim, Adam veio me informar que Drácula estava me esperando em seu terraço para uma conversa. Ele se encarregou de levar e guardar Lucila em meu quarto e de repente comecei a achar muito estranho a maneira como os dois estavam se olhando.

Mas que diabos!

Eu estava suada, cansada e era bem chato arrastar aquele vestido pelos corredores do castelo; mesmo assim, fui me encontrar com o morcego, preparada para ouvir todas as broncas possíveis. Assim que cheguei ao terraço, Vulto levantou a cabeça e ficou me encarando. Eu acho que ele me odiava ainda mais depois do arranhão que lhe dei no focinho. Tentei ignorá-lo com o máximo de esforço.

Drácula estava sentado em sua poltrona, com a bengala encostada e mais uma taça na mão. Ele acenou e disse:

— Venha até aqui, Betina.

Eu fui, me sentei e o vi encarando o céu estrelado dos Cárpatos, com os corvos, sapos e corujas ressoando pela noite.

Engoli em seco.

— Vejo que você se integrou bem ao castelo e aos demais, hum?

— Sim. As aulas e depois a missão me ajudaram nessa integração, digamos assim.

— Que bom.

— Olha, eu sonhei com o caçador. O Van Helsing.

— Infernos! — Seu rosto se fechou em uma sombra.

— Vi que você ficou um bom tempo olhando pra ele quando o encostou no muro. O que foi aquilo?

— Nada, Betina. — Tinha fúria em sua voz. — Eu... Eu sempre olho meus inimigos no rosto antes de dar o golpe de misericórdia. Apenas isso.

— Sei.

Drácula escondia algo ali. Eu não sei se tinha relação com Van Helsing ou com outra coisa. Algo que eu, de forma nenhuma, poderia saber. Fiquei encucada, mas aquele assunto não chegaria a lugar algum.

Ele pareceu desconfortável de repente e se ajustou em sua poltrona.

— Sonhou com o quê?

— Ele sobreviveu à queda do penhasco. Acho que estava indo para a Vila dos Abutres.

— Compreendo. — Cruzou e descruzou as pernas, completamente inquieto. — Mas não se preocupe, todos que são expulsos do Castelo da Noite Eterna não se lembram mais como voltar. Agora ele já não pode nos fazer mal.

— Que seja. Mas aquele cara não é humano. Nenhuma pessoa sobreviveria a uma queda daquelas.

— Uhum. Com certeza não é. Mas mudemos de assunto. — Ele pegou a garrafa e despejou mais vinho na taça. — Como anda sua transformação em gatinha?

— Para com isso. Quando é que você vai me chamar de irresponsável? De rebelde? Ou qualquer coisa assim?

— Nunca.

— Nunca?

— Nunca. — Seu sorriso foi devolvido ao rosto. Um sorriso intrigante, ao mesmo tempo assustador e belo, mas sempre difícil de decifrar. — Inclusive, reativei o Quarto dos Espelhos.

— Reativou?

— Reativei. Tive meus problemas no passado quanto ao uso dos portais, mas é inegável a eficiência deles para as nossas missões de resgate ou outras viagens que se façam mais necessárias, como aquela que Taf fez até o Brasil.

— Ela teria economizado bem mais com um espelho, é verdade.

— Sim. Sem contar que, ao reativar o uso dos espelhos, também acabamos com toda aquela burocracia do Clube da Meia-Noite, como você bem acompanhou. E lhe digo mais: a partir de agora, teremos um espelho na Sala da Lareira. Usaremos ele como portal até o Quarto dos Espelhos, evitando assim ter de atravessar todas as armadilhas da última torre, que teremos de manter ativadas, agora que os portais ficarão vulneráveis novamente.

— Saquei. Boa ideia.

Epa.

Volta um pouco a fita. "...Clube da Meia-Noite, como você bem acompanhou". Os tutores sabiam que tínhamos descoberto de alguma forma sobre Mirela e então ido em seu resgate. Mas eles *não* sabiam como tínhamos *descoberto* essa informação.

A não ser que...

— Espera! Você sabia que eu estava lá?

— Mas é claro, Betina. Se eu fosse tão desatento quanto você acha, não estaria vivo tantos séculos depois, hum?

— Foi Caninos quem te contou?

— Não. Caninos não faz o tipo fofoqueiro. Mas sim, eu soube de você no minuto em que chegou à sala através da tubulação.

— E por que não me impediu?

Drácula desta vez sorriu com os olhos, como se esperasse por aquela pergunta.

— Intimamente, eu queria que você assumisse as rédeas da missão, por isso mesmo forneci alguns detalhes a mais durante a reunião na Sala da Lareira, sabendo que você estava ali, ouvindo tudo. Só que eu não poderia deixar isso explícito para o Clube da Meia-Noite, por isso manipulei todo o diálogo de maneira indireta.

— Então devo supor que a carta com o endereço exato da localização em São Paulo encaminhada para Sir Karadoc fez parte desse jogo?

— Sim, sim. Contudo, não tiro nenhum crédito de vocês. Eu não fazia ideia de como executariam o plano e nem se ele daria certo. Não tive como desativar as armadilhas da última torre, mas ousei até onde pude.

— Colocando em risco a vida da própria filha. Que bonito, hein, cara!

— Foi um risco, assumo. Mas eu precisava apostar naquela que carrega meu sangue, confiando que você seria capaz. Claro que, caminhando junto de um garoto forte e outro extremamente inteligente, minhas apostas aumentaram nas chances de sucesso de vocês.

— E olha só a confusão que deu.

— Van Helsing não é mais problema e Mirela está a salvo. É o que importa.

— Ah.

— Mas agora me diga você. E quanto a Mina?

— Quê?

— Não se faça de tonta, Betina. Os fantasmas fofocam em giz pelas paredes. Sei que foi visitar minha ex-mulher noites atrás.

Contei ao vampiro exatamente o que aconteceu na madrugada em que me perdi pelas torres e tive um desagradável encontro com sua esposa reclusa.

— Faz sentido. — Ele disse calmamente, após ouvir tudo. — Ela realmente detesta você.

— Por quê? Ciúmes da minha mãe ou algo assim?

— Não, não. Mina não queria e não quer você por aqui. Para ela, Drácula só tem um filho: *Quincey Murray*. Você é a "bastarda" aqui.

— Uau. Ela é bem louca mesmo. — Apoiei-me sobre a varanda e respirei fundo até que a cabeça parasse de girar.

— Pois é. — Ele veio me fazer companhia na amurada. — Mina mudou radicalmente desde que Quincey partiu. Aquilo a destruiu. Ela enlouqueceu pela tristeza e se isolou em sua torre. Isso fez com que nos afastássemos cada vez mais. Nossa relação está abalada desde o começo dos anos de 1990.

— Tá certo. Então, eu devo entrar nessa história no final dos anos 90 também, não?

— Oh, sim. Foi quando viajei até o Brasil, para uma das minhas propriedades, usando um daqueles espelhos que você já conheceu. Eu precisava de tempo.

— Imagino que você tenha isso de sobra. — Não dei tempo dele retrucar e emendei: — Em Cruz Credo?

— Exato. O casarão ficava na área rural da cidade, mas às vezes eu ia até o centro para comprar suprimentos. Usando aquele mesmo Fusca em que você e Taf fugiram pela estrada, aliás. Em uma dessas ocasiões, conheci sua mãe, Elisabete Barbosa.

Um punho gelado parecia apertar meu pescoço naquele instante.

Notei os olhos de Drácula marejados, contando a história como se tivesse voltando para aquele tempo, para aquele momento específico.

— Foi em julho, no inverno de 1999, durante uma feira noturna. Ela estava linda sob a luz do luar, você precisava ter visto, Betina. Aquela pele amendoada e a recepção calorosa, diferente de tudo o que eu já tinha visto nessas terras geladas. Os cabelos negros descendo até as costas, ora presos em tranças, ora soltos como um mar de cachos. O sorriso singular no rosto gentil que era só dela. Só dela.

Eu não sei se Drácula chorou, mas naquele ponto eu já estava com a cara lavada, fungando o nariz e soluçando.

— Eu parti assim que ela engravidou de você, mas não pelos motivos que acha. Caçadores infiltrados em Cruz Credo descobriram minha identidade secreta e a revelaram para a família Barbosa, fortemente cristã, que forçou minha expulsão do local. Quando neguei e tentei lutar contra, eles ameaçaram sua a vida e a de Elisabete. Sim, os próprios parentes dela. O ódio cego contra algo que é diferente deles era maior do que o amor que tinham pela pessoa de mesmo sangue.

Ele sorveu mais da bebida, se demorando a olhar o reflexo no fundo da taça.

Por fim, continuou:

— Para evitar a chacina, fui forçado a enganar sua mãe, que nunca soube o motivo real de minha partida. Mas não sem antes fazer um acordo com os Barbosa: de que eles manteriam vocês duas seguras. Eu menti, dizendo que você nasceria como uma humana comum e não seria problema, evitando assim que você tivesse uma infância difícil. Infelizmente, aquela família a jogou num orfanato após o falecimento de Elisabete, sempre mantendo os olhos em você, até o dia que despertasse como meia-vampira. Mas pelo menos você teve uma vida comum até então.

— Eu... — Eu fiquei sem palavras, na verdade.

Ele então se ajoelhou diante de mim e pegou em minhas mãos.

— Filha, me perdoe. Poderia tê-las trazido para viver comigo no castelo, mas temi o que Mina poderia fazer com vocês e resolvi poupá-las de uma vida na escuridão eterna, para algo mais próximo do que acreditei ser uma rotina feliz. Amei Elisabete verdadeiramente. Essa é toda a verdade sobre nós. De qualquer forma, fui irresponsável e me afastei ainda mais depois que soube da morte de sua mãe. Aquilo me destruiu. Eu... Eu fiquei sem saber o que fazer. Por isso, espero que um dia me perdoe, que um dia consiga me amar como amo você.

Com um gesto, fiz com que Drácula se levantasse. O encarei enquanto enxugava minhas lágrimas. As criaturas noturnas silenciaram por um instante, como se para permitir que eu me fizesse ouvir claramente.

Então, falei:

— Eu vou te perdoar. Dê tempo ao tempo. — O abracei, ainda meio sem jeito, e ele retribuiu logo em seguida, acariciando minha cabeça. — Temos toda a eternidade pela frente. Não é, pai?

— *Pai?* — Nos soltamos de súbito. Ele me segurou pelos braços, me encarando estupefato. — Pai? Eu ouvi direito?

— Se não gostou, posso voltar com o *cara*.

— Pai está bom.

Gargalhou como um louco, feliz como nunca, e sumiu em uma fumaça na escuridão, em seu teatro de sempre, me deixando a sós ali com uma história e um sentimento.

Minha vida nunca teve lá muita graça e só fazia sentido quando eu estava na presença da Lucila. Só que a Lucila foi tirada de mim e parte da minha vida havia morrido com ela. Agora, eu estava em um outro lugar, que me acolheu abertamente, aceitando minha nova condição, onde eu estava entre iguais, protegida do perigo que era o mundo dos humanos, que queriam nos destruir.

Tudo aquilo era quase como uma fábula, difícil de acreditar. Mas nunca acreditamos que certas coisas podem nos acontecer, até que aconteçam. Apesar de ser bem improvável que algo assim rolasse com frequência e com qualquer pessoa. Não éramos especiais, éramos sobrenaturais. Alunos, amigos, tutores, irmãos, pais e mães. Uma família.

Monstros do Castelo da Noite Eterna.

Diário de Betina, 16/11/17

26
DOU MEU BEIJO DE ADEUS

AS AULAS FORAM RETOMADAS NA NOITE SEGUINTE E MEU PRIMEIRO DESAFIO FOI ENFRENTAR AS INFAMES ARANHAS-ROBÔS no Salão dos Pesadelos.

Eu me saí muito bem, por sinal. Na verdade, eu gostava de surrar aquelas coisinhas, quebrá-las, destruí-las, mesmo que fossem manifestações da entidade daquele espaço.

Lutar e quebrar coisas me faziam ficar melhor, de certa forma (mais até do que os comprimidos de sangue sintético), e me ajudavam bastante no controle dos ataques de pânico, cada vez menos frequentes. Por isso, não demorou para que eu usasse o Salão dos Pesadelos diariamente.

E eu estava ficando boa naquilo.

Durante a janta na madrugada no Cenáculo, Navas aproveitou que Baba Ganush havia se retirado para a cozinha e cochichou para Gregory, com a boca cheia de alface e rúcula:

— Você sabia que a velhinha era uma bruxa que amaldiçoava pessoas nos tempos antigos, lá na Irlanda?

O menino quase engasgou e não conseguiu responder.

— Sério? — falei, intrometida. — Nossa, tô *cho-ca-da*, gente!

— É, sim. — Navas continuou. — Já ouvi alguns fantasmas fofocando pelos corredores sobre essa história. Mas parece que ela se redimiu há muito tempo e foi quando seu pai lhe deu abrigo no castelo.

— Isso é mentira, carinha! — gemeu Gregory, balançando a cabeça. — Tudo folclore e preconceito, só porque a Baba é uma velha ao modo antigo.

– Será?

– Claro! Ou você nunca viu as fotos das crianças que ela cuidou no século retrasado, muito antes de vir pro castelo?

– Nem sei onde ficam os aposentos dela, Greg!

– Te mostro depois. Mas só depois do pôr do sol.

Eu realmente não conseguia imaginar nossa governanta fazendo poções com pedaços de aranha ou mexendo em um grande caldeirão. Ela era tão carinhosa, com aquele seu jeitinho de vovó. Interessante como as aparências poderiam enganar. *Poderiam.* Mais interessante ainda descobrir como as pessoas viram a casaca e se tornam figuras melhores. Redimem-se, seguem adiante.

Voltei para o quarto, tomei um banho e tombei na cama-caixão. Estava sem sono, então aproveitei para contar a Lucila a história envolvendo seus pais e como eu a tinha vingado. Ela ficou satisfeita em saber, mas como agora era só uma cabeça falante no pós-morte, não pareceu exatamente muito interessada em sua vida passada e de repente começou a falar de Adam, da cor dos olhos dele, de como sua inteligência era sexy e bizarrices assim.

Pedi licença, coloquei minha calça jeans surrada, o tênis velho, a regata preta, e saí caminhar pelo castelo, ouvindo o coro dos fantasmas musicistas que nunca ficavam roucos.

Eu me peguei pensando por que havia tantas janelas naquele castelo, se era coberto pela Noite Eterna?

Foi quando me lembrei daquele lugar mais ou menos secreto, que era ótimo para noites insones. Resolvi usar o novo acesso, indo até a Gnose. Girei uma das grandes estantes de livros ao fundo, que me colocou diretamente no Calabouço, agora sinistramente vazio. Não completamente, é claro. Meu pai, Baal e o Cavaleiro Porco tinham conseguido interceptar alguns dos fugitivos e os realocado em suas devidas celas.

Mas não todos. A maioria tinha conseguido fugir mesmo, coisa e tal. As investigações sobre o responsável por libertar os prisioneiros ainda seguiam em aberto, e cada vez menos evidências apontavam para o Dr. Jekyll, que dizia não se lembrar de nada daquela noite. Vai saber.

Atravessei a pequena ponte de corda até a Gaiola, de onde, vez ou outra, dava para ter um pouco de contato com a claridade natural. Eu não era a maior fã do dia, definitivamente, mas a minha meia parte humana parecia sentir certa necessidade daquilo.

Sentei-me na beirada do ferro, com os pés pendurados para fora.

Jogado ali ao lado, havia uma boneca de porcelana, vestindo um quimono vinho. A peguei e fiquei conversando com ela aleatoriamente.

— Oi, você vem sempre aqui?

Não demorou até que o sol irrompesse no horizonte, nascendo entre os picos distantes dos Cárpatos. Com isso, as criaturas voltavam a se recolher nas entranhas da Floresta Nebulosa, enquanto o vento uivava menos sobre o abismo bem abaixo de mim. A manhã trazia o calor, o silêncio e um pouco de paz, e, no final das contas, não era muito diferente da madrugada.

Naquele lugar, longe da vista do mundo, noite e dia eram quase como irmãos.

Fim do silêncio.

Ouvi passos se arrastando no piso frio, vindos do Calabouço.

Por um momento, pensei que poderia ser um prisioneiro e gelei por dentro.

— Venho, sim — respondeu Tyrone.

— Não perguntei pra você, idiota — falei rindo.

Ele veio se sentar ao meu lado, também jogando os pés para fora, levantando o chapéu Fedora em uma reverência debochada. Vestia as mesmas roupas de quando me conheceu, a jaqueta terrosa sobre a camisa creme com faixas salmão verticais salpicadas de vermelho (seria sangue?), a calça *baggy* escura, o Nike cano alto marrom e o lenço da mesma cor com estampas brancas de ossinhos no pescoço. Várias correntes aqui e ali, e milhões de anéis sortidos espalhados pelos dedos grossos.

— Agora deu pra brincar de boneca, Bafo de Sangue?

— Quem dera.

— Fiquei sabendo que você tá dormindo no Salão dos Pesadelos.

— Ha! Ha! Anda me seguindo, né?

— Que nada! Os fantasmas é que são muito fofoqueiros.

— Sei.

— Mas quem te viu, quem te vê, hein? A garotinha magrela, que quase morreu na cama de um quarto, derrubando um caçador lendário!

— Meu pai que o derrubou. Eu só deixei ele tonto. E ainda *sou* magrela.

— É verdade. Queria eu ter um pai como o seu.

— Sabe, acho que não devia desistir de procurá-lo, Bola de Pelo.

— Eu não quero me envolver com um possível assassino.

— Você não acredita realmente nisso.

— Eu, você e Adam éramos iguais até ontem. Três filhos sem pai. Eu tinha até pensado num nome para o nosso próprio clube. Mas agora você se entendeu com o Sr. D. e caímos para apenas dois membros.

Dei-lhe uma cotovelada.

— Que nome havia pensado?

— Clube dos Órfãos. Algo assim.

— Você é péssimo pra criar nomes, cara.

Rimos. O sol havia subido um tanto. Ainda era frio na boca do abismo, mas já dava para sentir um pouco do calor raso do amanhecer.

Tyrone me revelou que se comunicava bastante com Drácula por meio de cartas. Meu pai vinha há tempos insistindo para que o cigano fosse para o castelo, algo que ele resistiu muito, até que uma tragédia o fez ceder. E claro, suas suspeitas com John Talbot também. De qualquer maneira, não foi no Castelo da Noite Eterna que ele encontrou as respostas que buscava.

— E que matagal é este, de repente?

— Tô deixando crescer — disse Tyrone, apalpando a barba, maior e mais densa, que crescia principalmente ao redor do rosto. Quase nada de bigode. — As duas últimas transformações aceleraram minha puberdade sobrenatural, eu acho.

— Eu gosto assim.

— Mesmo? Bom saber. — Ele me encarou com seus olhos amarelos, marcados por delineadores. — Já te falei, né. Sempre venho aqui depois de uma noite difícil.

— Eu sei. Hoje foi minha noite difícil, mas ela já tá melhorando. — Sorri, com aquele calor tomando conta do peito.

— E eu tive muitas noites difíceis, mesmo depois que cheguei ao castelo — Tyrone continuou falando, como se não tivesse me ouvido. — Consegui afastar isso de você, não queria que me visse daquele jeito. Que ninguém me visse, na verdade. A meia forma de homem-lobo é suficiente para causar um estrago. Mas nossa, você precisa ver o que o outro cara é capaz de fazer.

— Você consegue manter a consciência quando ultrapassa o limite da transformação?

— Claro! Não sou como o doutor gaguinho! — Riu, latiu. — Tem muitos anos que aprendi a controlar isso. Na verdade, é como se soltassem minha coleira. Como se cortassem todas as correntes e me deixassem livre para o mundo, pra eu fazer o que quiser, como quiser. É assim que me sinto quando assumo a forma completa de homem-lobo. E quer saber? É bom demais! — Ele pegou a boneca da minha mão, a analisou com falso interesse e depois me devolveu. — E contigo, Bafo de Sangue. Qual a sensação quando vira fumacinha?

— Hum, nunca tinha parado pra pensar nisso. Mas acho que é uma sensação de liberdade também, sabe? Mais ou menos como deve ser pular de paraquedas ou de nadar em um lago profundo sem se preocupar em afundar. Eu me sinto verdadeiramente *eu* quando me torno uma fumaça.

— Legal! E melhora mais ainda depois de uns beijos de bônus, né?

— Aquilo foi necessário. E eu achei que você não tivesse visto.

— Beijos são sempre necessários mesmo! Ha! Ha!

— Ciúmes agora, sério?

— Eu não. Tô só falando.

— Não acredito. Desabafe, vai. Vamos ter uma DR, então — falei, me divertindo.

Ele ficou em silêncio por vinte segundos, tempo suficiente para formular a pergunta.

— Cê tá afim da ruiva, né?

— Olha, pra mim, vocês dois são muito legais e interessantes.

— Isso não é uma resposta, Bafo de Sangue.

— Ela me chama pelo nome, pelo menos. — Ri, colocando a mãozinha na frente da boca e tudo.

— Mas eu cheguei primeiro.

— Não se trata de um pódio, Bola de Pelo.

— É que... Bem, quando tô perto de você, essa fera dentro de mim se acalma.

— Mesmo?

— É. Quando tô contigo, consigo guardar o lobo no porta-malas e assumir o volante, sem medo de bater em algum poste.

— A metáfora foi horrível, mas achei bonitinho.

— Bonitinha é você.

— Só bonitinha?

Tyrone tocou minha mecha preta jogada na frente do rosto e a afastou para trás da orelha. Aproximou bastante o rosto do meu, o suficiente para eu sentir seu hálito quente de enxaguante bucal, os olhos de lua me encarando de um jeito completamente diferente agora.

Eu me desarmei, relaxei os ombros, toquei sua mão e ele disse:

— Se eu tivesse te conhecido antes, muitas mortes teriam sido evitadas. Mas você ainda pode ser a luz no meu caminho. Como é mesmo aquela frase do farol e os marujos...?

Recuei o rosto e me detive.

— Espera. Volta um pouco, na parte que você falou sobre as "mortes".

— Nada que você não saiba. Eu não preciso ficar repetindo isso. Sei dos seus sonhos.

— O quê? — Engoli em seco, um gosto ruim tomou conta da minha bile. Afastei a mão dele do meu cabelo. — Dos meus sonhos?

— Sei que você tem sonhos malucos e alguns deles foram comigo. Bom, não exatamente comigo, né? Você viu *através* dos meus olhos, em tempo real e tal, de quando matei aquela cambada de humanos em Cardiff e a turma do acampamento cigano.

— Você? Foi *você*?

— Claro. Vai dar uma de tonta agora, Tina? Nós temos um elo empático. Suas habilidades se estendem pela Correnteza de Sombras, por isso você enxerga passado, presente e futuro do que outros sobrenaturais fizeram ou fazem.

Levantei assustada, suando frio, a cabeça girando.

A Gaiola balançou.

— Tyrone, o que você fez?

— Eu agradeço por você não ter contado para ninguém. Isso mostra o que eu significo pra você. Obrigado mesmo.

— Não. Eu *não sabia*. Não sabia que era você. Meus sonhos nem sempre são claros!

— Bom, então agora cê sabe. — Ele ficou bastante mal-humorado de repente. — Mas é um segredinho só nosso, ok?

— O quê? Não. Imagina! Você matou pessoas, cara! Tem ideia da gravidade disso?

Tyrone se levantou com uma carranca terrível.

— Exatamente. São *pessoas*. Não são como nós. Estamos no topo da cadeia alimentar, Tina! A humanidade é uma escória, nosso alimento. Não passa disso.

— Não. Não, você não é assim.

— Assim como? Um sobrenatural honesto?

— Um sociopata.

— Você viu nos sonhos. Aqueles malditos mataram a minha mãe e depois tentaram me matar. Foi autodefesa!

— Sua ideia de autodefesa inclui crianças e idosos? E inocentes numa cidade aleatória?

Vou ser sincera, comecei a chorar. Estava chocada, o coração apertado, sentindo raiva e tristeza ao mesmo tempo, sem ideia do que fazer.

— Minha ideia, Betina, inclui o *extermínio* da raça humana! Por isso entrei para o castelo. Para aprimorar minha sobrenaturalidade. Para ficar mais forte. Para conhecer o inimigo e saber como destruí-lo. Para fazer *networking*.

— Para o quê? Espera! — É claro, isso fazia todo o sentido agora. — Você soltou os prisioneiros, não é? Minha nossa, era você esse tempo todo.

— Antes de te conhecer, eu vinha pra esta Gaiola dar uma relaxada e acabei conhecendo a maioria dos monstros que viviam presos ali. Alguns há centenas de anos! — Ele segurou em meus braços e me encostou contra as grades com força. — Agora, pensa comigo, Betina. Você acha que outros iguais a nós, sobrenaturais como nós, merecem viver trancafiados pela eternidade? Enquanto um bando de humanos vivem soltos por aí, roubando, gerando guerras e matando outros monstros? Isso faz qualquer sentido pra você?

— Eu...

— RESPONDA! — rugiu e de repente ele estava em sua meia forma de homem-lobo.

— Eu acho que você deveria estar preso naquelas celas, junto dos outros.

— O quê?

— Você me ouviu. — Eu o encarei, sussurrando de raiva e acredito que meus olhos tenham ficado vermelhos, porque agora o mundo era rubro. — Você foi o responsável pela quebra de trégua entre a Inquisição e os sobrenaturais. Matou inocentes. Libertou prisioneiros que são monstros tão malucos quanto você e que agora estão soltos por aí. Você abriu a porta do inferno, seu desgraçado!

Desvencilhei-me dele e o empurrei com força. Ele escorregou até a outra extremidade da Gaiola, bastante surpreso comigo.

— Você é que tá louca! — gritou, enquanto arrancava o lenço do pescoço e deixava os músculos trabalharem sozinhos para o crescimento bestial de seu corpo. — Só nós devemos sobreviver ao final do dia! Os monstros merecem o mundo, nunca o sol! — A barba cresceu ainda mais, virando uma floresta sobre seu rosto, agora mais largo e feioso, o nariz afundando, as presas crescendo. —

Esses prisioneiros me seguirão. Vou ditar as novas regras com um grupo forte. Faremos um levante contra a Inquisição Branca. Depois, caçaremos humano por humano até não restar nenhum.

Eu não era mais capaz de reconhecer o Tyrone Talbot gentil e engraçado de sempre. Aquele monstro diante de mim era a sua verdadeira face, afinal. Uma pena.

Eu me apaixonei pelo sobrenatural errado. O coração estava despedaçado e eu me sentia traída. Mas, acima de tudo, eu estava muito, muito brava.

Então, o lobisomem assumiu sua forma final de fera, quase dois metros de músculos e pelos para todos os lados. A coluna encurvou um tanto para frente, as mãos eram duas marretas com garras como se fossem facas. Sua roupa cigana havia cedido durante a transformação e agora ele era só um monstro em farrapos. Tyrone se colocou de cócoras e uivou.

Foi um barulho imenso e ensurdecedor, que daria para ouvir lá de Cruz Credo. Não demorou para que os lobos da floresta o respondessem, uivando de volta, criando um coro perturbador, de morte e insanidade.

Enquanto falava, ele também babava, como um cão com raiva:

— Você ainda pode se juntar a mim. *GRRR*. Podemos formar um casal indestrutível. *GRRR*. Ninguém será capaz de nos deter.

— Cala a boca!

Não pensei duas vezes e corri no curto espaço que tinha entre eu e ele, e saltei, virando fumaça. O lobisomem tentou me atingir, mas suas garras cortaram apenas o vento. Naquele estado, experimentei voar mais longe pela primeira vez. Atravessei além da Gaiola, sobrevoando e circundando a boca do abismo lá fora, enquanto Tyrone me encarava impotente atrás das grades e não deixei de pensar como aquela visão combinava com ele.

Tomei impulso e retornei com força total, arrebentando contra seu corpo, o pressionando contra os ferros. Ele tombou, atordoado e eu voltei a minha forma normal, do outro lado. Não estava nem um pouco exausta. Adrenalina a mil por hora.

— Cê acha que pode comigo?

— Eu já pude.

Riu, latiu. Uivou.

De repente, estava diante de mim. Um segundo atrás, estava de joelhos a metros de distância. Naquela forma, além de muito mais forte, ele era incrivelmente rápido.

Ele me acertou no estômago, perdi o ar. Então, me prendeu no teto, as garras enfiadas na minha barriga. O sangue escorria pelo seu braço. Tyrone me devolveu ao chão e eu bati as costas com força no metal, então seu joelho encontrou meu pomo de adão e comecei a perder o ar e a cor.

— Fim. — Ele disse entre as presas. — Agora desista. *GRRR*.

— Vai. Se. Ferrar.

Dei-lhe um pontapé nas partes baixas, talvez a única região realmente vulnerável de seu corpo indestrutível. Foi o suficiente apenas para eu escapar daquela situação e rolar para o lado.

Mas foi em vão.

Logo ele me acertou outro soco, mais um chute, e voltou a me enforcar, me prendendo contra as grades.

— PARA, Betina! *GRRR*. Odeio ficar batendo em você!

— Não é o que parece...

Eu me debatia, dando socos atrás de socos em seu antebraço. Cotoveladas. Joelhadas. E mais socos. Foi quando comecei a me cansar. Os músculos reclamavam e ardiam em resposta. A cabeça ficava mais leve à medida que o tempo passava e eu insistia.

Só que eu não desisti.

Precisava me desvencilhar dele. Cotoveladas. Joelhadas. Socos e mais socos, mas de nada adiantava.

Até que adiantou.

Tyrone cedeu, recuando um pouco, balançando os braços.

— Olha, Bafo de Sangue, é melhor você desis...

— Não me chama mais assim.

Estourei em uma outra forma de fumaça, mas agora era diferente. Maior, mais densa e mais escura. Conseguia manipulá-la de uma nova maneira, dividindo-a entre três braços escuros, todos avançando contra o lobisomem como se fosse um enxame que suas garras não poderiam atingir. Eu me condensei, assumindo a forma normal bem em cima dele, caindo em suas costas curvas, ficando pendurada em seu pescoço de tora.

Foi ali que eu o mordi.

— Ai! — disse ele.

— Este é o meu beijo pra você — sussurrei, enquanto voltava a cravar meus dentes sobre sua carne, naquela parte macia como queijo. Sorvi quase meio litro de sangue, quente e doce, o cheiro de ferro tomando minhas narinas, o líquido descendo espesso goela abaixo, causando algo diferente dentro de mim.

Eu não sabia bem o que estava fazendo, é verdade, e aquele gesto foi mais instintivo do que estratégico, mas meu corpo havia pedido que eu o mordesse e eu mordi.

Quando terminei, passei o braço pela boca, retirando a camada grossa de sangue que havia sobrado. Eu lambia os beiços, saboreando aquele suco divino como uma criança com algodão doce.

O lobisomem me pegou pelos cabelos, me puxando de cima dele, e me jogou até o outro lado. Eu o vi e ele continuava o mesmo. Quinhentos mililitros de sangue a menos não fizeram diferença nenhuma para o monstro.

Mas eu não estava igual. Fiquei completamente bem de repente. As feridas de garras e socos se curavam e regeneravam rapidamente e eu percebia meus músculos se contraindo, como se encontrassem o lugar certo para ficar.

Tyrone saltou rápido e desceu com um soco, só que desta vez eu o aparei, contendo o golpe sem dificuldade e não sentindo o impacto do seu punho.

Olha, a cara dele naquela hora foi muito impagável. De surpresa e indignação. Mas acho que a expressão que ele faria depois seria ainda melhor. Bati com a ponta da palma da mão em seu peito e o lobisomem foi jogado para longe. Antes que encontrasse o chão, eu já estava sobre ele, desferindo um soco atrás do outro, arruinando seu rosto e corpo, que já não pareciam tão resistentes assim. As grades começavam a entortar, a Gaiola balançava.

Por fim, saltei, me prendi no teto com minhas novas garras lupinas e fiz movimentos pendulares, até tomar impulso para lhe acertar um chute imenso com os dois pés. Ele explodiu contra os ferros, as grades ali voaram para longe e ele caiu, se pendurando no pé da Gaiola no último minuto. O abismo o encarava logo abaixo com a boca aberta.

Foi quando recuperei a consciência, abandonando toda a raiva que havia em mim.

Então, uivei. Os lobos da floresta uivaram em resposta.

— Mas que diabos? — eu disse em seguida.

— Droga. *GRRR*. Seus olhos tão amarelos!

— Iguais aos seus?

— Pois é. *GRRR*. Cê acabou de descobrir uma nova habilidade sobrenatural.

— Drácula havia me falado mesmo que cada vampiro adquire uma individualidade com o passar do tempo. — Eu me sentia estranha, olhando para minhas mãos (não tinha nada de muito diferente nelas, fora as unhas que ficaram muito compridas segundos atrás). — Todos os vampiros podem se tornar fumaça e assumir um feral, mas só meu pai pode criar névoas e tempestades.

— E só você pode morder outro sobrenatural e conquistar as habilidades dele. *GRRR.*

Tyrone tinha razão. Minha mordida "copiara" suas habilidades após eu tê-lo mordido. Isso explicava minha superforça repentina. O mesmo com a grande velocidade e a vontade louca de uivar (mas havia sido poupada dos pelos, pelo menos).

Porém, sua sobrenaturalidade não foi roubada, pois ele continuava um imenso homem-lobo. E ainda havia um terceiro detalhe: aquilo não durava muito tempo, logo percebi meu corpo voltando ao estado-de-Betina . É claro, o lobisomem notaria também, então eu precisava me apressar.

O deixei pendurado ali, peguei a boneca de porcelana do chão (que por sorte não foi pisoteada durante a briga) e comecei a caminhar para fora da Gaiola.

— Agora fique quieto aí. Vou chamar os outros pra te pegarem e te colocarem numa cela com um penico. Se for bonzinho, ainda deixo uma tigela de ração.

— Não vai rolar, gata!

Eu não esperava por isso.

Tyrone aproveitou o tempo que eu refletia sobre meus novos poderes para se restabelecer, então saltou de volta para a plataforma e abriu sua bocarra, me pegando desprevenida, de costas para o inimigo.

O ar gelou sem mais nem menos e nós dois ficamos surpresos quando Yürei se projetou num piscar de olhos diante de mim. Ela parecia bem emburradinha. Flutuando a um palmo acima do chão, a japonesinha estendeu um braço na direção dele. Por detrás dela, outras grades se envergaram, até que se desprenderam da base e planaram ao redor. A japonesinha o ameaçava.

Eu compreendi, tal qual um *poltergeist,* Yürei tinha realmente a capacidade de manipular e mover qualquer objeto, mesmo que não estivesse no mesmo plano que nós.

Tyrone não esperou para ver o fim do espetáculo, uivou de raiva e saltou sobre nós. Mas ele mal deu dois passos e, no instinto de protegê-la, eu reagi. Com o que me restou da força de homem-lobo, dei um chute em seu rosto e o joguei abismo abaixo.

Meu coração congelou e saltei para o buraco na Gaiola, mas não deu tempo de pegá-lo.

Tyrone desaparecia na escuridão em uma queda silenciosa, me encarando atônito até se perder de vista.

Sentei ali, deixando meus pés novamente pendurados e encostei a cabeça no ferro, sem saber o que sentir, sem saber o que pensar.

— Que ironia. Pensei em te proteger, mas você é uma fantasma. Não seria atingida de qualquer jeito.

Yürei surgiu do nada ao meu lado e apenas piscou com seus olhinhos rasgados.

— Ele vai sobreviver. Em breve, estarei sonhando com Tyrone acordando no meio do mato e reclamando da queda. Você vai ver.

Ela flutuou da minha direita para a minha esquerda, como se me acalentasse.

— Que seja. — Levantei a boneca de porcelana na direção dela. — É sua, não é?

Ela piscou.

— Mensagens na parede, no espelho... Você estava tentando me avisar sobre quem realmente era Tyrone o tempo todo.

Ela piscou.

— Agora eu entendo, você não fala, mas sabe se comunicar. Vou comprar um Tabuleiro Ouija pra gente conversar mais de hoje em diante, tá?

Ela piscou.

— Obrigada, Yürei.

Quando olhei, a japonesinha havia desaparecido, me deixando a sós naquela Gaiola arruinada, pendurada e prestes a cair, com meus pensamentos conflituosos, o gosto amargo na boca.

Feliz de um lado, triste do outro.

— Esteja onde estiver, espero que um dia você coloque a cabeça de volta no lugar, Bola de Pelo. — sussurrei para o abismo. — Eu sobrevivi até aqui, sei que você também vai.

Levantei-me, atravessei a ponte suspensa e logo deixei o Calabouço para trás.

Precisava colocar minhas ideias no diário. Eu ainda não tinha chegado nem na metade dele.

Diário de Betina, 17/11/17

NOVA MENSAGEM	X
PARA: madamev@castelo.mail	
DE: cd@castelo.mail	
22 de nov. (há 9 horas)	
ASSUNTO: Re: Viagem de Negócios	

Boa noite, Tafari. Bom dia para você que está aí do outro lado do planeta.

Sei que teve de partir em missão urgente. Este e-mail é só para atualizá-la sobre os últimos ocorridos, como havia me pedido para fazer.

Apesar de nossos esforços, os meus, de Baal, de Sir Karadoc e até mesmo do tal drone de Adam, não conseguimos mais encontrar nenhum fugitivo, menos ainda qualquer vestígio de Tyrone, o traidor.

Por outro lado, alguns moradores da Vila dos Abutres confirmaram que um rapaz estranho, trajando farrapos de preto, passou mesmo pela comunidade e logo partiu. É a única pista que temos dele por enquanto.

Mas preciso lhe confessar algo secreto, cara amiga.

Quando detive Van Helsing nos altos muros do castelo, eu o encarei muito proximamente e mesmo através da máscara, pude ver aqueles olhos. Aqueles característicos olhos pequenos, como os do pai. E frios e confusos, como os da mãe.

Aquele caçador era o meu filho.

Quincey.

D.

Clique aqui para Responder ou Encaminhar

não, eu acho que isso é só o começo

AGRADECIMENTOS

Começo agradecendo ao meu editor, Artur Vecchi, primeiramente por apostar nessa aventura louca com jovens monstros e fazer dela uma série com possibilidades infinitas. Mas não somente. Minha gratidão a ele vai além, pois Artur também foi responsável por batizar Betina. Bom, pelo menos seu sobrenome. *Vlad*. Ou a menina se chamaria algo como Betina Tepes, ou Betina Dracul, e talvez você tivesse se afastado desta história. Artur entende de nomes como entende de editar livros e fez um trabalho incrível com meu original, participando em inúmeras reuniões por áudio, aparando as arestas e encaixando O Castelo da Noite Eterna melhor dentro de um formato juvenil e acessível.

Ainda ofereço meus agradecimentos a Vanessa Lopes por ter participado de mais da metade da concepção da história, em ter colaborado com o gosto musical da Betina e com o tipo de roupa que ela e alguns outros personagens vestiriam. Dela, ainda, emprestei alguns traços de personalidade, linguagem corporal e maneiras de falar, para colocar na minha protagonista. Não é que encaixou legal?

Mas não esqueci de vocês, ó integrantes do grupo de *brainstorm* literário da internet: Bruno Nunes Ribeiro, por permitir que eu o alugasse durante as madrugadas com cada nova ideia que surgia; Gustavo "Mancha" e Maria Tereza, pelas sugestões de cunho romântico e pelas dicas de perfil da Mirela; e Felipe Castilho, por depositar essas palavras tão divertidas e inspiradoras na abertura do livro.

A Larissa Nascimento e a Camilla Jorge também foram peças fundamentais na realização da história, com suas leituras apaixonadas e comentários cativantes sobre cada trecho, cada passagem, apontando detalhes que eu não fui capaz de enxergar, inaugurando O Castelo da Noite Eterna como as primeiras leitoras oficiais da coisa toda.

Também quero mandar um "valeu" para o Danilo Comito, que, além de irmão caçula, ainda colaborou a sua maneira (massageando minhas costas enquanto eu escrevia... opa, não, brincadeira!), e ao grande Michel Mims, pela belíssima capa e as incríveis ilustrações, que continuarão encantando leitores além das páginas deste livro!

Finalmente, gostaria de agradecer à minha família. Ao meu avô, por me contar histórias de terror no pé da cama, me deixando sem dormir para sempre. À minha avó, por me contar histórias reais ao lado da cama, enquanto me engordava com biscoitos. Ao meu pai, por me comprar livros quando eu era criança. À minha mãe, por me passar sua herança de leituras. Às minhas irmãs e primas (e elas são muitas!), por servirem de inspiração para a construção das personalidades de grandes mulheres que eu retrato nesta trama. Ao Enzo, meu sobrinho bebê, que vai crescer firme e forte e então me será dada a vez de contar histórias insones para ele ao pé da cama, preparando-o para este livro no futuro, que logo vai chegar.

Obrigado a todos vocês, leitores de ontem e de hoje, por acreditarem em mim.

Douglas MCT
Janeiro de 2018

EXTRAS

BETINA VLAD

Brasileira, nia-vampira

IDADE: 16
ALTURA: 1,63
COMIDAS FAVORITAS:
X-Egg, feijoada, frango assado
LIVROS FAVORITOS:
Drácula, qualquer coisa do Allan Poe
FILMES FAVORITOS:
Qualquer um de monstros da Universal das décadas de 20 a 50, A Família Addams, Coraline, ParaNorman
SÉRIES FAVORITAS:
Buffy, Supernatural, Ash vs Evil Dead
BANDAS OU MÚSICOS FAVORITOS:
Misfits, Gangrena Gasosa
ADORA: Noite, vento frio, respeito
ODEIA: Sol, cães, gente folgada
HABILIDADES ESPECIAIS:
Virar fumaça, dar aquela mordida maneira, se transformar em gato, força e reflexos acima da média
FAMÍLIA:
Elizabete Barbosa, Drácula

parte de trás da jaqueta-simbiote

TYRONE TALBOT

Cigano, lobisomem

IDADE: 16
ALTURA: 1,80
COMIDAS FAVORITAS:
Pernil, chocolate, uva-passa
LIVROS FAVORITOS:
Homem-Aranha, Hulk
FILMES FAVORITOS:
Clube da Luta, 8 Mile, Um Lobisomem Americano em Paris, Velozes e Furiosos
SÉRIES FAVORITAS:
Eu, A Patroa e as Crianças, Two and a half men, Os Simpsons
BANDAS OU MÚSICOS FAVORITOS:
Eminem, Limp Bizkit, David Bowie
ADORA: Zuar, treinar, dormir
ODEIA: Humanos, salada
HABILIDADES ESPECIAIS:
Super-força, resistência e velocidade incomuns, garras e presas, sou foda!
FAMÍLIA:
Zaira Leoni, John Talbot, irmãos: Larry e Ben (?)

usa anéis bem maneiros!
Sou estiloso demais, cara, esta calça é vistosa, véi!
Gata demais! Ha! Ha! Ha!

Golem, inglês

ADAM FRANKENSTEIN

IDADE: 17
ALTURA: 1,67
COMIDAS FAVORITAS: Escargot, frutos do mar
LIVROS FAVORITOS: Como Vejo o Mundo, A Teoria da Relatividade, O Universo Numa Casca de Noz
FILMES FAVORITOS:
O Grande Truque, A Teoria de Tudo, Pi, Uma Mente Brilhante, O Jogo da Imitação
SÉRIES FAVORITAS:
Cosmos, The Big Bang Theory
BANDAS OU MÚSICOS FAVORITOS:
Beethoven, Mozart e Richard Wagner
ADORA: Conhecimento, descobertas
ODEIA: Pessoas burras, bacon, ovos
HABILIDADES ESPECIAIS:
Sou um gênio de grande QI, capaz de construir qualquer coisa, além do raciocínio lógico. Se algo não existe, eu crio.
FAMÍLIA:
Dr. Victor Frankenstein e três irmãos

Buba, minha coruja mecânica de estimação
Jim, eu adoro calça xadrez

NAVAS DE LA GARZA

Rapaz-anfíbio mutante, costarriquenho

IDADE: 16
ALTURA: 1,67
COMIDAS FAVORITAS:
Moscas azuis e verdes, ovos, couve, milho
LIVROS FAVORITOS: Nenhum
FILMES FAVORITOS:
A Forma da Água, As Branquelas, Vizinhos, O Mentiroso, O Pentelho, As Tartarugas Ninja
SÉRIES FAVORITAS: Apenas um Show, Adventure Time, Stranger Things
BANDAS OU MÚSICOS FAVORITOS:
David Guetta, Alok, Nicole Moudaber
ADORA: Nadar, dormir na rede, bisbilhotar
ODEIA: Monstros privilegiados, tempo seco
HABILIDADES ESPECIAIS:
Sou capaz de armazenar grande quantidade de água em minha papada, dou saltos sobre-humanos, língua de sapo retrátil, consigo respirar embaixo d'água, consigo escalar paredes e tetos, capacidade de inflar o corpo, cuspe de mucosa terrível
FAMÍLIA:
Enrico e Maria De La Garza, cinco irmãos

CONDE DRÁCULA

Vampiro, romeno

IDADE: + 500
ALTURA: 1,95
COMIDAS FAVORITAS: Sangue e vinho, basicamente
LIVROS FAVORITOS: Fausto, A Divina Comédia
FILMES FAVORITOS: Drácula de Bram Stoker, Drácula de 1931, Nosferatu
SÉRIES FAVORITAS: Contos da Cripta, American Horror History
BANDAS OU MÚSICOS FAVORITOS: Frank Sinatra, Billie Holiday
ADORA: Meu legado
ODEIA: Inquisição Branca
HABILIDADES ESPECIAIS: Manipulação do clima, transformação em animal noturno, força e velocidade acima da média
FAMÍLIA: Mina Murray, Quincey Murray, Bruna Vlad

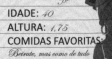

MADAME VODU

Angolana, médium e boneca de vodu-viva

IDADE: 40
ALTURA: 1,75
COMIDAS FAVORITAS: Beirute, mas como de tudo
LIVROS FAVORITOS: Moda Intuitiva, Moda: Uma Filosofia
FILMES FAVORITOS: Casablanca, Uma Linda Mulher, Diário de Uma Paixão
SÉRIES FAVORITAS: Grace e Frankie, Grey's Anatomy
BANDAS OU MÚSICOS FAVORITOS: Adele, Whitney Houston, Ed Sheeran
ADORA: Frisca, turbantes, comer
ODEIA: Preconceito de qualquer tipo
HABILIDADES ESPECIAIS: Se comunicar com espíritos, usar meu corpo como uma boneca de vodu para atingir algum adversário
FAMÍLIA: Não tenho mais

MIRELA MAEVE

Escocesa, bruxa herborista

IDADE: 17
ALTURA: 1,67
COMIDAS FAVORITAS: Tomates grelhados, torradas, cogumelos e kibe
LIVROS FAVORITOS: Harry Potter, As Brumas de Avalon
FILMES FAVORITOS: Jovens Bruxas, Abracadabra, todos os Harry Potter, Convenção das Bruxas
SÉRIES FAVORITAS: Charmed, Sabrina a Aprendiz de Feiticeira
BANDAS OU MÚSICOS FAVORITOS: ERA, Deep Forest, Enya
ADORA: A minha família, gatos
ODEIA: Mefistófeles, traição
HABILIDADES ESPECIAIS: Clorocinese: sou capaz de manipular plantas e qualquer vida vegetal. Mas já flertei com o fogo também...
FAMÍLIA: Pais, um irmão caçula (todos amaldiçoados), uma tia bruxa

PROFESSORA BAHIT

Egípcia, professora e sacerdotiza

IDADE: 55
ALTURA: 1,58
COMIDAS FAVORITAS: Marshi, fattah, foul e falafel, kebab e pombo recheado é claro
LIVROS FAVORITOS: Série Toda Sua, A Casa dos Budas Ditosos, 50 Tons de Cinza
FILMES FAVORITOS: Cleopatra de 1963, Casanova, A Serpente do Nilo
SÉRIES FAVORITAS: Outlander, The Tudors, Borgias
BANDAS OU MÚSICOS FAVORITOS: Les Musiciens du Nil, Celine Dion, Mariah Carey
ADORA: A Grande Festa, almoço em família, gatinhos
ODEIA: Seres imprudentes
HABILIDADES ESPECIAIS: Geocinese, que nada mais é do que a capacidade de manipular a terra, areia, pedra. Embalsamento.
FAMÍLIA: Meu falecido marido, meus nobres pais, meus queridos irmão e sobrinha